Ines Eberl ist in Berlin und Bayern aufgewachsen und hat in Salzburg Jura studiert. Nach ihrer Promotion war sie Universitätsassistentin am Institut für Europäische Rechtsgeschichte und arbeitet jetzt in einer Salzburger Anwaltssozietät. Sie ist Mitglied der International Thriller Writers. Im Emons Verlag erschienen ihre Kriminalromane »Salzburger Totentanz« und »Jagablut«.
Lesen Sie mehr über die Autorin unter:
www.ineseberl.com

INES EBERL

Salzburger Totentanz

KRIMINALROMAN

emons:

Bibliografische Information der Deutschen Nationalbibliothek
Die Deutsche Nationalbibliothek verzeichnet diese Publikation in der Deutschen Nationalbibliografie; detaillierte bibliografische Daten sind im Internet über http://dnb.d-nb.de abrufbar.

FSC
www.fsc.org
MIX
Papier aus verantwortungsvollen Quellen
FSC® C083411

Umschlaggestaltung: Tobias Doetsch
Druck und Bindung: CPI – Clausen & Bosse, Leck
Printed in Germany 2012
Erstausgabe 2011
ISBN 978-3-89705-796-8
Originalausgabe
Unser Newsletter informiert Sie
regelmäßig über Neues von emons:
Kostenlos bestellen unter
www.emons-verlag.de

Dieser Roman wurde vermittelt durch die Scripta Literaturgentur.

Für Reinfried

EINS

Es war der 23. Juli, der heißeste Tag dieses Sommers, der als heißester Sommer seit Beginn der systematischen Wetteraufzeichnungen in die Statistik eingehen sollte. Um sieben Uhr früh brannte die Sonne bereits auf die weiten Rasenflächen des Hellbrunner Schlossparks. Die von Buchsbaumhecken gesäumten Blumenrabatten und die alten Laubbäume schienen die aufkommende Hitze mit derselben Gleichmut zu erwarten wie die skurrilen Steinfiguren, die in ihren dunklen Schatten schon seit Jahrhunderten ausharrten. Nur die anmutige Marmorstatue der Kaiserin Sisi leuchtete bereits weithin in der Morgensonne. Den Kopf für immer wie in Gedanken geneigt, hielt sie das Gesicht den Schlossteichen zugewandt.

Kein Luftzug regte sich. Das steinerne weiße Kleid der Kaiserin bauschte sich in einem imaginären Windstoß, auf dessen Abkühlung die Bewohner der Stadt schon seit Wochen hofften. Die lanzenförmigen Schilfhalme an den Ufern der dunkelgrünen Teiche ragten regungslos und steif in die Höhe. Am Rand des größten Beckens hockte ein monströser Steinfrosch auf einem moosbewachsenen Sockel, und aus seinem breiten Maul plätscherte unablässig ein Strahl auf die jadefarbene Wasseroberfläche. In der stehenden Luft tanzte ein Mückenschwarm, und hin und wieder schnappte eine Forelle nach einem Insekt.

In dem kleinen Becken daneben schwamm knapp unter der Oberfläche ein fetter Karpfen und zog mit seinem breiten Rücken Bahnen auf dem spiegelglatten Wasser. Er hatte den Schutz des schlammigen Grundes verlassen, war aus der Wärme seines Morasts aufgetaucht an die hell glitzernde Oberfläche. Langsam umrundete er eine Gruppe Seerosen und stieß dann mit seinem wulstigen Maul gegen einen Fremdkörper, der reglos in dem algigen Wasser trieb.

Starr schaukelte der Körper hin und her und erzeugte leichte Wellen, die in konzentrischen Kreisen von den Armen und Beinen weg bis zum Beckenrand liefen.

Seit Stunden hatte die Leiche bereits im Wasser gelegen und sich dabei ihrem neuen Element mehr und mehr angepasst. Die schulterlangen schwarzen Haare kräuselten sich auf den Wellen und umflossen das bleiche Gesicht wie seltsame Schlingpflanzen. Die Augenlider waren halb geschlossen und verliehen dem Antlitz ein jungenhaftes, verklärtes Aussehen. Der Abendanzug klebte am Körper wie eine dunkel glänzende Fischhaut. Die Schnürsenkel der schwarzen Lackschuhe hatten sich gelöst und wanden sich im Wasser wie schlanke Wasserschlangen.

Gegen acht Uhr fanden zwei Gärtner den Toten, als sie ihre rostigen Schubkarren über den sandigen Weg zwischen den Teichen schoben. Der dunkle Fleck im Wasser hatte schon von Weitem ihre Aufmerksamkeit erregt. Sie ließen ihre Karren stehen und eilten an die steinerne Beckenumrandung.

Während der Jüngere der beiden auf das gelbgrüne Wasser starrte, nahm der Ältere den zerfransten Strohhut ab und hielt ihn sich mit beiden Händen vor die Brust. Er zog scharf die von der Nacht noch feuchte Luft ein.

»Na, servas«, sagte er und kratzte sich am Kopf. »Der is mausetot.«

ZWEI

Ein endloser Pilgerzug von Touristen bewegte sich durch die Salzburger Altstadt. Er verharrte auf dem Mozartplatz vor dem Denkmal des Komponisten, zog dann am barocken Domportal vorbei, ehe er sich durch die engen mittelalterlichen Gassen wälzte, um endlich vor dem Wallfahrtsziel, Mozarts Geburtshaus, zum Stillstand zu kommen. Es war Festspielzeit, und die Stadt war zum Bersten voll. Überall drängten sich die Menschen, um die kunstvollen Hausfassaden im Bild festzuhalten. Eines der Fenster des alten Universitätsgebäudes stand zur Sigmund-Haffner-Gasse hin offen.

»Bei der abgebildeten Statue handelt es sich um eine sogenannte ›Thronende Maria mit Kind‹, entstanden wahrscheinlich um 1435. Das Material ist Zirbelholz, wobei die Fassung neu aufgetragen wurde. Die Figur befindet sich zurzeit im Pfarrmuseum von Sand in Taufers im Pustertal.« Hans Bosch, Universitätsassistent am kunsthistorischen Institut, räusperte sich. Seine tiefe Stimme war in dem großen Raum fast nur als Murmeln zu vernehmen. »Die Provenienz der Plastik ist nicht gesichert. Vor ihrer Sicherstellung und Restaurierung – auf Vorschlag des kirchlichen Denkmalamtes – befand sich die Madonna in dem 1636 errichteten Peststöckl, wo sie als volkstümlicher Kultgegenstand verehrt wurde …«

Der lautstarke Gesang einer Pfadfindergruppe, der von der Gasse herauf durchs Fenster drang, unterbrach ihn. Hans Bosch legte das Diktiergerät auf den Schreibtisch und schaute hinaus in den strahlend blauen Sommerhimmel. Seufzend stand er auf und ging von seinem Schreibtisch auf das geöffnete Fenster zu. Das sternengemusterte Parkett knarrte unter seinen Schritten. Er stützte die Hände auf die breite Fensterbank und warf einen Blick auf die Gasse hinab.

Von dieser Stelle aus bot ihm die Salzburger Altstadt das Bild einer mechanischen Spielzeugwelt. Wie auf Schienen bewegten sich die Menschenmassen durch die Sigmund-Haffner-Gasse, an deren Ende sie entweder in Richtung des Domplatzes abbogen oder in Richtung Festspielhaus.

Die Sonne brannte auf die erst kürzlich fertiggestellte Ladenfront der gegenüberliegenden Häuser, deren Fassade im barocken Stil restauriert worden war. Die neuen schmiedeeisernen Zunftschilder glänzten. Zwei Mädchen schwitzten unter ihren gepuderten Perücken, während sie in ihren bonbonfarbenen Kunststoffkostümen perfekt nachgebildete weiße Federn mit Parfüm besprühten und sie lächelnd an die Vorübergehenden verteilten. Vom Café Tomaselli näherte sich eine mit Touristen besetzte Kutsche. Die Hufe der Fiakerpferde klapperten auf dem Kopfsteinpflaster, das seit ein paar Jahren die frühere Asphaltdecke ersetzte. Der heftige Regen vor ein paar Tagen hatte nur kurz für Abkühlung gesorgt. Nun hing eine staubige Wolke heißer Luft zwischen den eng stehenden Häusern.

Bosch schloss die Fensterflügel und setzte sich wieder an den Schreibtisch. Er liebte sein Zimmer, auch wenn es streng genommen gar nicht seines war. Professor Salchenegger nahm sein Recht, als Institutsvorstand in Ruhe zu Hause zu arbeiten, gerne in Anspruch, dennoch war es mehr als großzügig von ihm, seinem Assistenten die Benutzung des Büros zu erlauben. Manchmal erschien Bosch das lichtdurchflutete Zimmer wie eine Befreiung von seinem eigentlichen Arbeitsplatz, einer winzigen stickigen Kammer, deren einziges Fenster auf einen dunklen Innenhof ging. Er wusste das Vertrauen zu schätzen, das diese Vergünstigung bedeutete.

Mit der hohen stuckverzierten Decke, den im Laufe vieler Jahre nachgedunkelten Holzdielen und den ringsum an den Wänden stehenden Bücherregalen erinnerte der Raum eher an eine Bibliothek als an ein Büro. Der runde weiße Kachelofen in der Ecke verströmte eine warme Atmosphäre, obwohl sich Bosch nicht erinnern konnte, den Ofen je in Betrieb gesehen zu haben.

Sein ganzer Stolz aber war das einzige Bild im Raum, das

direkt gegenüber dem Schreibtisch neben der Doppelflügeltür hing, die ins Vorzimmer führte. Es war ein silbergerahmter Stich aus dem 17. Jahrhundert und zeigte eine Stadtansicht von Wien. Die zarten Linien gaben den Stadttoren, den Häusern und sogar dem spitzen Turm des Stephansdoms etwas Leichtes, fast Schwebendes. Der Stich war Boschs persönlicher Besitz und ziemlich teuer gewesen. Doch jedes Mal, wenn er sich fragte, ob es nicht leichtsinnig war, etwas derart Wertvolles in ein öffentlich zugängliches Büro zu hängen, genügte ein Blick, und das Bild blieb, wo es war.

Gerade wollte er sein Diktat wieder aufnehmen, als es energisch an die weiße Flügeltür klopfte.

»Herr Doktor, guten Morgen. Ich störe doch nicht?« Frau Happel, die Sekretärin, steckte den Kopf zur Tür herein.

»Guten Morgen, Frau Happel, was gibt's denn?« Bosch spürte, wie ein Schweißtropfen langsam seine Schläfe hinabrann und am Bügel seiner dicken Hornbrille zum Stillstand kam. Er nahm die Brille ab und warf der Sekretärin einen fragenden Blick zu, so gut das mit drei Dioptrien eben möglich war.

Frau Happel blieb im Türrahmen stehen, eine Hand hinter dem Rücken versteckt und ein geheimnisvolles Lächeln auf den Lippen. Ihr blau-weiß gestreiftes Sommerkleid wirkte frisch, und die braune Kurzhaarfrisur saß so untadelig wie immer. Die Sommerhitze schien ihr nichts auszumachen, während er es schon jetzt, um halb zehn am Vormittag, kaum mehr aushielt. Mit einer schwungvollen Geste zog sie einen winzigen Blumenstrauß hinter ihrem Rücken hervor.

»Meinen herzlichen Glückwunsch zum Geburtstag!« Strahlend kam sie auf ihn zu, blieb an der Schreibtischkante stehen und hielt ihm die Blumen direkt vors Gesicht.

Bosch starrte auf die kleinen gelben und rosafarbenen Seidenröschen und die mit Golddraht umwickelten Gewürznelken, deren süßlichen Duft er verabscheute. »Ein Gewürzsträußchen …« Er musste heftig niesen.

»Gesundheit, Herr Doktor«, sagte die Sekretärin freudestrahlend.

»Danke«, murmelte Bosch.

Er stand auf und nahm die Kunstblumen mit einem gezwungenen Lächeln entgegen. Nach den vielen Jahren, die sie nun schon am Institut zusammen arbeiteten, sollte Frau Happel eigentlich wissen, dass ihm jegliche Anteilnahme an seinem Privatleben unerwünscht war. Und was sollten diese imitierten Blumen, deren Anblick jeden, dem Kunst irgendetwas bedeutete, beleidigen musste?

»Nur eine Kleinigkeit ... Ich dachte, so ein Sträußerl würde sich nett machen hier ...« Frau Happel sah sich um. »Vielleicht auf dem Aktenschrank da drüben. Unter dem Wiener Stich? Der ist eh so farblos.«

Bosch brummte eine unverständliche Zustimmung und suchte einen Platz, um sich des Sträußchens zu entledigen. Auf seinem wohlgeordneten Schreibtisch stapelten sich die Bücher, mit denen er das kommende Wintersemester vorbereitete, griffbereit zu seiner Rechten, auf Kante ausgerichtet und nur die, die er gerade brauchte. Links von ihm lag sein Terminplaner aufgeschlagen neben dem Telefon und zeigte die letzte Juliwoche. Vor drei Wochen hatten die Semesterferien begonnen, deshalb waren die meisten Seiten fast leer. Darauf lag schreibbereit sein Füllfederhalter, natürlich mit Goldfeder und Kolben, und daneben das Tintenfass. Darauf legte er Wert, was seinem Chef nur recht war, der die Füllfeder ebenfalls benutzte. Direkt vor ihm befand sich das bunte Bild der thronenden Madonna mit Kind. Ein Blick auf den künstlich glitzernden Golddraht des Gewürzsträußchens reichte, und Bosch behielt die Kunstblumen in der Hand.

Er murmelte ein paar höfliche Dankesworte und hoffte, dass damit die peinliche Situation beendet wäre. Aber die Happel erkundigte sich ohne Hemmungen nach seinen weiteren Plänen für den heutigen Tag. Er würde seinen achtunddreißigsten Geburtstag doch wohl noch etwas feiern? Vielleicht käme ja auch die Frau Mutter extra nach Salzburg?

»Wahrscheinlich«, log Bosch.

Seine Mutter hatte ihn schon früh bei der Großmutter zurückgelassen, um einen gut situierten Hotelier am Arlberg zu ehelichen. Zu Hause würde Bosch nur die alljährliche Geburtstagskarte mit dem Emblem des »Enzianhofes« vorfinden, fünf halbmondförmig angeordneten Enzianen, sowie die gönnerhafte Einladung seines Stiefvaters, doch wieder einmal ein paar Tage im Kreise der Familie zu verbringen. Wobei es sich natürlich gut traf, dass sein Geburtstag im Sommer lag. In der Wintersaison konnte man in Lech kein Bett entbehren. Aber er hatte ohnehin nicht vor, Gebrauch von dieser Einladung zu machen.

»Und?« Frau Happel kannte keine Gnade. »Aha! Ich seh's Ihnen direkt an. Aber mir brauchen S' nichts zu sagen, ich weiß, wie lästig das ist. Heuer kommt mein Schwager mit der ganzen Familie aus Wien.«

Langsam verlor Bosch die Geduld. Jeder im Institut wusste von seiner kleinen Zweizimmerwohnung im dritten Stock eines Altstadthauses am Papagenoplatz. Nur über eine enge, ausgetretene Stiege zu erreichen, mit niedrigen Räumen und dicken, unebenen Wänden. Für Besuch war darin kein Platz.

»Na ja«, sagte die Happel, räusperte sich und schien endlich aufzugeben. »Ich bringe Ihnen jedenfalls noch eine Vase für das ...«

In diesem Augenblick läutete das Telefon.

Sie hob die fein gezupften Augenbrauen und griff blitzschnell nach dem Apparat auf Boschs Schreibtisch.

»Kunstgeschichte, Happel? ... Ach, Fräulein Salchenegger ... Ja, ja, ich wollte mich gerade bei Doktor Bosch erkundigen, wann Ihr Herr Vater heute ... Aha, nicht ... *Was*? ... *Im Krankenhaus*? ... Gestern Abend? ... Ja, warum ... Wie bitte? ... *Was?!* ...« Sie setzte sich auf die Schreibtischkante, während sie krampfhaft den Hörer ans Ohr presste. Alle Farbe war aus ihrem Gesicht gewichen. »Oh, mein Gott, nein.«

Bosch machte Handzeichen, um den Hörer zu bekommen, aber Frau Happel schaute mit starrem Blick aus dem Fenster, wo die helle Marmorfassade des Nachbarhauses die Sonnenstrahlen reflektierte. Dann legte sie mit einem mechanischen

Kopfnicken den Hörer langsam auf die Gabel und sah Bosch mit bleicher Miene an.

»Seine Tochter«, sagte sie leise.

»Das ist mir klar.« Bosch wedelte ungeduldig mit den Seidenblumen, die er noch immer in der Hand hielt. »Und? Was wollte sie? Was ist mit dem Krankenhaus?«

»Unser … unser Herr Professor selig …«

»Wie bitte?« Bosch starrte sie an.

Frau Happel holte tief Luft. »Unser Herr Professor ist heute … heute Morgen … verschieden.«

»Verschieden? Wie meinen Sie das – verschieden?«

»Na, was schon?«, sagte Frau Happel. »Gestorben halt. Im Krankenhaus. An einer Pilzvergiftung.« Dann schlug sie die Hände vors Gesicht und fing hemmungslos zu schluchzen an.

Boschs Finger schlossen sich so fest um das Gewürzsträußchen, dass die spröde Seide der kleinen Rosen brach. Der scharfe Golddraht bohrte sich in die Innenfläche seiner Hand. Er biss sich auf die Lippen. Dann fiel ihm ein, dass auf der letzten Fakultätssitzung von einer Herzerkrankung des Professors gemunkelt worden war.

»Und Sie sagen, es war eine Pilzvergiftung?«, wandte er sich wieder an die Sekretärin, die schluchzend auf die Gasse hinabsah. »Haben Sie das auch richtig verstanden?«

Frau Happel drehte sich um. Ihre Wimperntusche hatte sich aufgelöst. Schwarze Farbe lief ihr über die Wangen und hatte sich in den feinen Fältchen um ihre rot geweinten Augen festgesetzt. Mechanisch hielt ihr Bosch eine Packung Papiertaschentücher hin.

»Am Freitag war doch das … das Schwammerlsuchen. Zum Semesterabschluss«, schniefte sie. »Und bei dem letzten Regen – da schießen die Pilze nur so aus dem Boden.« Sie zog ein Taschentuch aus der Packung. »Und Sie wissen ja, wie gern unser Herr Professor in die Pilze gegangen ist.«

»Ja … äh, ja aber …« Bosch konnte es nicht glauben. Ausgerechnet Arnulf Salchenegger. Pilze waren seine Leidenschaft. Er hatte sogar ein kleines Fachbuch über im Alpenraum wachsende Pilzsorten verfasst. Und jedes Jahr lud er seine Diplomanden zu Beginn der Semesterferien zum Schwammerlsuchen ein. Bosch kannte das Prozedere. Man fuhr mit einem eigens gemieteten Bus ins Tennengebirge, stöberte unter Anleitung des Professors einige Zeit im Unterholz des Bergwaldes, um sich dann mitsamt der Ausbeute des Tages in den Gastgarten eines gemütlichen Wirtshauses zu verfügen. Und dort gab es dann immer einen kleinen Vortrag über die heimischen Pilze unter besonderer Berücksichtigung der gefundenen Exemplare. Unmöglich, dass dabei ein giftiger übersehen wurde.

Frau Happel putzte sich geräuschvoll die Nase. »Bitte entschuldigen Sie mich jetzt, Herr Doktor, ich muss mich mit dem Dekanat in Verbindung setzen. Es müssen jetzt ja so viele Dinge … Entschuldigung!« Sie presste das nasse Taschentuch vor den Mund, drehte sich um und lief weinend aus dem Zimmer.

Mit einem Knall fiel die Tür hinter der Sekretärin ins Schloss. Das alte Holz hatte die weiße Farbe aufgesogen, sodass stellenweise die Maserung hervortrat. Das Türblatt schien sich unter Boschs starrem Blick in eine kalkig-glatte Marmorplatte zu verwandeln, aus der mit einem Mal Pilze wuchsen, mehr und immer mehr, bis sie schließlich die ganze Tür mit ihren bizarren Formen überwucherten.

Ein pochender Schmerz riss Bosch aus seinen Gedanken. In der rechten Hand hielt er noch immer den kleinen Geburtstagsstrauß umklammert. Er öffnete die verkrampfte Faust und sah auf die zerdrückten Seidenrosen. Die Kunstblumen wirkten wie echte Blumen, doch verwelkt und tot. Langsam ließ er den Kopf sinken, bis seine Stirn auf die kalte Schreibtischplatte traf. Dann weinte er wie um einen verlorenen Freund.

DREI

Die Festung Hohensalzburg schien von den langen Lichtfingern der Scheinwerfer gehalten über dem abendlichen Stadtpanorama zu schweben. Zu ihren Füßen, in der Hofstallgasse, drängte sich eine festlich gekleidete Menschenmenge, eingehüllt in eine Wolke aus Autoabgasen, Schweiß, teuren Parfüms und beißendem Pferdeurin, den die im Schritttempo vorüberfahrenden Fiaker hinterließen. Geduldig warteten die Besucher in eleganter Abendgarderobe vor dem Festspielhaus auf Einlass. Sie schienen die kühle Abendluft zu genießen, die Männer im Smoking oder dunklen Anzügen und die Frauen in auffallenden Abendroben oder Seidendirndln. Einige Kameramänner und Reporter, die überdimensionalen Mikrofone im Anschlag, kämpften sich einen Weg durch die Menge.

Hubert Festenberg kam sich in seinen zerfransten Turnschuhen etwas deplatziert vor, hatte aber einen Platz zwischen den im Boden eingelassenen Lichtbändern der Hofstallgasse ergattern können. Aufmerksam verfolgte er die Ankunft einer dunklen Limousine, die soeben vorfuhr. Ihr entstiegen ein älterer Herr, der sich mit einem schnellen Seitenblick der Aufmerksamkeit der anwesenden Presse versicherte, und eine junge, offensichtlich tödlich gelangweilte Blondine. Der ältere Herr ergriff jovial lächelnd die Hand seiner Begleiterin und schritt mit ihr auf das Festspielhaus zu. Wie erwartet drehte er sich unter dem von steinernen Theatermasken bewachten Portal noch einmal um und hob winkend die Hand. Hubert drückte mehrmals auf den Auslöser seiner Kamera, da wurde er rüde am Arm gepackt und beiseitegezogen.

»Scheiße«, fluchte er.

»Na, na, Hubert – etwas mehr Contenance, bitte.«

Er drehte sich um. Vor ihm stand Katharina im eng sitzenden Seidenkostüm. In der rechten Hand hielt sie eine elegante

Lacktasche, die für die Abendgarderobe eindeutig zu groß war. Sie lächelte ihn an. Doch der vorwurfsvolle Blick in ihren schrägen Augen war nicht zu übersehen.

»Hallo, Katja«, sagte Hubert. Dass er gerade hier auf die Kollegin von der Zeitung treffen musste.

»Verdammt, wo warst du heute Nachmittag?«, sagte sie. »Auf dich ist einfach nie Verlass! Vierzehn Uhr, Friedhof von St. Peter, erinnerst du dich?«

»Was?«

»Beisetzung Professor Arnulf Salchenegger, renommierter Kunsthistoriker und zukünftigen Ehrenbürger der Stadt Salzburg, was dir aber offenbar entfallen ist. Alle Welt war vor Ort, und ich? Mal wieder ohne Fotograf!«

Hubert stöhnte. »Patsch-Petry hat mich heute Morgen für das Interview mit der neuen Buhlschaft eingeteilt, und wenn der Lokalchef …«

»Lokalchef!«, zischte Katja. »*Du*, mein Bester, arbeitest für *mich* und nicht für den Lokalteil, ist das klar?« Sie fixierte ihn, obwohl Hubert gut und gerne einen Kopf größer war als sie. »Lass mich ja nie wieder irgendwo im Regen stehen.«

»Wozu brauchst du überhaupt neue Beerdigungsfotos?«, entgegnete Hubert. »Wir waren doch erst bei diesem Galeristen. Diesem … na, der da letzte Woche ertrunken ist.«

»Matteo Tappeiner.« Katja schüttelte den Kopf. »Du wirst's nie lernen, Hubert.« Sie verzog ihre kurze sommersprossige Nase. »Ja, das war Pech. Klarer Fall von zur falschen Zeit am falschen Ort.«

Hubert warf seiner Kollegin einen erstaunten Blick zu. »Wusste gar nicht, dass du den so gut gekannt hast. Woher diese Anteilnahme?«

»Ich? Wie kommst du denn darauf?« Ihre grünen Augen funkelten Hubert an.

»Du hast doch gerade gesagt, zur falschen Zeit …«

»*Wir*, du Hohlkopf! Wir waren am falschen Ort.«

Ein Fernsehteam wollte sich an ihnen vorbei Richtung Eingang schieben, aber Katja zuckte nur mit der schmalen Schulter, als wollte sie eine lästige Fliege abwehren, und wich keinen Schritt zur Seite.

»An dem Abend«, fuhr sie fort, »waren wir beim Empfang für die Wirtschaft.«

»Na und?«

»Und Tappeiner war auf der Figaropremiere. Verstehst du?«

Hubert schüttelte den Kopf. Seine Termine waren vorgegeben.

»Wenn wir auch im Großen Festspielhaus gewesen wären, hätten wir jetzt wahrscheinlich die letzten Fotos von ihm. Aber so … Hören Sie mal, Kollege!« Katja drehte sich zu dem drängelnden Kameramann um. »Nehmen Sie Ihre Kamera von meiner Schulter und wedeln Sie mir mit Ihrem Mikro nicht vor der Nase herum! Hier gibt es genug Arbeit für alle.«

Der Fernsehmann zog sich mit ein paar gemurmelten Unfreundlichkeiten in die Menge zurück. Katja wandte sich wieder Hubert zu.

»Bildunterschrift: Matteo Tappeiner wenige Stunden vor seinem gewaltsamen Tod. Oder so ähnlich. Kapiert?« Sie seufzte genervt.

»Wieso gewaltsam?«, fragte Hubert. Er versuchte, sich an die Presseaussendung der Galerie zu erinnern. »Ich denke, er ist im Hellbrunner Park im Karpfenteich ertrunken? Wenn du mich fragst, ein ziemlich unspektakuläres Ende.«

»Ach was.« Katja starrte missmutig vor sich hin. Dann schien ihr einzufallen, wie sie ihrem Ärger Luft verschaffen konnte, denn sie drehte sich schnell wieder zu Hubert. »Das entschuldigt jedenfalls nicht, dass du mich auf der Beerdigung von Salchenegger im Stich gelassen hast. Erst ein international bekannter Galerist und zwei Tage später ein berühmter Kunstprofessor – das kann man ja wohl nicht ignorieren? Im Übrigen reicht dem Kremser mein Nachruf von letzter Woche auf seinen Freund Tappeiner nicht. Der Herr Chefredakteur will auch noch einen Artikel für die Samstagsausgabe. Und da könnten vielleicht ein paar passende Worte über Arnulf Salchenegger mit Fotos et cetera … Sag mal, hörst du mir überhaupt zu?«

Hubert hob langsam die Kamera. Wie ein Jäger, der, das Wild im Auge, sein Gewehr in Anschlag bringt, fixierte er einen knallgelben Ferrari, der sich im Schritttempo durch die Hofstallgasse dem Festspielhaus näherte. Ein Angestellter eilte herbei und öffnete die Fahrertür des tief liegenden Autos. Sofort erhob sich ein Blitzlichtgewitter. Hubert ging in die Hocke, während er wie aus einem Maschinengewehr eine Fotosalve nach der anderen schoss. Ein kleiner, unscheinbarer Mann entstieg dem Sportwagen, gab dem Angestellten den Autoschlüssel und verschwand, ohne den Zurufen der Presseleute Beachtung zu schenken, im Foyer des Festspielhauses.

Hubert strahlte. Er hatte ja gewusst, dass er heute noch einen Treffer landen würde. »Das war für die Autobeilage. Vielleicht sogar der Titel. Kannst du dir vorstellen, dieses irre Gelb des Sportwagens – so von unten geschossen – vor dem schiefergrauen Abendhimmel? Es gibt ja Gerüchte, dass Martinelli bei Ferrari einsteigt …«

»Gerüchte, Gerüchte!« Katja nestelte am Ausschnitt ihres grünen Kostüms. »Ich will ein Interview mit ihm.«

»Martinelli redet nicht mit der Presse, das weißt du doch. Wenn der einen Paparazzo bloß sieht …«

»Das wird sich ja zeigen«, unterbrach ihn Katja mit einer knappen Handbewegung. »Zurück zu dir, mein Freund.«

Hubert nahm sie durch den Sucher ins Visier. Seine alte Spiegelreflex war ihm wirklich die liebste. Er brauchte keine digitalen Spielereien, sondern vertraute auf solides Handwerk und ein gutes Auge. Und natürlich auf seine Leica.

»Warum nimmst du nicht einfach das ganze Material von Tappeiners Begräbnis? Sind doch eh die gleichen prominenten Leidensmienen drauf.«

Katja schaute ihn an. Dann erschien ein Glitzern in ihren Augen, und sie grinste ihn an, wobei sie ihre extraweißen Zähne entblößte. »Das ist ja total unseriös, mein Lieber … Aber gut.«

Da musste auch Hubert lachen. Leicht hatte er es ja wirklich nicht immer mit seiner ehrgeizigen Kollegin. Seit fast zehn Jahren betreute Katharina Morstein nun schon die Gesellschaftskolumne des »Salzburger Blick«. Ihre Berichte aus der Welt der Schönen und Reichen erfreuten einen großen Kreis von Stammlesern und hatten ihr das Wohlwollen des Herausgebers, freie Hand bei der Arbeit und bei missgünstigen Kollegen den Spitznamen »die Society-Hyäne« eingebracht. Ein Name, den sie durchaus als Anerkennung verstand. Ihr wertvollstes Arbeitsmittel, ein verschlüsseltes Adressbuch, war Legende in der Redaktion. Die Kollegenschaft neidete ihr zweifelsohne den hart erarbeiteten Erfolg und auch ihre Sonderstellung, aber aus allen Auseinandersetzungen ging sie mit unerbittlicher Regelmäßigkeit als Siegerin hervor. Das wusste Hubert, und er akzeptierte ihre Chefrolle, die sie wie selbstverständlich ihm gegenüber einnahm.

»Na gut«, sagte Katja, »wenn die Bilder von Tappeiners Beerdigung morgen gleich in der Früh auf meinem Schreibtisch liegen, sehe ich über deine Unzuverlässigkeit noch mal weg. Heute Abend haben wir jedenfalls noch eine ganze Liste abzuarbeiten.«

Sie zog einen feuerroten, von Zetteln überquellenden Terminplaner aus ihrer geräumigen Tasche. »Also, Fürstin Adolorata Schellenberg ist hier ...«

»Die alte Spinatwachtel?«, sagte Hubert. »Na, hoffentlich hat sie diesmal ihre falschen Zähne drinnen. Das hat sonst so einen Touch von Jenseits. Würde aber vielleicht auch zu Salcheneggers ...«

»... weil sie ihren Neffen aus Amerika zu Besuch hat«, fuhr Katja fort. »Sie sucht eine lukrative Partie für ihn. Geld stinkt bekanntlich nicht.«

»Na, da ist sie ja hier genau richtig.«

»Eben. Deshalb will die Schellenberg auch unbedingt Fotos von ihrem Schatzl. Der Junge sieht gut aus. Vielleicht kriegen wir da später auch noch eine Homestory.«

Hubert stöhnte. »Bitte keine Homestorys mehr.«

Katja blickte von ihrem Terminplaner auf. »Meinst du diesen böhmischen Bariton auf seinem merkwürdigen Schloss? Hat doch gut geklappt.«

»Gut geklappt? Spinnst du? ›Welch ein schönes Ölgemälde – und diese Familienähnlichkeit – wohl ein Porträt des Herrn Großpapa?‹«, imitierte Hubert seine Kollegin. »Und dabei hat er das Bild wahrscheinlich irgendwo auf einem Flohmarkt in Bratislava gekauft.«

Katja grinste. »Konsul Wüsthofen bringt heute Abend den Professor Hohlböck mit ... und Minister Grasslhuber stellt seine aktuelle Gattin vor.«

Hubert verzog das Gesicht. »Den hab ich schon im Kasten. War die Blonde seine Frau?«

»Klar, seine vierte. Wieso?« Katja warf Hubert wieder einen ihrer listigen Blicke zu. »Uns steht kein Urteil zu, mein Lieber, wir berichten nur, klar? Der Herr Minister hat die neue Dame seines Herzens hinter einem Ladentisch stehend kennengelernt, als er mit seinen Kindern einkaufen war.«

»Denen aus Ehe eins, zwei und drei, nehme ich an.«

»Nur aus Ehe zwei und drei. Die Kinder aus Ehe eins haben selbst schon Kinder ... Ach ja, dann wäre da noch die neue Ophelia, der kommende Stern am Theaterhimmel. Sie kommt aus Balassagyarmat ...«

»Gesundheit!« Hubert fragte sich immer wieder, warum sich Katja solche Einzelheiten überhaupt merkte. Im nächsten Jahr würde sich sowieso keiner mehr an die junge Dame erinnern.

Katharina verdrehte die Augen. »Na, aus Ungarn halt! Sehr fotogen, aber ich wette, sie kann außer ihrem Rollentext kein Wort Deutsch oder Englisch. Sie soll uns aber auf alle Fälle ein Interview geben. Ihr Regisseur, mit dem sie übrigens zusammenlebt, hat mich heute Morgen auf dem Handy angerufen und dringend darum gebeten – als Gegenleistung sind wir morgen exklusiv auf der Premierenfeier ... Da, schau, der Bundespräsident, wie reizend! Los, an die Arbeit, Hubert!«

Es war gegen Mitternacht, als Hubert endlich in die Redaktion zurückkehrte. Nach kurzer Suche fand er das Kuvert mit der Aufschrift »Tappeiner«. Er warf nur einen kurzen Blick auf die Kontaktabzüge mit den Aufnahmen des Begräbnisses, dann zog er zwei großformatige Hochglanzabzüge hervor; Polizeifotos, die den Toten nach seiner Auffindung im Hellbrunner Schlosspark zeigten.

Nachdenklich betrachtete er die Bilder. Wie das Opfer eines grausamen Wassergottes lag der Galerist bleich und mit geschlossenen Augen auf der steinernen Umrandung des Teiches. Die Einladungen in seine Anifer Galerie für moderne Kunst waren stets ein Fixpunkt der Salzburger Festspielsaison gewesen. Auch die diesjährige Vernissage war bereits im Terminkalender der Redaktion eingetragen.

Er warf den Umschlag mit den Polizeifotos wieder in die Schublade und griff nach den Kontaktabzügen für Katja. Die letzten Bilder des Galeristen brauchte er ihr nicht zu zeigen. Wasserleichen fielen schließlich nicht in das Ressort einer Society-Hyäne.

VIER

Wie ein steinernes Haupt vom Mönchsberg blickte die Festung vom Halbmond beschienen auf die Stadt herab. Die Beleuchtung des Wanderweges am Hang strahlte hinunter bis zu den menschenleeren Gassen und Plätzen der Altstadt. Der tägliche Verkehrsstrom war längst versiegt, und die Lichter in den Fenstern der Stadt erloschen. Im schwarzen Wasser der Salzach spiegelte sich der fahle Schein der Straßenlaternen.

Im Stadtteil Aigen brannte um diese Zeit kaum noch Licht. Vor einigen Minuten war das letzte Auto durch die fast leere Schwarzenbergpromenade gefahren. Für einen kurzen Moment hatten seine Scheinwerfer einen einzelnen Spaziergänger erfasst, der daraufhin seine Schritte beschleunigt hatte und in einen schmalen Seitenweg eingebogen war. Kurz darauf war er wieder aufgetaucht, und jetzt stand die breite Gestalt im Schatten einer hohen Hecke, ein paar Meter außerhalb des Lichtkreises, den die nächste Straßenlaterne auf den Asphalt malte, sodass er sich durch seine dunkle Kleidung kaum von der Umgebung abhob.

Trotz der Wärme der Augustnacht trug der Spaziergänger eine dicke Jacke. Bereits seit fast einer Stunde trieb er sich in der Nähe einer Biedermeiervilla herum, die abgeschirmt durch eine hohe Hecke in einem parkähnlichen Garten stand. Zum wiederholten Mal blieb er am schmiedeeisernen Einfahrtstor stehen und blickte die im nächtlichen Dämmerlicht grau scheinende Fassade hinauf. Dann zog er ein Taschentuch aus der Jackentasche und fuhr sich damit über die Stirn. In diesem Moment erlosch das Licht im offenen Dachgeschossfenster.

Der Vermummte wartete noch eine Viertelstunde an der eisernen Gartentür. Dann ging er mit schnellen Schritten an der Hecke entlang, sodass sein Schatten mit dem Laubwerk verschmolz. Seine rechte Hand streifte an den trockenen Zweigen entlang. Dann blieb der Mann stehen. Zuerst verschwand sein

Arm zwischen den Blättern, nach einem raschen Blick über die Schulter auch der gewichtige Körper. Offensichtlich kannte der Mann die Lücke in dem von der Hecke überwucherten Zaun.

Der Garten lag im Halbdunkel. Die Blätter der Bäume bewegten sich sacht im Nachtwind und warfen dort, wo das entfernte Licht der Straßenlaterne sie erreichte, bizarre Schatten auf den weißen Kiesweg, der zur Haustür führte. Der Mann sah zu den beiden Terrassentüren hinüber, dann duckte er sich und huschte über den Rasen.

Das Gras war feucht, und die Sohlen seiner Schuhe hinterließen dunkle Abdrücke im silbrigen Tau. Er stolperte über die unebenen Steine der Terrasse und wäre fast gestürzt. Leise fluchend erreichte er die Terrassentür. Er zog ein schmales Stemmeisen aus der Tasche und setzte es an dem Holzrahmen an. Die Tür widerstand dem Druck nur kurz und sprang mit einem Knarren bereitwillig auf. Der Mann sah sich noch einmal um, dann schlüpfte er ins Haus.

Ein Geruch nach Büchern und kaltem Pfeifenrauch hing in dem von der Straßenlaterne schwach erhellten Zimmer. Der Mann blieb stehen und schüttelte sich kaum merklich, so als wollte er eine Erinnerung loswerden. Mit raschen Schritten ging er zum Fenster und zog die Vorhänge zu. Dann knipste er eine Taschenlampe an und ließ ihren Schein durch das Zimmer wandern.

Der Lichtkegel erfasste raumhohe Bücherwände, einen lederbezogenen Ohrensessel und mehrere kleine Beistelltische, auf denen sich Bücher stapelten. Auf dem Boden lag ein chinesischer Seidenteppich, an der gegenüberliegenden Wand hing ein großes goldgerahmtes Gemälde.

Eine Uhr schlug.

Der Mann zuckte zusammen und schwenkte den Lichtstrahl der Taschenlampe in die Richtung, aus der die zwei Schläge gekommen waren, bis er auf eine halbmeterhohe Tischuhr traf, die auf einem Schreibtisch in der hinteren Zimmerecke stand. Das dunkle Mahagoniholz schimmerte im schwachen Schein der Lampe. Auf der Schreibtischplatte türmten sich Stapel von losen Papieren zwischen Akten, Büchern und Zeitschriften.

Mit wenigen Schritten erreichte der Mann den Schreibtisch. Ohne Zeit zu verlieren, öffnete er mit geradezu wissenschaftlicher Sorgfalt jede Akte, durchblätterte jede Zeitschrift, überflog die Papiere. Er arbeitete rasch.

Wieder schlug die Tischuhr. Ein goldener Adler thronte über dem Zifferblatt, die Schwingen wie zum Abflug ausgebreitet, und starrte auf ein Silberetui, das zu seinen Füßen lag. Der Mann griff nach dem Etui, ließ es aufschnappen und leerte den Inhalt auf die Tischplatte. Eine Handvoll Zigarren rollte auf die Papiere und hinterließ eine Spur vertrockneter Tabakkrümel. Achtlos legte der Mann das silberne Etui auf den Zeitungsstapel.

Er wandte sich den Schreibtischschubladen zu. Bis auf die rechts oben ließen sich alle problemlos aufziehen. Der Strahl der Taschenlampe huschte über Büroutensilien, Bankauszüge, Versicherungsunterlagen, einen abgelaufenen Reisepass und mehrere alte Pfeifen. Der Mann blätterte sie kurz durch und warf sie wieder zurück. Dann setzte er das Stemmeisen an der verschlossenen Schublade an. Das zierliche alte Schloss sprang auf und gab den Blick frei auf eine Taschenuhr, an der das Glas fehlte, und eine tintenbefleckte goldene Füllfeder. Der Mann zog ein Taschentuch aus der Hosentasche, griff damit vorsichtig nach dem Schreibgerät und las den eingravierten Namenszug. Kurz schien er zu zögern, dann warf er die Füllfeder mitsamt dem Taschentuch auf den Tisch und ließ sich in den Schreibtischsessel sinken.

Langsam ließ er den Strahl der Taschenlampe durch das Zimmer wandern. Ihr Licht erhellte ein Gemälde an der gegenüberliegenden Wand. Es zeigte einen zu Boden gehenden Rehbock, der von zähnefletschenden Wölfen umstellt war. Ein Wolf hatte sich bereits im Rücken des Rehs verbissen. Der Maler hatte das vor Qual weit aufgerissene Maul des Tieres, seinen brechenden Blick, seinen letzten Atemzug eingefangen. Im Hintergrund erhob sich drohend eine Felswand. Die Szene schien von einem letzten Sonnenstrahl erleuchtet, dunkle Wolken zogen bereits am lichtblauen Himmel auf.

Der Mann beugte sich vor über den Schreibtisch. Ein auf den Goldrahmen geschraubtes Messingschild blitzte auf: »Friedrich Gauermann, Einen Rehbock reißende Wölfe, 1830«.

Der Mann wischte sich den Schweiß von der Stirn. Er griff in die Tasche seiner Steppjacke und suchte vergebens nach dem Taschentuch. Es lag am anderen Ende der Tischplatte, noch halb um die goldene Füllfeder gewickelt. Behindert von der dicken Kleidung, griff der Mann mühsam nach dem Tuch. Dabei berührte er einen Stapel Papier, der mit leisem Rascheln zu Boden glitt. Der Mann fuhr zurück und stieß dabei an den Zeitungsstapel, auf dem das silberne Etui lag und der dadurch in eine gefährliche Schieflage geriet. Schnell griff der Mann danach, wobei sich der Ärmel seiner Jacke an der Ecke eines Ordners verfing. Für einen Augenblick schwankte der Aktenturm gefährlich, dann stürzte der ganze Stapel samt dem Etui mit einem dumpfen Schlag zu Boden.

Erschrocken sprang der Mann auf, wobei er den Schreibtischsessel so unsanft zurückstieß, dass er krachend umfiel. Sofort erhob sich im Haus ein heiseres Hundegebell. Schritte waren zu hören, und jemand musste das Ganglicht angeknipst haben, denn ein schmaler Lichtstreifen erschien unter der Tür. Das hastige Getrappel von Hundepfoten näherte sich dem Arbeitszimmer, und das Gebell steigerte sich zu wütendem Keifen.

Der Mann, der zunächst wie erstarrt dagestanden hatte, griff nun nach dem Stemmeisen und ließ es in seiner Jacke verschwinden. Dann eilte er zur Terrassentür und knipste die Taschenlampe aus. Beinahe wäre er auf den unebenen Steinplatten der Terrasse gestolpert. Gerade noch konnte er seinen gewichtigen Körper abfangen, dann eilte er mit schnellen Schritten über den Rasen der Hecke zu. Auf halber Strecke drehte er sich noch einmal zu der jetzt hell erleuchteten Terrassentür um, aus der in diesem Moment eine riesige gefleckte Dogge stürmte. Der Mann stürzte sich mit ausgestreckten Armen durch die Hecke.

Kurz darauf stand er keuchend auf der Straße. Auf der anderen Seite des Gartenzauns hörte er das wütende Gebell der Dogge.

Schnell wechselte er die Straßenseite und schlug den Weg in Richtung Innenstadt ein. In diesem Moment bog ein Auto in die Straße ein und erfasste ihn im Scheinwerferlicht. Er blieb schwer atmend stehen, ging dann langsam weiter, den Blick zu Boden gerichtet. Es war eine Polizeistreife, die im Schritttempo auf ihn zufuhr. Hinter der Hecke bellte immer noch der Hund. Aufmerksam musterte der Beamte auf dem Beifahrersitz ihn im Vorbeifahren. Dann beschleunigte der Streifenwagen.

Der Mann stellte erleichtert seinen Jackenkragen auf und bog mit schwankenden Schritten auf die Aigner Straße Richtung Altstadt.

FÜNF

Hans Bosch stand an den weit offenen Fensterflügeln des Instituts und blickte auf die von der frühen Morgensonne bestrahlten Dächer der Stadt. Das eben erst mit scharfem Wasserstrahl gesäuberte Kopfsteinpflaster trocknete, und sein aufsteigender Dampf verwandelte sich in goldene Nebelschwaden, die durch die mittelalterlichen Gassen zogen und dumpf riechend in das noch kühle Arbeitszimmer drangen.

Er trat zu Professor Salcheneggers Schreibtisch, wo sich verschiedene Unterlagen stapelten. Persönliche Briefe, das letzte Sitzungsprotokoll des Akademischen Senats, ein Dankschreiben für die Vermittlung eines Restaurators, mehrere Einladungen zu Gastvorträgen an ausländischen Universitäten, eine Honorarabrechnung für ein Gutachten.

Bosch seufzte. Er hasste Büroarbeit. Sein Blick wanderte zu dem großen Karton, der neben der Tür auf dem Boden stand, und der noch weitaus unangenehmere Arbeit enthielt. Michaela Salchenegger hatte ihn auf der Beerdigung ihres Vaters gebeten, die Unterlagen zu sichten, die der Professor in seinem Privathaus in Aigen aufbewahrt hatte. Der Karton war noch größer als befürchtet, doch sein Inhalt würde warten müssen. Bosch senkte den Kopf und vertiefte sich in die Tagespost.

Es war schon nach elf, als ein zaghaftes Klopfen zu vernehmen war. Die Tür wurde geöffnet, und ein junger Mann schob sich ins Zimmer. Sein Blick war auf Bosch hinter dem Schreibtisch gerichtet, sodass er den Karton am Boden nicht bemerkte und mit dem Schuh unsanft dagegenstieß.

»Oh, Verzeihung …«

Erst jetzt blickte Bosch auf. »Macht nichts. Kommen Sie herein.«

Der junge Mann blieb jedoch an der Tür stehen und hielt eine abgegriffene Aktenmappe wie einen Schild vor seinen kräftigen Körper. Seine dunklen Augen, die flüchtig zu dem Karton geglitten waren, hefteten sich wieder auf Bosch.

»Was kann ich für Sie tun?«

Der Student gab keine Antwort.

»Na, was ist?« Bosch hatte genug zu tun.

Der junge Mann schluckte, dann sagte er: »Es geht um diese Lehrveranstaltung ...«

»Ja? Welche Lehrveranstaltung?«

»Frida Kahlo.«

»Frida Kahlo? Sie meinen das Surrealismus-Seminar bei Professor Salchenegger?«

Der Student nickte.

»Ja, wissen Sie denn nicht, dass Professor Salchenegger vor zehn Tagen verstorben ist?«

»Äh, doch. Vielleicht könnte ich mich trotzdem anmelden ...?«

So ein Unsinn war Bosch noch selten zu Ohren gekommen. »Natürlich können Sie sich noch nicht anmelden«, sagte er unwillig. »Der Nachfolger für Professor Salchenegger steht noch nicht fest. Tut mir leid, dass ich Ihnen nicht helfen kann.«

Der Student stand steif an der Tür und kniff den Mund zusammen.

»Wie Sie sehen, bin ich, äh ... ich bin im Moment sehr beschäftigt«, sagte Bosch. »Warten Sie einfach das neue Inskriptionsverzeichnis ab und melden Sie sich dann bei der Sekretärin. Aber nicht vor Mitte September.«

Endlich schien der junge Mann verstanden zu haben. Er lockerte den krampfhaften Griff um seine Aktentasche, nickte kurz und verschwand.

Bosch ließ den Brief der Warschauer Universität auf den Schreibtisch fallen, stand auf und streckte sich. Dann ging er zum Fenster und lehnte sich über den verwitterten Steinsims.

Der Domplatz lag menschenleer in der beginnenden Mittagshitze, wie ein verlassener Theatersaal. Zwei Nonnen überquerten den Platz vom Domportal her, wo die Holzbühne des »Jedermann« aufgebaut war. Die Sonne stand bereits so hoch im Zenit, dass ihr steifer schwarzer Habit kaum einen Schatten auf die weißen Steine warf. Mit schnellen kleinen Schritten, den Stoff ihrer Hauben im Luftzug gebläht, schienen sie wie zwei Schiffe dahinzusegeln. Bosch kniff die Augen zusammen und schaute ihnen nach.

»Alle Plätze sonnig schweigen, tief in Blau und Gold versponnen«, murmelte er, »traumhaft hasten sanfte Nonnen, unter schwüler Buchen Schweigen.« Schon als Schuljunge hatte er Trakl geliebt.

Die beiden Ordensschwestern verschwanden in der Franziskanergasse, und der Domplatz lag wieder menschenleer im weißen Licht.

Bosch wandte sich gottergeben erneut seinen Papierstapeln zu. Aber so recht wollte ihm die Arbeit nicht von der Hand gehen. Immer wieder irrte sein Blick zu dem Karton, der so unübersehbar im Weg stand. Sollte er sich die Unterlagen doch gleich anschauen? Vielleicht enthielten sie ja irgendwelche Antworten auf die Fragen, die Salcheneggers Tod in ihm aufgeworfen hatte.

Entschlossen stand Bosch auf, packte den Karton und schleifte ihn über das knarrende Parkett zum Schreibtisch. Dann klappte er den Deckel auf und warf einen missmutigen Blick in die Schachtel. Michaela musste alles, was sie gefunden hatte, einfach wahllos hineingeworfen haben. Verärgert zog Bosch ein paar Papiere heraus.

Offensichtlich hatte sich Michaela nicht einmal die Mühe gemacht, die privaten von den geschäftlichen Unterlagen zu trennen. Er entdeckte ein noch ungeöffnetes, amtlich aussehendes Schreiben des Magistrats der Stadt Salzburg, einen offenen Briefumschlag, der den Stempel einer Anwaltskanzlei trug und ein Kuvert des Festspielbüros mit zwei Opernkarten für die kommende Festspielsaison. »La Traviata«. Bosch hob die Brauen. Mit seinem Gehalt konnte er sich diesen Kunstgenuss jedenfalls nicht leisten. Er schob die Karten wieder zurück und deponierte das Kuvert sorgsam im Schreibtisch. Das Schreiben des Magistrats legte er ungeöffnet dazu. Blieb noch der Brief des Anwalts. Ein rascher Blick auf den Poststempel verriet, dass das Schreiben erst zwei Wochen alt war. Bosch zog den Brief aus dem Umschlag und las.

Sehr geehrter Herr Professor,
Bezug nehmend auf unser letztes Gespräch in meiner Kanzlei darf ich den Termin am 26. August, um 10.30 Uhr, zur Errichtung der geplanten Stiftung bestätigen. Ein Notar wird zur Mantelung der Stiftungsurkunde anwesend sein. Auch das bereits besprochene Testament habe ich in meiner Kanzlei vorbereiten lassen. Ich schlage daher vor, uns eine halbe Stunde vor dem angesetzten Termin zu treffen, um den Inhalt des Testaments noch einmal durchzugehen und gegebenenfalls anschließend in Anwesenheit des Notars gleich zu unterzeichnen.
Mit freundlichen Grüßen
Dr. Eberhard Monk, Rechtsanwalt

Bosch runzelte die Stirn. Salchenegger war Witwer gewesen und seine einzige Tochter damit die Haupterbin. Hatte er für sie eine Stiftung errichten wollen? Und konnte denn der Ordinarius eines Kunstgeschichteinstitutes überhaupt ein so großes Vermögen haben, dass es sich lohnte, dafür eine Stiftung zu gründen? Boschs Blick wanderte zu den teuren Festspielkarten. Nachdenklich legte er den Anwaltsbrief dazu.

Der restliche Inhalt des Kartons würde noch den ganzen Vormittag in Anspruch nehmen. Alte Manuskriptseiten mit Bleistiftkorrekturen an den Rändern, verschiedene, zum Teil schon längst verjährte Taschenkalender, mit unleserlichen Kürzeln und Kritzeleien übersäte Notizzettel, ein Reiseprospekt. Bosch nahm den ganzen Stapel und warf ihn in den Papierkorb. Ein paar Zettel verfehlten ihr Ziel und fielen zu Boden. Er musste sich bücken und halb unter den Schreibtisch kriechen, um die Papiere hervorzuangeln. Heftig schnaufend erhob er sich und warf einen Blick auf den Reiseprospekt in seiner Hand.

Die glatte bunte Vorderseite zeigte ein typisches bayrisches

Haus, weiß mit blaugrauer Lüftlmalerei auf der Fassade, unter einem unnatürlich blauen Himmel. Im Vordergrund prangte das Bild eines geschnitzten heiligen Christophorus, daneben war etwas kleiner eine Holzkrippe abgebildet. »Cherubim Brandner – Souvenirs – Oberammergau« war am oberen Rand wie auf einem Filmplakat aus den fünfziger Jahren in altmodischer Kursivschrift zu lesen. Bosch musterte den heiligen Christophorus. Der übliche Kitsch, für den Oberammergau bekannt war. Was hatte der Professor damit zu tun? Und weshalb hatte er diesen Prospekt aufgehoben? Auf der Rückseite standen ein paar mit schwarzem Filzstift geschriebene Zeilen.

Hallo Professor!
Kommen Sie am Freitag, den 14. Juli, um 19.30 ins Müllner Bräu zu einer kleinen Geschäftsunterredung über Ihre interessante Gutachtertätigkeit (Stichwort Pacher-Madonna!) Und suchen Sie sich einen schönen d.h. freien Tisch aus. Es soll doch (noch!) nichts an die Öffentlichkeit!
Ein Freund

Bosch runzelte die Stirn. *Ein Freund?* Was sollte das denn heißen? Und wer vereinbarte denn seine Geschäftsbesprechungen auf einem Werbeprospekt? Das konnte ja wohl nur ein Scherz sein. Er ließ den Prospekt in den Papierkorb segeln. Dann ging er zu dem inzwischen leeren Karton, legte ihn auf die Seite und zog die Faltung des Unterbodens auseinander. Wie ein Kartenhaus fiel das ganze Gebilde in sich zusammen. Von draußen war das Mittagsläuten der Domglocken zu hören. *Stichwort Pacher-Madonna … Ihre äußerst interessante Gutachtertätigkeit.* Bosch richtete sich wieder auf. Dass Salchenegger Gutachten verfasst hatte, war eigentlich nur in Fachkreisen bekannt. *Es soll doch nichts an die Öffentlichkeit kommen.* Was? Was sollte nicht an die Öffentlichkeit kommen? Bosch spürte ein Kribbeln im Bauch. Er ging zum Papierkorb zurück und fischte den Prospekt wieder heraus. *Ein Freund … Ein Freund?* Ach was, so ein Unsinn. Bosch schob den Prospekt in seine Jackentasche und ging langsam wieder zum offenen Fenster.

Ein Spruchband wand sich unter den auskragenden Dachbalken des alten Patrizierhauses auf der anderen Straßenseite. Beschwörend und seit Jahrhunderten in unzähligen Schichten immer wieder sorgfältig bemalt, stand da schwarz auf weiß: »Gott, steh uns bei in unsrer Noth, und schütz uns vor dem gachen Tod.«

Jahreszahlen, das Auge Gottes, flehentliche Bitten und demütige Gebete schmückten seit je die alten Gebäude. Ein allgegenwärtiges und unaufhörliches Memento mori. Bosch fiel Salchenegger und dessen unerwartetes Ableben ein. Wie konnte der Autor eines Fachbuches über Pilze überhaupt an einer Pilzvergiftung gestorben sein? Ja, dachte Bosch, und schütz uns vor dem jähen Tod.

SECHS

Auf den ersten Blick wirkte der Garten wie immer. Aber bei genauerem Hinsehen entgingen Michaela die Veränderungen nicht, die er in den zwei Wochen durchgemacht hatte, in denen sich ihr Vater nicht mehr um ihn hatte kümmern können. Der Rasen musste unbedingt gemäht werden, und was da unter den alten Rosenbüschen wuchs, war eindeutig Unkraut. Michaela versuchte, einen der verwelkten braun geränderten Blütenköpfe abzubrechen, und behielt dabei Achilles im Auge, der seine Schnauze unter jeden Busch und in jedes Erdloch steckte. Zuerst war sie wütend gewesen, weil ihr Vater den Nachbarshund wieder als Pensionsgast aufgenommen hatte. Aber nach dem Einbruch letzte Nacht war sie doch froh über die Anwesenheit der Dogge.

Michaela beugte sich vor und zog eine frische Rosenblüte zu sich heran. Irgendwie meinte sie im Duft der Pflanzen heute Abend einen Hauch von Fäulnis zu bemerken, und die Luft schien ihr noch drückender als in den Tagen zuvor. Vielleicht sollte sie sich, nachdem Frau Achleitner das Haus so Hals über Kopf verlassen hatte, nach einer neuen Haushälterin oder zumindest einer Gartenhilfe umsehen.

Ein Geräusch ließ sie zusammenfahren. Sie drehte sich um und ließ ihren Blick durch den Garten wandern. Da sah sie Achilles. Der Hund war dabei, mit wirbelnden Pfoten den Rasen aufzugraben. Sie stieß einen Schrei aus. Achilles hob den Kopf und schaute sie über die erdverkrustete Nase an.

»Na warte! Noch einmal, und deine Leute können dich im Tierheim abholen. Verstanden, Achilles?«

Die Dogge machte ein treuherziges Hundegesicht, und Michaela versuchte, ihren Zorn zu dämpfen. Was wäre geschehen, wenn Achilles letzte Nacht nicht im Haus gewesen wäre? Nicht auszudenken. Sie setzte ein beschwichtigendes Lächeln auf.

»Achilles, mein Guter … komm her. Das darfst du nicht.«

Der Hund gähnte. Dann drehte sich das Biest um und präsentierte ihr sein schmales, muskulöses Hinterteil, während es sich gemächlich in Richtung auf das Rosenbeet zubewegte.

»Achilles, wehe, wenn du …«

Aber die Dogge trabte ungerührt am Strauch der »Malakoff« vorbei, umrundete die »Cardinal de Richelieu«, und gerade als Michaela einen erleichterten Seufzer ausstoßen wollte, hob sie an der prachtvollen »Cuisse de Nymphe« das Bein.

Das ging nun eindeutig zu weit. »Na, warte, du … du …« Michaela starrte den Hund böse an und ging mit langsamen Schritten auf ihn zu. Die Dogge stand, breit hechelnd, wie aus Marmor gemeißelt. Ihr nach Dosenfutter riechender Atem waberte Michaela entgegen und erstickte alle Düfte dieses herrlichen Sommerabends. Da spitzte der Hund die Ohren, senkte den Kopf und sträubte das Nackenfell.

»Vergiss es! Glaub ja nicht, dass ich Angst vor dir habe.«

Doch da merkte sie, dass die Aufmerksamkeit des Hundes gar nicht ihr galt. Seine schwarzen Augen waren starr auf einen Punkt hinter ihr gerichtet. Michaela erstarrte. Und obwohl die Abendsonne sie noch wärmte, spürte sie, wie sich eine Gänsehaut auf ihren Armen ausbreitete. Sie wagte nicht, sich umzudrehen, sondern lauschte angestrengt. Aber außer dem vertrauten brummenden Rasenmäher in einem Nachbargarten und dem Schlagen der Amsel auf dem Hausdach hörte sie nichts.

Wieder gähnte Achilles herzhaft und schüttelte sich.

Michaela drehte sich um. Der ungeharkte Kiesweg schimmerte rosa im Abendlicht, und erste graue Schatten sammelten sich in den Mulden, die ihre Fußabdrücke hinterlassen hatten. Nichts rührte sich. Sie blickte zu der Geißblatthecke, die das Grundstück zur Straße hin abschirmte, und dann zu dem weißen Gartentor, das zwischen den Zinnien und einer üppigen Staudenrabatte hervorschaute. Wie oft hatte ihr Vater die Namen seiner geliebten Pflanzen erwähnt. Sie kannte sie alle auswendig, auch wenn sie seine botanischen Vorträge gehasst hatte.

Niemand war zu sehen. Michaela atmete erleichtert aus. Dann sagte sie sich, dass ein Einbrecher wohl kaum ein zweites Mal ins gleiche Haus eindringen würde. Zumindest nicht um diese Tageszeit, solange es noch hell war.

»Okay, das war's!« Sie ging mit entschlossenen Schritten auf den Hund zu und packte das breite Halsband. »Wenn du jetzt jede Katze wie einen Einbrecher behandelst, müssen wir reingehen. Sonst bekomme ich noch einen Herzinfarkt.«

Michaela saß auf dem cremefarbenen Sofa im Wohnzimmer, einen Teller mit Weintrauben neben sich und ein Glas mit kaltem Mineralwasser auf dem Tisch. Etwas halbherzig verfolgte sie die Wiederholung eines »Tatort«. Sie hatte den Fernseher lauter stellen müssen, um Achilles' unaufhörliches Schnarchen zu übertönen. Wie ein gestrandeter Wal lag der riesige Hund auf dem Seidenteppich. Als das Schnarchen der Dogge endlich aufhörte, war es schon fast halb zehn.

Michaela sah zu Achilles hinüber, der jetzt auf dem Bauch lag und sein knochiges Gesicht auf die Terrassentür gerichtet hielt. Sie folgte dem Blick des Hundes. Das Zimmer wurde nur vom flackernden Schein des Bildschirms erhellt. Trotz der Dunkelheit konnte sie den Garten noch schemenhaft durch die Glasscheibe der Tür erkennen.

»Achilles, da ist nichts, glaub mir«, sagte Michaela. »Luzifer fängt Mäuse, du dummer Hund.« Oder die Nachbarskatze benutzte das Kräuterbeet wieder als Klo.

Aber ... hatte sie nicht gerade einen Schatten auf dem Rasen gesehen?

Die Dogge legte ihre Schnauze auf die Pfoten. Das Weiß in ihren Augen leuchtete im Halbdunkel. Dann hob sie den Kopf.

Michaela hielt den Atem an und schaute wieder zur Tür. Nichts war zu sehen, draußen im Dunkeln war nur das Nageln eines Dieselmotors zu hören. Vielleicht ein Taxi, das an der Hecke vorbeifuhr. Sie pflückte eine der blaurot schimmernden Beeren von der Traube und wollte sie gerade in den Mund stecken, als Achilles ein tiefes Grollen vernehmen ließ. Wieder starrte Michaela auf die Dogge, die sich lautlos erhob und mit gesenktem Kopf und drohend gesträubtem Nackenfell auf die Terrassentür zustakste.

»Achilles, was ist denn da drau…?« Der Satz blieb ihr in der Kehle stecken. Jetzt sah sie es auch: Ein Schatten, viel zu groß für eine Katze, bewegte sich im Garten. Irgendwer schlich da draußen herum. Michaela wollte schlucken, aber ihr Mund war wie ausgetrocknet. Das Küchenfenster! Nein, das hatte sie ja vorhin geschlossen. Das Flimmern des Fernsehers war von draußen sicher deutlich zu sehen. Wer immer in ihrem Garten war, wusste, dass sie zu Hause war. Und es war ihm egal. Oder noch schlimmer, es kam ihm gerade recht. Sollte sie die Polizei rufen? Wo lag bloß wieder ihr Handy?

Michaela tastete, den Blick starr auf die Terrassentür gerichtet, nach der Fernbedienung und schaltete den Fernseher aus. Jetzt konnte der Kerl sie zumindest nicht mehr sehen. Sie erhob sich mit weichen Knien und schlich zur Terrassentür. Als sie mit dem Bein gegen etwas Weiches stieß, hätte sie fast aufgeschrien. Achilles machte einen Satz zur Seite. Genau, der Hund! Der war ihre Rettung. Langsam streckte Michaela die Hand aus und ergriff das breite Halsband. Ein leises Knurren war die Antwort.

»Pst, Achilles«, flüsterte sie. »Nicht bellen. Ich mach jetzt die Tür auf, und du beißt den Mann. Hast du mich verstanden?«

Hatten Teresa und Sepp ihren Hund überhaupt abgerichtet? Egal. Sie würde jetzt herausfinden, wer sich nachts in ihrem Garten herumtrieb. Schließlich konnte sie nicht den ganzen Abend herumsitzen wie das Kaninchen vor der Schlange. Michaela stieß die Tür zur Terrasse auf.

»Achilles, fass!«

Und schon hetzte der Hund mit einem Satz über die Terrasse weg auf das Rosenbeet zu. Michaela versuchte, ihm zu folgen, stolperte dabei aber und fiel der Länge nach auf die rauen Terrassenplatten. Sie stemmte sich hoch auf die Knie und spähte in die Dunkelheit, in der Achilles verschwunden war. Da fühlte sie einen festen Griff um ihren rechten Oberarm.

Sie wollte schreien, bekam aber vor Angst keinen Ton heraus. Kräftige Hände zogen sie hoch, und ihr Gesicht berührte die breite Brust eines Mannes. Sie hörte ihren Angreifer überrascht Atem holen, dann gellte sein Schmerzensschrei in die Nacht. Gleich darauf war sie wieder frei und stolperte ein paar Schritte zurück.

Die Dogge stand breitbeinig auf den Steinplatten neben ihr. Das breite Maul klaffte triefend, die lange, in der Dunkelheit graue Zunge hing heraus, und die großen glitzernden Augen fixierten ihr sich krümmendes Opfer.

»Ich bin's doch, Michi!«, schrie der Mann.

So hatte sie nur ihr Vater genannt. Und ... *»Hans?!«* Michaela sah zu ihrem Angreifer, der jetzt stöhnend aus dem Schatten der Markise trat und sich über sein zerrissenes Hosenbein beugte. »Hans! Wie kommst du denn hierher?«

»Na, über den Rasen. Ich wollte ... Aua!« Hastig zog Hans seine Hand aus dem Loch in seiner Hose. »Ich wollte mit dir reden. Ich konnte ja nicht ahnen, dass mich diese Bestie ... ahh! Verdammt, mein Bein!«

Die Dogge setzte sich auf ihre mächtigen Hinterkeulen und kratzte sich am Hals. Dann erhob sie sich schwerfällig, schüttelte sich und trabte ins Wohnzimmer zurück. Mit einem Plumpsen ließ sie sich auf den Chinateppich fallen.

Michaela starrte Hans an. »Was willst du hier? Warum schleichst du hier herum?« Langsam ging sie zur offenen Terrassentür zurück. Hans streckte die Hand aus und machte einen unbeholfenen Schritt auf sie zu.

»Michi«, sagte er, »ich wollte dir doch nur was geben.«

»Und deswegen überfällst du mich mitten in der Nacht?« Sie blieb in der Tür stehen und drehte sich um. Hans stand noch immer mitten auf der Terrasse.

Er seufzte und zog ein paar Umschläge aus der Tasche. Wortlos hielt er sie ihr hin.

»Was ist das?«

»Deine Post, was denn sonst? Aus dem Karton, den du mir freundlicherweise überlassen hast. Bei der Hitze arbeite ich immer noch am Abend. Und da bin ich extra nach Aigen herausgefahren, um dir die Post zu bringen.«

»So«, sagte Michaela, doch dann griff sie nach den Briefen und drückte sie sich an die Brust. »Danke.«

Unschlüssig musterte sie Hans, der auf dem linken Bein stand, und das rechte in einer grotesken Schonhaltung zur Seite gedreht hatte. »Du hast mich ganz schön erschreckt. Wieso hast du nicht geklingelt?«

»Ich hab das Licht im Wohnzimmer gesehen und den Fernseher, und da bin einfach durch den Garten gegangen.« Er zuckte die Schultern. »Ich wollte dich nicht erschrecken.«

Michaela warf einen Blick auf das zerrissene Hosenbein. »Wie schlimm ist es denn? Willst du ins Krankenhaus oder soll ich schauen, ob ich dich verarzten kann?«

»Wenn's geht, nicht ins Krankenhaus.«

»Meinetwegen. Dann komm halt rein.«

Ihr ungebetener Gast humpelte ins Wohnzimmer und ließ sich übertrieben stöhnend auf das Sofa fallen. Michaela knipste die Stehlampe an, legte die Briefe auf den Tisch und beugte sich über Hans, um die Verletzung in Augenschein zu nehmen. Sein rechtes Hosenbein war bis zum Knie aufgerissen, und auf seinem Unterschenkel waren vier kleine rote Löcher zu erkennen. Zwei auf dem Schienbein und zwei auf der Wade. Die Wundränder waren geschwollen, und ihr kam es vor, als verfärbten sie sich bereits blaurot. Aus den Löchern sickerte ein wenig Blut.

»Man kann Achilles' Zähne deutlich sehen«, sagte sie.

»Hoffentlich hat er nicht die Tollwut.«

»Quatsch.« Michaela griff nach der Serviette und tauchte sie in das Glas mit dem inzwischen lauwarmen Mineralwasser. »Wenn du nicht wie ein Einbrecher durch den Garten geschlichen wärst, hättest du jetzt keinen Kratzer. Sei froh, dass dir Achilles nicht den Knochen gebrochen hat.«

»Schöner Trost.«

Michaela tupfte vorsichtig die Wundränder ab. »Es blutet ein bisschen«, sagte sie. »Aber das reinigt.«

Hans stöhnte auf. »Was … was machst du da? Muss das wirklich sein?« Er versuchte, sein Bein wegzuziehen.

»Halt endlich still!« Michaela faltete die Serviette zusammen und wischte noch einmal um die Spuren der Hundezähne herum. »So, fertig.« Sie begutachtete ihr Werk. Zumindest die Haut war jetzt sauber und trocken. »Ich glaube, die Narben werden schöner, wenn du dir die Löcher zunähen lässt.«

»Auch das noch«, knurrte Hans. »Ich hasse Hunde.«

Draußen hielt ein Auto. Michaela hob den Kopf. Eine Wagentür schlug zu, und eilige Schritte waren zu hören. Gleich darauf quietschte das Gartentor der Nachbarn. Michaela strich sich eine Haarsträhne aus dem Gesicht.

Hans streckte vorsichtig sein Bein aus. »Was ist hier eigentlich los?«

Michaela schaute zur Dogge, doch die schlief tief und fest und schien in einem Hundetraum gefangen. Ihre Pfoten zuckten, ihre Lefzen blähten sich, und aus ihrem Maul kam ein leises Fiepen.

Michaela ging zu dem zweiten Sofa hinüber und ließ sich zwischen die Seidenkissen fallen. Sie starrte auf die feuchte Serviette in ihren Händen, wand sie hin und her. Als ihre Finger einen schmierigen Blutfleck berührten, blickte sie schnell auf. Hans konnte sie doch erzählen, was gestern passiert war, oder? »Bei mir ist letzte Nacht eingebrochen worden.«

»Was? Hier im Haus?«

Sie nickte und sah Hans an, begegnete aber nur seinem ungläubigen Blick. »Glaubst du mir etwa nicht?«

»Doch. Natürlich.«

Michaela fand seinen Ton zögerlich. Wahrscheinlich glaubte er ihr wirklich nicht. Hans schaute sich im Wohnzimmer um, und sie folgte seinem Blick. Auf einen Außenstehenden mussten der antike Seidenteppich, der Meißner Teller auf dem Sofatisch mit dem leuchtenden Drachenmotiv, die aufwendig gerahmten Fotos und die beiden schweren Silberleuchter auf dem Kaminsims wie eine Einladung für jeden Einbrecher erscheinen. Aber eben nicht auf ihren Besucher in der letzten Nacht.

»Weißt du schon, was alles gestohlen wurde?«, fragte Hans.

Michaela zuckte die Schultern. »Wahrscheinlich – nichts.«

»Nichts?« Unwillkürlich war Hans' Stimme lauter geworden.

Die Dogge, die bis eben schlafend zu Michaelas Füßen gelegen hatte, hob den Kopf. Sie grunzte leise und warf ihm einen ärgerlichen Blick zu.

Hans schluckte. »Und was sagt die Polizei?«

Michaela schaute ihn an. Sie hatte im ganzen Haus Licht gemacht, alle Türen verschlossen und war mit Achilles bis zum Morgengrauen im Wohnzimmer gesessen. Den Gedanken, die Polizei zu rufen, hatte sie gleich wieder verworfen.

»Du hast doch die Polizei verständigt?«

Michaela schüttelte den Kopf. »Ich hab die Nase voll von dieser ewigen Rumschnüffelei.«

Hans brummte etwas, das wie eine Zustimmung klang.

»Dazu noch das tagelange Theater von der Achleitner ...« Michaela trommelte mit den Fingern auf die Sofalehne. »Immerhin hat die gute Frau Paps die Schwammerl ja gekocht.«

»Du meinst eure Haushälterin?«

Michaela nickte, und Hans brummte wieder wie abwesend. Dann fiel sein Blick auf den Hund. »Seit wann habt ihr eigentlich einen Hund? Noch dazu solch einen. Der sieht ja aus wie aus einem Schauerroman.«

»Was?« Michaela sah hinunter zu Achilles.

»›Der Hund von Baskerville‹ eben.« Hans schien sich auf seinem Sofa weiter zurückzuziehen.

»Achilles hat letzte Nacht den Einbrecher vertrieben.« Sie kraulte die Dogge hinter den weichen Ohren. Der Hund schloss genussvoll die Augen. »Eigentlich gehört er den Nachbarn. Aber die sind zurzeit auf Asienreise. Paps hat ja öfter auf Achilles aufgepasst. Ihr habt euch gut verstanden, nicht wahr, mein Kleiner? Paps hatte immer ein Herz für skurrile Typen.«

»Ach, ja«, sagte Hans und verschränkte die Arme.

Michaela konnte sich ein Grinsen nicht verkneifen. »Ich rede natürlich nur von Hunden.«

»Das will ich hoffen. Und du sagst, es fehlt nichts?«

»Ganz genau weiß ich es natürlich nicht. Das Arbeitszimmer meines Vaters war total durchwühlt, aber auf den ersten Blick hat nichts gefehlt. Zumindest keine Wertsachen.« Sie knüllte die Serviette zusammen und warf sie auf den Tisch. »Könnte natürlich sein, dass da irgendwo unter dem ganzen Papierkram kostbare Handschriften waren oder alte Urkunden. Mein Vater hat mit mir ja nur wenig über seine Arbeit gesprochen. Wahrscheinlich hat er gemerkt, dass mich das nicht interessiert.« Michaela fuhr sich mit der Hand über die Augen. Der Gedanke an ihren Vater tat weh. Sie hatten immer zu wenig miteinander gesprochen.

Ein nächtlicher Luftzug wehte aus dem Garten durch die Terrassentür, blähte die Vorhänge und brachte einen Hauch von Rosenduft mit.

Hans räusperte sich. »Weil du es gerade erwähnst. Du hast nicht zufällig eine ... äh, Zeichenmappe bei den Unterlagen deines Vaters gefunden? Vor dem Einbruch, meine ich?«

»Eine Zeichenmappe?« Michaela versuchte, sich zu erinnern. Sie kannte nur die wertvollen Ölgemälde, die ihr Vater gesammelt und in dicken Goldrahmen im ganzen Haus ausgestellt hatte. »Du glaubst, Paps hatte irgendwelche wertvollen Zeichnungen?«

Verblüfft sah sie, wie Hans errötete. Tiefergehende Gefühle kannte sie nicht von ihm. Für sie war er immer nur das Faktotum ihres Vaters, den sie seit Kindertagen kannte, der sie seit dieser Zeit »Michi« nennen durfte und der so nützlich und dabei so unaufdringlich war wie ein altvertrautes Möbelstück.

»Das wollte ich damit natürlich nicht sagen.« Hans schien sich innerlich zu winden. »Die ... die Zeichnungen, äh, nun ja ... sie sind von mir. Dein Vater wollte einen Blick darauf werfen und ...« Er brach ab.

»Ja?«

»Also, die Blätter sind in einer blauen Mappe mit roten Bändern, und wenn du sie zufällig finden solltest, wäre ich dir dankbar, wenn ich sie zurückhaben könnte.«

Michaela lächelte über seine wohlgesetzte Rede. »Ich wusste gar nicht, dass du zeichnest.«

»Eigentlich sind es nur Skizzen. Für ein Triptychon in Öl.«

»Aha. Dann malst du also?« Michaela streichelte den Hund.

»Ich ... also, zurzeit arbeite ich zu Hause an einem ›Sensenmann‹. Ein Ölbild. Eine Allegorie auf ...« Er verstummte.

»Ist ja toll ...«

Hans brummelte ein paar Worte, die sie nicht verstand, aber ein Blick in sein rotes Gesicht genügte, und ihr war klar, dass er dieses Thema nicht weiter vertiefen wollte. Der Assistent ihres Vaters konnte verschlossen wie eine Auster sein und war ihr schon immer ein wenig merkwürdig vorgekommen. Aber vielleicht war es auch nur seine Schüchternheit. Michaela holte tief Luft und schlug sich mit den Händen auf die Knie.

»Sollte ich mir nicht die Post ansehen?«, sagte sie. »Wenn du schon so nett warst und dir extra den Weg gemacht hast.« Sie griff nach dem ersten Brief, der neben dem Meißner Teller lag. Rot und schwarz stach ihr das Maskenlogo des Festspielbüros ins Auge. Warum hatte sich ihr Vater der Bestellprozedur ausgesetzt und im Januar Karten für August bestellt? Er war öfter zu Vorstellungen eingeladen gewesen, als ihm lieb war. Michaela fischte zwei Karten aus dem Umschlag.

»›La Traviata‹«, murmelte sie. »Ach so.« Die Oper war mindestens fünffach überbucht. Aber der Herr Professor hatte natürlich Karten bekommen. Für wen wohl die zweite Karte gedacht war? Seit Ewigkeiten hatte sie mit ihrem Vater keine Festspielaufführung mehr besucht. Sie schaute zu Hans hinüber, der ziemlich schief auf dem Sofa hing und das verletzte Bein von sich streckte. »Willst du vielleicht die Opernkarten? Die Vorstellung ist sicher seit Monaten ausverkauft.«

Hans schüttelte schnell den Kopf.

»Dann eben nicht. Das hier ist vom Magistrat.« Der Umschlag war dünn, weiß und mit dem Stadtwappen versehen. Sie warf das Kuvert ungeöffnet zurück auf den Tisch und griff nach dem sachlich aussehenden Brief, der noch auf dem Tisch lag. »Und der hier ist von Dr. Monk. War das alles?«

»Zumindest alles, was mir wichtig schien«, sagte Bosch. Er deutete auf das Anwaltsschreiben in Michaelas Händen. »Dein Vater hatte vor, sein Vermögen in eine Stiftung einzubringen. Wusstest du davon?«

»Von der Stiftung? Ja, klar.« Michaela fächelte sich mit dem Umschlag Luft zu. Das Thema hatte seit Monaten zwischen ihnen gestanden. »Paps hat ja zuletzt von nichts anderem mehr gesprochen. Findest du es heute Abend nicht sehr drückend?«

»Ja, sicher. Und?« Hans versuchte, sich aufzusetzen.

»Was und? Ach so. Du wirst verstehen, dass ich nicht sonderlich begeistert von seiner Idee war.«

»Nicht?«

»Natürlich nicht!« Michaela warf den Brief mit Schwung zu den anderen auf den Tisch. »Sinn und Zweck dieser Stiftung war ... lass mich nachdenken ... genau: die Förderung von Nachwuchskünstlern. Als wenn es nicht schon genug von diesen malenden Spinnern gäbe.«

Hans schluckte.

»Aber nun ist ja zum Glück nichts draus geworden«, fuhr Michaela fort und versuchte, nicht allzu erleichtert zu wirken. Sie konnte sich aber nicht verkneifen, hinzuzusetzen: »Jetzt bin ich die Alleinerbin. So steht es im Gesetz. Und weißt du, wen das besonders ärgern wird?«

Hans rieb sich das verletzte Bein. »Nein. Wen denn?«

»Diesen Wüsthofen.«

»Wen?«

»Na, den Kerl mit der Stiftung.«

»Ach so.«

»Konsul Heinrich Wüsthofen.«

»Konsul?«

»Nicht, was du denkst! Der gute Mann ist nur Honorarkonsul.« Michaela grinste. Nichts charakterisierte diesen Möchtegern besser als so ein Schmalspurtitel. »Und den kennst du nicht? Heinrich Wüsthofen, diesen, äh, deutschen Bauunternehmer. Der steht doch ständig in der Zeitung.«

»Ich lese den Wirtschaftsteil eigentlich nie.«

»Nix Wirtschaft – Klatschseite! Bei jedem angesagten gesellschaftlichen Ereignis und bei jedem größeren Baugeschäft ist er dabei. Und seine zweite Frau steht sowieso mit beiden Beinen fest im Gesellschaftsleben.« Dieser Typ Frau war Michaela so zuwider.

Hans schob sich an der Sofalehne hoch und verlagerte vorsichtig das Gewicht von seinem Bein. Er nahm die Brille ab und drückte mit Daumen und Zeigefinger auf seine geschlossenen Augenlider. »Und der war ein Freund deines Vaters?«, fragte er leise.

»Ja, leider. Eine Stiftung macht erst ab einer bestimmten Summe Sinn. Und so groß war das Vermögen von Paps dann auch nicht. Also hat er einen Kapitalgeber gebraucht.« Sie erinnerte sich noch gut an das Mittagessen, zu dem Wüsthofens verspätet erschienen waren, um dann ausführlich über irgendwelche Ausstellungen in London und New York zu reden. Paps hatte bald nicht mehr zugehört. Nur Matteo Tappeiner hatte immer genickt. Schließlich war die Kunststiftung zur Sprache gekommen.

Hans räusperte sich. »Und dieser Wüsthofen – der war so ein Kapitalgeber?«

»*Der* Kapitalgeber«, berichtigte sie ihn.

»Warum wollte sich Wüsthofen überhaupt an so einer Stiftung beteiligen?«

Die Frage hatte sich Michaela noch gar nicht gestellt. »Nur aus Geltungssucht, nehme ich an«, meinte sie leichthin. »Ich habe Wüsthofen nur ein einziges Mal hier bei uns gesehen. Er war mit seiner Frau zum Mittagessen da. Eine total ungebildete Person, wenn du mich fragst. Auch wenn ihr Gatte den großen Kunstkenner und Mäzen spielt. Sie haben ewig über die neue Kunststiftung geredet.« Michaela fiel auf, dass Hans in den letzten Minuten blasser geworden war. »Es war ziemlich langweilig. Meiner Meinung nach ist dieser Wüsthofen sowieso nur ein … stimmt was nicht?« Mit Sorge sah sie, dass sein Gesicht jede Farbe verloren hatte. »Du meine Güte, du bist ja ganz weiß! Geht's dir nicht gut? Soll ich einen Arzt rufen?«

Hans schüttelte den Kopf. »Geht schon.«

Der Meinung war Michaela nun nicht. Die späte Stunde, der Hundebiss, ihr Gespräch ... So wie Hans aussah, war ihm das alles zu viel geworden. Und offensichtlich bereitete ihm auch sein Bein Schmerzen.

Er stützte sich mit einer Hand auf die Armlehne des Sofas und stand auf. »Ich muss nach Hause«, ächzte er. »Kannst du mir bitte ein Taxi rufen?«

»Ja, natürlich. Wenn du meinst.«

Schweigend warteten sie im Flur auf den Wagen. Michaela lehnte in der Eingangstür und hielt Ausschau. Bosch stand auf eine Biedermeierkommode gestützt und betrachtete das kleinformatige Ölbild, das darüberhing.

»Holländischer Ursprung?«, fragte er.

Michaela drehte sich um. »Keine Ahnung.« Sie mochte das düstere Bild nicht. »Woran sieht man das?«

»An der Malweise und der Darstellungsart.« Hans ging mit dem Gesicht noch näher an die Leinwand. »Ziemlich wertvoll.«

»Ach ja?« Michaelas Interesse war geweckt. »Wirklich?«

Es war ein herbstliches Stillleben. Ein ockerfarbener Weidenkorb spiegelte sich in der schimmernden Tischplatte, auf der er nachlässig abgestellt worden war. Die gesammelten Pilze, die ihn ursprünglich bis zum geflochtenen Rand gefüllt haben mussten, ergossen sich zwischen dem grünen Blattwerk und den Erdkrumen, die den Tisch bedeckten. Der Maler hatte die Waldfrüchte meisterhaft plastisch dargestellt. Große Steinpilze und kleine Pfifferlinge, solche mit festen, fleischigen Hüten und solche mit weichen Stängeln lagen um den Korb herum.

»Morbid, was? Und ausgerechnet Pilze. Ich wollte es schon abhängen«, sagte Michaela, die neben Hans getreten war.

»Nein, es ist fantastisch«, murmelte Hans. »Alles scheint zum Greifen nah und so verlockend.« Er zeigte auf eine Bildstelle. »Aber schau, auf den zweiten Blick sind die Madenlöcher sichtbar, und die Hüte sind wurmstichig.«

Michaela kannte das Bild seit ihrer Kindheit und teilte seine

Begeisterung nicht. Zu allem Überfluss ringelte sich nämlich auch noch eine gelblich weiße Made im Vordergrund auf einem verwelkten Weinblatt. Wenn es so wertvoll war, wie Hans meinte, würde sie es bei der ersten sich bietenden Gelegenheit verkaufen.

Von draußen war Motorengeräusch zu hören. Michaela ging zur Tür zurück und spähte hinaus. »Dein Taxi ist da.«

Auf Michaela gestützt humpelte Hans über den langen Kiesweg zur Gartenpforte hinüber, wo der Wagen wartete.

Michaela sah den schwächer werdenden Lichtern des Taxis nach. Etwas stupste gegen ihren Ellenbogen, und sie erschrak. »Ach, Achilles, Gott sei Dank! Na, aufgewacht?«

Das gefleckte Fell der Dogge schimmerte im Schein der Straßenlaterne. Sie wandte ihren mächtigen Kopf dem dunklen Teil des Gartens zu und ließ ein tiefes Grollen vernehmen. Lächelnd griff Michaela nach dem üppigen Nackenfell des Hundes und zupfte ihn zärtlich.

»Ist schon gut, Achilles. Du bist ein guter Hund. Aber für heute ist es genug.«

Sie hakte ihren Zeigefinger in den dicken Messingring des Halsbandes, und gemeinsam kehrten sie ins Haus zurück, wo sie sorgfältig alle Türen und Fenster verschloss.

SIEBEN

Der Tod kam durch die Hintertür. Ein weißes Leichentuch über dem Schädel, einen Pfeil in der zartknochigen Hand, ein Grinsen unter leeren Augenhöhlen, so trat er leise und unbemerkt ins Zimmer. Über dem Haupt des Bettes, in dem der Sterbende lag – nackt, ein rotes Tuch um den erschöpften Kopf gebunden –, tanzten Engel mit silbrig weißen Flügeln und Dämonen mit teuflischen Fratzen. Ein Zwitterwesen aus Kröte und Lurch kroch unter dem Bett hervor, und eine Amphibienhand streckte sich nach dem Geldbeutel, den der Sterbende noch immer umklammerte.

Das sonntägliche Glockengeläut der Franziskanerkirche riss Bosch aus seiner Arbeit. Er sah hoch zu den kleinen Kastenfenstern, durch deren geöffnete Flügel ein kühler Luftzug wehte. Endlich kündigte sich Regen an.

Er kniff die Augen zusammen und betrachtete kritisch sein Werk. »Der Sensenmann« hatte er es nennen wollen, doch nun schien ihm daraus eher ein »Tod des Geizigen« zu werden. Er überlegte, wie er weiterarbeiten sollte, denn zweifellos musste er dem Sterbenden jetzt die menschlichen Begleiter seiner letzten Stunde beistellen. Sein Blick fiel auf die Hand, die sich noch im Todeskampf um den Geldbeutel schloss, und Bosch entschied, der Habsucht ein weiteres Denkmal zu setzen, indem er die künftige Witwe darstellte, wie sie im Hintergrund und im schwachen Licht einer Kerze heimlich und ungesehen das Geld zählte, das sie bald erben würde.

Bosch runzelte die Stirn. Irgendwie wollte ihm die Hand des Sterbenden nicht gefallen. Er wollte ihr eine gewisse Ähnlichkeit mit einer Affenpfote geben. Gedankenlos verlagerte er das Gewicht auf sein rechtes Bein. Sofort spürte er einen Stich und zuckte zusammen. Der Hundebiss schmerzte noch immer. Er verkniff sich einen Fluch und warf einen Blick auf seine Armbanduhr. Gleich halb zwölf. In einer Stunde war er mit dieser Journalistin zum Essen verabredet. In Anbetracht des sicher bald einsetzenden Regens hätte er lieber das letzte Sonnenlicht genutzt und weitergemalt.

Er hakte die Drähte aus, die die kleinen Sprossenfenster offen hielten. Von unten konnte er das Plätschern des Papagenobrunnens hören und das Lied einer Amsel, die auf dem Glockenspiel des eisernen Vogelfängers saß. Bosch schloss die Fenster und stopfte ein zerknülltes Maltuch unter eine Stelle des Fensterrahmens, dort wo sich das alte Holz verzogen hatte und immer wieder Regenwasser durchsickerte. Dann machte er sich auf den Weg.

Die »Goldene Gams« lag nur wenige hundert Meter von Boschs Wohnung entfernt, dennoch kam ihm der Weg durch die düstere Pfeifergasse und über den breiten Mozartplatz schier unerreichbar vor.

Bosch hatte Katharina Morstein letzten Winter am Arlberg im Hotel seiner Mutter kennengelernt, wo sie mit Freunden zum Skifahren war. Man war aus Salzburg, kannte die gleichen Leute und war so ins Gespräch gekommen. Vor zwei Tagen nun hatte die Journalistin ihn zu Hause angerufen und um ein Gespräch gebeten. Sie recherchiere für einen Artikel über die Salzburger Kunstszene, hatte sie gesagt, und ihn um fachkundige Unterstützung gebeten. Seine Mutter hatte ihr offenbar seine Privatnummer gegeben, und ihre Bitte, verbunden mit einer Einladung in die »Goldene Gams«, einem teuren Altstadtlokal, hatte er nur schwer ablehnen können.

Die Sonne verschwand hinter einer dunklen Wolke, und ein Schatten legte sich über den weißen Marmorbrunnen, als ein plötzlicher Windstoß über den Platz fegte. Er riss an den Markisen der Geschäfte und wirbelte den mit Pferdekot durchsetzten Sand auf. Ein einsamer Fiaker wartete vor dem Residenztor auf Kundschaft. Bosch hielt sich die Hand vors Gesicht, um sich vor der stinkenden Staubwolke zu schützen. Die beiden Fiakerpferde schüttelten sich die ersten dicken Regentropfen aus den Mähnen und scharrten unruhig mit den Hufen.

Das Restaurant befand sich im ersten Stock eines Bürgerhauses in der Getreidegasse. Das Lokal wurde mittags gern von Geschäftsleuten besucht, aber auch von Künstlern des nahen Festspielhauses. Jetzt im August waren alle Tische besetzt. Die kleinen Fenster zum Grünmarkt hinab waren weit geöffnet. Der nun heftige Regen machte die Luft angenehm frisch. Bosch hatte es gerade noch geschafft. Er blieb schwitzend an der Tür stehen und sah sich um. Ein Mann in Schwarz kam auf ihn zu und versperrte ihm den Blick in den Gastraum.

»Der Herr hat reserviert?«, fragte der Maître de Salle.

»Bitte?«

»Haben Sie reserviert?«, wiederholte der Mann höflich, aber bestimmt.

Bosch wusste, dass Tischreservierungen in der »Goldenen Gams« zur Festspielzeit schon Wochen vorher getätigt werden mussten. »Ich bin zum Essen verabredet«, sagte er etwas unsicher.

»Sehr gern.« Der Maître nickte kühl und gab einem vorbeieilenden Kellner in bodenlanger Schürze ein Zeichen. »Unter welchem Namen dürfen wir im Reservierungsbuch nachsehen?«

»Bosch ist mein Name. Ich bin mit Frau Morstein zum Essen verabredet. Um halb eins.«

Auf dem Gesicht des Maître erschien plötzlich ein freundliches Lächeln, und er winkte den jungen Kellner schnell weiter. »Herr Bosch, natürlich! Schön, Sie bei uns zu sehen. Frau Morstein erwartet Sie schon. Wenn Sie mir bitte folgen wollen?«

Katharina Morstein saß vor einem offenen Fenster, von dem man normalerweise den besten Blick auf die Kuppeln der Universitätskirche hatte, die jetzt jedoch nur schemenhaft hinter dem rauschenden Regenvorhang zu erahnen waren. Die junge Frau machte sich Notizen in einem Terminplaner, ließ ihn aber sofort in eine große Tasche zu ihren Füßen gleiten, als sie Bosch auf sich zuhumpeln sah.

Der Tisch war für zwei Personen gedeckt. Bosch nahm Platz

vor einem überdimensionalen Teller, einer Batterie Besteck und vier polierten Gläsern, die den Regen im Fenster hinter ihm bläulich reflektierten. Der Kellner blieb hinter seinem Stuhl stehen.

Katharina strahlte ihn über die steifen, kunstvoll gefalteten Leinenservietten hinweg an. »Hans! Du bist wirklich ein Schatz.«

»Äh, ja … Grüß dich, Katharina.«

»Ja, ehrlich, dass du gleich gekommen bist. Ich muss sagen, deine Mutter kennt dich wirklich gut.« Sie zwinkerte ihm zu. Bosch lächelte säuerlich zurück. »Sie hat gleich gewusst, dass du mir hilfst.«

»Ach, wirklich?« Über seine Mutter wollte er lieber nichts sagen und sah sich nach dem Kellner um. Der hielt eine großformatige Speisekarte, auf deren Deckblatt eine kleine goldene Gams aufgedruckt war, machte aber keine Anstalten, sie ihm zu reichen.

»Na ja, du hast recht, kommen wir zur Sache.« Katharinas Ton wurde geschäftsmäßig. Anscheinend waren die Begrüßungsformalitäten erledigt. Sie fragte den Kellner: »Na, Rudolf, was gibt's denn heute Gutes?«

Der Kellner trat an den Tisch und klappte mit einer vollendeten Geste die Speisekarte auf. »Unser Küchenchef empfiehlt heute die Pralinés von der Gänseleber, dazu ein Glas Spätlese. Danach ein Steinpilzcarpaccio mit Trüffel, dazu einen 1997er …«

»Sehr gut«, unterbrach ihn Katharina mit einem Blick auf Bosch. »Aber wissen Sie was, lieber Rudolf? Bringen Sie uns einfach zweimal das Mittagsmenü. Und einen Krug Wasser.«

»Und für mich bitte die Weinkarte.« Bosch räusperte sich. Wenn er schon fein essen ging, wollte er dazu auch ein Glas Wein trinken. Und wenn Katharina so streng auf ihre Linie hielt, war das ihre Sache. Aber bitte ohne ihn.

Der Kellner verbeugte sich knapp und entschwand samt der Speisekarte.

»Du bist doch einverstanden?«, fragte Katharina. »Ich hab

heute Abend noch einen Termin und kann eh nicht so viel essen – das jährliche Wildessen für das diplomatische Korps im Jagdhof Fuschl. Deswegen ...« Sie deutete auf ihre Jägerleinenjacke. An ihrem Handgelenk blitzte ein mit Grandln und goldenem Eichenlaub verziertes Armband.

Bosch lächelte mit echtem Widerwillen auf die gelb verfärbten Hirschzähne, fand aber, dass ihre Aufmachung gut zu Jagdschloss und Wildessen passte. Die internationale Diplomatie würde entzückt sein. Sein Blick wanderte zu ihren glänzenden kastanienbraunen Locken und dem dezent geschminkten lächelnden Gesicht. Ihm war, als hätte er das Titelblatt eines Hochglanzmagazins vor sich.

Rudolf erschien und reichte Bosch die Weinkarte. Er wählte einen Zweigelt, der ihm sowohl vom Alkoholgehalt als auch vom Preis her vertretbar schien. Dann schob er den Stuhl neben sich beiseite, um sein rechtes Bein besser ausstrecken zu können.

»Ist was? Du bist schon so komisch hereingehumpelt.«

»Ich hasse Hunde«, knurrte Bosch.

»Ach so? Alle oder einen speziellen?«

»Alle. Und besonders den, der mich gestern gebissen hat.«

»Oh? Na ja, so was passiert halt, nicht wahr?« Katharina schenkte ihm ein mitleidiges Lächeln, das nicht nach allzu viel Anteilnahme aussah. »Also, warum ich dich hergebeten habe ...«

Doch in diesem Moment brachte der Kellner schon die Vorspeise.

»Danke sehr, Rudolf«, sagte Katharina mit einem Blick auf den Teller vor sich. Dann schaute sie zum Kellner hoch. »Was soll denn das sein?«

»Kürbismousse mit fangfrischem Saiblingsfilet.«

»Ah ja, na gut ...« Sie wandte sich wieder an Bosch, der bereits das Besteck in Händen hielt. »Weshalb ich dich also hergebeten habe, Hans – ich mache einen Nachruf auf Matteo Tappeiner. Du kennst doch diesen Galeristen, der letzte Woche ertrunken ist?«

Bosch nickte und zerteilte den Saibling. Hatte sie ihn etwa herbestellt, um mit ihm über diesen Galeristen zu reden? Da war er auf jeden Fall der falsche Gesprächspartner.

»Ein schwieriges Unterfangen, kann ich dir sagen. Zuerst habe ich mich um diesen Morelli, Tappeiners Geschäftspartner, bemüht.« Katharina fuchtelte mit der Gabel durch die Luft. »Aber der lässt mir von seiner Assistentin eine gedruckte Vita mit dem Hinweis ›zurzeit keine Interviews‹ schicken. Eine Frechheit! Dann hab ich's bei Schwarzenberger versucht, der ist ja so was wie Tappeiners Zugpferd. Aber der hat im Moment anscheinend überhaupt keine Zeit. Ganz Malerfürst eben. Du bist meine letzte Hoffnung.« Katharina griff nach der Kristallkaraffe und schenkte sich ein Glas Wasser ein, während Bosch sein Rotweinglas in die Hand nahm. »Unser Chefredakteur war nämlich ein persönlicher Freund von Tappeiner und möchte in der Samstagsausgabe einen ausführlichen Artikel über den lieben Verstorbenen lesen. Du verstehst. Schmeckt's?«

»Mhm ...« Bosch sah von seinem Teller auf. Das winzige Stück Fisch, das er gerade im Mund hatte, war zu klein, als dass er hätte sagen können, ob es fangfrischer oder überhaupt Saibling war.

»Fein«, fuhr Katharina fort. »Also, was weißt du über ihn?«

Bosch schluckte den Bissen Fisch hinunter. »Was?«

»Na, über Tappeiner. Du hast ihn doch gekannt, oder?«

Auf Boschs Teller leuchtete das Kürbispüree gelb auf dem Bett aus Blattsalat. Eine Herbstimpression. »Ja, ja, natürlich kenne ich Matteo Tappeiner.«

Und ob er ihn gekannt hatte, den Galeristen, der wie eine Spinne sein Netz in der Salzburger Kunstszene gesponnen hatte. Ein Netz, in dem er sich seine Künstler fing. Sie glitzerten wie Tautropfen und reflektierten dabei nur das flüchtige Licht einer kurzen Spanne öffentlicher Aufmerksamkeit. Und die Fäden des Spinnennetzes hatten sich im Laufe der Jahre zu starken Seilen verwoben, in deren Mitte der große Galerist selbst hockte. Ein Maler oder Bildhauer, der bei Tappeiner unterschrieben hatte, brauchte sich um sein Auskommen keine Sorgen mehr zu machen. Aber eigene Entscheidungen, ob künstlerisch oder geschäftlich, unterband ein gewiefter Vertrag. Wer von der Galerie Tappeiner vertreten wurde, verkaufte seine Freiheit. Wie Bosch Tappeiner gehasst hatte. Er hätte nicht herkommen sollen.

»Ja, ich habe Tappeiner gekannt«, wiederholte er und schlang die Kürbismousse hinunter. »Leider.«

»Leider?« Katharina zog die Augenbrauen hoch. »Gibt es da etwas, was ich wissen sollte?«

Bosch ließ Rudolf den Teller abservieren. »Kommt drauf an.«

»Worauf?«

»Was du wissen willst.«

Katharina zuckte die Schultern.

»Matteo Tappeiner, vor etwa vierzig Jahren in Südtirol geboren«, sagte Bosch. »Kunststudium in Rom, Lehrjahre in London, dort bereits eine eigene kleine Galerie und schließlich die Villa in Anif. Treffpunkt für Künstler und Sammler jeglicher Ausrichtung. Ausgezeichnete Kontakte zur Kunstszene in New York und, wie verlautet wird, in letzter Zeit auch nach Russland. Ein allgemein angesehener ...«

»Danke, aber das weiß ich alles selber«, unterbrach ihn Katharina.

Mit Schwung stellte Rudolf zwei überdimensionale Teller vor ihnen ab, deren Ränder eine goldene Gams zierte, und in deren Mitte eine winzige Portion Essen kunstvoll arrangiert war.

»Hirschsteak à la minute mit Waldpilzen und Erdäpfelgratin«, verkündete er.

»Danke.« Kaum hatte der Kellner sich wieder entfernt, sagte sie noch: »Zweimal Wild am Tag ... na ja, was soll's.« Sie stocherte in ihrem Teller herum. »Ich will nichts über Tappeiners Arbeit oder Erfolge hören – obwohl sie aus deinem Mund etwas seltsam klingen. Ich will etwas über den Menschen Tappeiner hören.«

Bosch schnitt in das halbrohe Hirschsteak. Der blutige Fleischsaft zog eine rote Spur über die Haut der erkaltenden Rahmsauce und rann auf das Häufchen Pilze zu. Ihm wurde leicht übel. »Ich weiß nicht, ob ich für solche Informationen der Richtige bin.«

»Das lass ruhig meine Sorge sein. Also noch mal – wer war dieser Tappeiner?«

Bosch zögerte, dann sagte er: »Ein Hai.«

»Wie bitte?«

»Tappeiner war ein Hai. Ein Kunsthai.«

Katharina hob die Augenbrauen. »Ich fürchte«, sagte sie, »dass ich das so nicht schreiben kann.«

Bosch zog mit den Zinken der Gabel blutige Wellen durch die Rahmsauce. »Tappeiner konnte aus einer Menge an Talenten auswählen. Die Türen haben sie ihm eingerannt, die jungen Künstler. Er brauchte bloß zugreifen und einen herausfischen. Dann ist die Maschinerie angelaufen.«

Katharina nickte. »Ich nehme aber doch an, dass war sein Beruf, junge Talente zu entdecken und sie dann …«

»Entdecken! Tappeiner hat doch keine Talente entdeckt – er hat sie gemacht.«

»Wie – gemacht?«

»Produziert. Alles, was der Markt verlangt, kann heute produziert werden. Und die Nachfrage ist in den letzten Jahren enorm gestiegen. Kunst ist nachgerade ein Statussymbol für diejenigen geworden, die sowieso schon alles haben.«

»Du weißt ja gar nicht, wie recht du hast.« Katharina seufzte. »Wenn ich da so an meine Homestorys denke … Kunst gehört zum Lifestyle. Fördert das Image. Man kauft sich Kultur. Und einige dieser Leute haben das auch bitter nötig.«

Bosch nickte. Zu oft hatte er schon Kunstwerke bei Privatleuten gesehen, die gar nicht wussten, welche Schätze sie besaßen.

»Aber jetzt hab ich dich unterbrochen …« Katharina schenkte ihm wieder ihr strahlendes Lächeln.

Bosch betrachtete die Pilze auf seinem Teller und fragte sich, welche Sorten es wohl sein mochten. »Jedenfalls ist Kunst sammeln so was wie ein modernes Gesellschaftsspiel geworden«, sagte er. »Natürlich nur für Reiche. Aber leider gibt es da ein kleines Problem.«

»Was für ein Problem?«

»Denk doch einmal an die ganzen großen Meister, Rembrandt, Dürer, Leonardo, die hängen im Museum. Die französischen Impressionisten – ausverkauft. Genau wie die klassische Moderne. Picasso hat zwar wie am Laufband gemalt, ist heute aber auch kaum noch zu bekommen.«

»Verstehe.« Katharina fuhr mit einem perfekt manikürten Zeigefinger nachdenklich am Rand ihres Glases entlang. »Man braucht, äh, produziert neue Maler.«

»Ganz genau.« Bosch nickte. »Eigentlich sollte ein Galerist einem Künstler zur Seite stehen, ihn beobachten, sich entwickeln lassen. Das kostet aber Zeit und Geld. Also geht man gern auch mal den umgekehrten Weg. Und Matteo Tappeiner war einer der Ersten, die das erkannt haben.« Waldpilze hatte der Kellner das Gemisch auf seinem Teller genannt. Für Boschs Geschmack ein zu unbestimmter Begriff. Er konnte sich nicht überwinden, von der Beilage zu kosten. »Das Rezept ist immer das gleiche. Man nehme einen hungrigen jungen Künstler, vielleicht sieht er noch passabel aus, auch etwas Talent schadet nicht, und dann wird an seiner internationalen Karriere gebastelt. Hier eine Vernissage vor geladener Prominenz, da ein geschickt lanciertes Interview.«

Katharina räusperte sich.

»Und die Kunst wird einfach der Nachfrage angepasst. Auch bei Tappeiner ging es in erster Linie darum, den Markt zu bedienen. Und nicht um das Werk als solches, um irgendwelche Inhalte oder einen gesellschaftlichen Beitrag …«

»So ist das also.« Sie musterte Bosch nachdenklich.

Er zuckte die Schultern, spießte mit seiner Gabel ein tiefrotes Fleischstück auf, zögerte und legte es wieder auf den Teller zurück. »Genau so. Und dann schenkt man einem Museum für moderne Kunst eines seiner Werke«, sagte er. »Jetzt hängt der Künstler im Museum. Das steigert seine Bedeutung und erhöht noch einmal seinen Marktwert. Oder es wird gleich zum Ankauf geraten. ›Betreuung von großen Sammlungen‹ nennt man das. Und Tappeiner hat viele namhafte Sammler beraten.«

»Wahnsinn.«

»Das auch, ja.«

Katharina stocherte auf ihrem Teller herum. Dann strich sie sich graziös eine Locke aus dem Gesicht und sagte: »Ich überlege mir gerade, dass ein Galerist seines Zuschnitts nicht nur Freunde hatte.«

»Davon kannst du ausgehen«, sagte Bosch.

»Tappeiner soll laut Polizeibericht um Mitternacht im Karpfenteich in Hellbrunn ertrunken sein. Nach der Figaropremiere. Keine Zeugen.« Ihr Blick fiel auf Boschs Teller, auf dem die Pilze in der Sauce langsam eintrockneten. »Schmeckt's dir nicht?«

»Oh! Doch. Ich habe im Moment nur keinen Appetit auf Pilze. Mein Chef ist erst vor ein paar Tagen daran gestorben.«

»Ach, wirklich? An einer Pilzvergiftung?« Katharina griff nach dem Glas. »Ist ja interessant.«

»Du kennst ihn doch. Du warst auf seiner Beerdigung.«

»Professor Salchenegger war dein Chef?« Katharina, die gerade dabei war, ihr Glas zum Mund zu führen, hielt inne.

Bosch nickte. Sein Bein tat weh. Er zog eine Packung Schmerztabletten aus der Jackentasche. »Der Hundebiss …« Er drückte eine Tablette aus der Folie.

»Schlimm«, sagte Katharina. »Ich bin deinem Chef immer wieder auf Ausstellungen begegnet.«

»Salchenegger hat sich auch privat für Kunst interessiert. Er hat eine umfangreiche Bildersammlung und kannte viele Künstler.«

»Ach ja? Du meinst, er war auch so was wie ein Teil der Kunstszene?«

Bosch hatte seinen Professor noch nie als Teil der Kunstszene betrachtet, aber wahrscheinlich war die Bezeichnung gar nicht so falsch. »In gewisser Weise schon.«

Katharina beugte sich vor. »Findest du das dann nicht seltsam? Gleich zwei Unglücksfälle in der Kunstszene?«

»Und ob das seltsam ist«, erwiderte Bosch. »Salchenegger hat nämlich ein Fachbuch über Pilze geschrieben.« Er spülte die Tablette mit einem Glas Wasser hinunter. »›Heimische Pilze im Alpenvorland‹.«

»Was du nicht sagst«, bemerkte Katharina, während Rudolf Boschs Teller abräumte. Sie wedelte mit der rechten Hand in Richtung des Kellners und gab ihm so zu verstehen, dass er auch ihren unberührten Teller mitnehmen konnte. Dann flüsterte sie Bosch zu: »Das ist doch geradezu – mysteriös.« Ihre großen grünen Augen funkelten.

»Also, ich weiß nicht … mysteriös?« Seit Bosch von Salcheneggers Ableben erfahren hatte, waren ihm die Umstände seines Todes nicht mehr aus dem Kopf gegangen. Aber bisher war es nur ein mulmiges Gefühl gewesen. Jetzt hatte Katharina seine Zweifel offen angesprochen.

»Du hast doch gerade gesagt, dein Professor war ein Pilzfachmann. Oder etwa nicht?«

»Doch – schon.«

»Eben. Und ich wette, Matteo Tappeiner konnte schwimmen.«

»Unsinn«, sagte Bosch schärfer, als ihm selbst lieb war. »Da gibt es keinen Zusammenhang. Außer dass sie sich natürlich kannten und geschäftlich miteinander zu tun hatten …«

»Ach nein«, sagte Katharina nun auch etwas zu laut. Ein distinguiert aussehendes älteres Paar am Nachbartisch sah zu ihnen herüber.

»Mohr im Hemd«, verkündete Rudolf, der schon wieder neben ihnen auftauchte. »Wünschen die Herrschaften Kaffee?«

Bosch blickte auf den Glasteller, den der Kellner vor ihn stellte. Umrahmt von einem Bouquet exotischer Früchte, erhob sich ein kleiner, heißer Schokoladengugelhupf aus einem Teich flüssiger Schokolade. Geschmolzene Sahne rann in dünnen weißen Bächen seine Flanken hinab. Vielleicht war es der einsetzenden Wirkung der Tablette geschuldet oder auf die süßen Düfte zurückzuführen, die vor ihm aufstiegen, doch Bosch fühlte sich schlagartig besser.

Katharina bestellte zwei Espressi, während er in das saftige Gebäck stach.

»Welche Geschäfte?«, fragte sie.

»Die beiden hatten eine gemeinsame Stiftung geplant. Eine Kunststiftung, um genau zu sein. Hat mir zumindest Michi, ich meine, Salcheneggers Tochter erzählt.« Der Mohr im Hemd war ausgezeichnet. In Bosch breitete sich Wohlbehagen aus.

»Interessant«, murmelte Katharina und zerkrümelte ihren Schokoladengugelhupf mit ihrer Gabel.

»Zusammen mit einem Bauunternehmer«, fuhr Bosch fort. »Heinrich Wüsthofen.«

»Wüsthofen? Der Baulöwe ...«

»Du kennst ihn?« Er griff nach einer fünfzackigen Sternfruchtscheibe, die grün schimmernd auf einem Bett von Himbeeren lag. Von der festen Schale standen einzelne Fasern ab und gaben der Frucht das Aussehen eines mittelalterlichen Wurfsterns.

»Der sollte den Großteil des Kapitals zur Verfügung stellen.« Bosch biss in das glasige Fleisch. Es fühlte sich kalt an und schmeckte sauer. »Die Stiftung stand kurz vor ihrer Gründung, aber dann ... tja.« Er hob die Achseln.

Katharina schob ihr Dessert beiseite und sah Bosch zu, der sich genussvoll Löffel um Löffel des ausgezeichneten Gugelhupfs in den Mund schob. Sie wirkte nachdenklich. Der Kellner brachte zwei silberne Espressotassen und einen Teller mit winzigen Gebäckstücken.

Katharina zog ihre Tasse zu sich heran. »Sag mal, woher weißt du das eigentlich alles?«

»Von Salcheneggers Tochter. Ich war gestern Abend bei ihr, um noch Post vorbeizubringen. Ihr verdammter Köter war es auch, der mich gebissen hat.« Bei dem Gedanken an die riesige Dogge meinte Bosch, trotz der Tablette ein Pochen in seinem Bein zu spüren. »Eigentlich gehört dieses Monster den Nachbarn. Aber sie liebt ihn heiß und innig, weil er doch so ein guter Wachhund ist und sogar eingebildete Einbrecher aus dem Haus vertreibt …«

»Einbrecher?« Katharina sah von ihrer Tasse auf.

Bosch seufzte und wischte sich den Mund mit seiner Serviette ab. »Ich glaube das ja auch nicht. Zumal Michaela sagt, dass nichts gestohlen wurde. Meiner Meinung nach hat dieser Hund irgendwas im Schlaf gehört und dann angeschlagen. Er wirkt nicht sehr intelligent auf mich.«

»Hm.« Katharina winkte dem Kellner, der sich sofort in Bewegung setzte. »Also, zwei mysteriöse Todesfälle und ein Einbruch.« Bosch wollte schon aufbegehren, da sagte sie schnell: »Kannst du mir sagen, was einen Mann wie Heinrich Wüsthofen dazu treibt, sein Geld in eine Kunststiftung zu stecken?«

Bosch zuckte mit den Schultern. »Michaela behauptet Geltungssucht.«

Der Kellner brachte die Rechnung. Bosch sah zu, wie Katharina sie, ohne den Betrag eines Blickes zu würdigen, mit einem goldfarbenen Stift abzeichnete.

»Lädst du öfter Leute hierher ein?«

»Nur Informanten, von denen ich mir was verspreche.« Sie grinste. »Und die sich sonst nicht hierher verirren. Stimmt's?«

Bosch hob wieder die Achseln. Es war ihm etwas peinlich, dass sie ihn für die wenigen Informationen zum Essen eingeladen hatte. »Ich fürchte, ich war dir nicht sehr nützlich.«

»Das kann man nie wissen«, sagte Katharina. Sie warf einen Blick auf ihre Armbanduhr. »Oh Gott, ich muss los! Das verdammte Wildessen im Jagdhof. Und vorher natürlich noch Umtrunk. Und mein Fotograf hat sich auch noch nicht gemeldet. Sehen wir uns bei der Vernissage?«

»Welche Vernissage?«

»Die Festspielvernissage von Franz Johann Schwarzenberger natürlich!« Sie verdrehte die Augen. »Na, ich muss los … also – Bussi und Servus!«

Bosch sah ihr nach, wie sie in ihrem tadellos sitzenden Trachtenkostüm den Raum durchquerte, als schritte sie über einen Laufsteg. Er blieb noch eine Weile sitzen, trank seinen Zweigelt und sah zu, wie sich das Lokal langsam leerte. Die Luft war kühl, und es roch nach Kaffee. Vor dem Fenster rauschte unablässig der Regen.

ACHT

Die gut hundert Jahre alte Villa, die Tappeiner als würdigen Rahmen für seine Galerie gewählt hatte, lag am Fuße des Untersbergs im Süden von Salzburg. Bosch war schon einmal hier gewesen und wusste, dass man von den großen Rundbogenfenstern aus einen unvergleichlichen Blick auf die Stadt mit der Hohensalzburg und das umliegende Gebirgspanorama hatte. Heute hatte man zur Feier des Anlasses eine rot-weiß-rote Fahne auf dem hoch aufragenden Fassadenturm gehisst, und die Villa verbreitete herrschaftliches Flair. Der Eindruck wurde an diesem Abend durch die zahlreichen Luxusautos, die dicht an dicht auf dem Vorplatz parkten und die elegant gekleideten Besucher, die angeregt plaudernd die Treppe zum Hauptportal hinaufstiegen, noch vertieft.

Auch Bosch mühte sich über den Kies, der seine frisch geputzten schwarzen Schuhe mit einer Staubschicht überzog, nachdem ihn das Taxi am Beginn der eng verparkten Auffahrt abgesetzt hatte. Der Regen vor ein paar Tagen hatte nur wenige Stunden gedauert und der Stadt kaum Kühlung verschafft. Boschs Abendanzug war aus leichtem Wollstoff, zu warm für den Sommerabend, und das langärmelige weiße Hemd klebte schon jetzt an seinem Rücken. Die gelb-grau gemusterte Seidenkrawatte, das letzte Weihnachtsgeschenk seiner Mutter, schien sich von Minute zu Minute enger zuzuziehen.

Er stieg die breite Treppe hinauf und wurde von den anderen Gästen durch die hohe zweiflüglige Glastüre in das Innere der Villa geschoben. Hier war es etwas kühler als im Freien, aber die lauten Stimmen der vielen Menschen, die sich in der Eingangshalle und an den kunstvollen Schmiedeeisengeländern der beiden Marmortreppen drängten, die gegenläufig in den ersten Stock führten, vermischten sich zu einer Klangwolke, die Bosch als geradezu schmerzhaft empfand.

Unschlüssig blieb er stehen und suchte eine Gasse zwischen

den Ausstellungsbesuchern. Überall begrüßten sich die Leute, klopften sich auf die Schultern, umarmten einander oder hauchten sich gegenseitig flüchtige Küsse auf die Wangen. Bosch zog sein Taschentuch heraus und wischte sich die Stirn ab.

Ein blond gelocktes Mädchen im Kindergartenalter schlüpfte zwischen den Beinen der Umstehenden hindurch, dahinter lief ein ganz in Weiß gekleideter Junge, der es mit Indianergeheul verfolgte. Die Kleine rannte auf Bosch zu und krallte ihre Kinderhände in seine Hose. Ein scharfer Schmerz fuhr durch sein Bein, und er unterdrückte ein Stöhnen. In ihrem blauweißen Seidenkleidchen sah das Mädchen aus wie die in einer Glockenblume sitzende Elfe aus einem seiner Kinderbücher, die Bosch immer noch im Regal stehen hatte.

»Blödmann, Blödmann, Arschloch!«, brüllte die Elfe.

Bosch löste energisch seine zerknüllte Anzughose aus dem Klammergriff der verschwitzten Kinderhände und schubste die Kleine in Richtung der nächsten Menschengruppe, in der sich, so hoffte er, auch die Mutter dieses Satansbratens befand. Dann bahnte er sich entschlossen einen Weg durch die Ausstellungsbesucher.

Was für ein verwünschter Abend. Aber das Institut für Kunstgeschichte unterhielt seit Jahren gute Geschäftsbeziehungen zur Galerie Tappeiner, beriet bei Ankäufen und erstellte Expertisen. Es war selbstverständlich, dass ein Vertreter des Instituts zur Festspielvernissage erscheinen musste. Und wer konnte das nach dem Tod Professor Salcheneggers schon sein? Bosch hatte vor, Fabian Morelli, den neuen Inhaber, zu seiner Ausstellung zu beglückwünschen und dann so schnell wie möglich zu verschwinden. Die modernen Schmierereien von Franz Schwarzenberger interessierten ihn nicht.

Endlich erreichte er den Wintergarten an der Rückseite der alten Villa. Mit dem schwarz-weißen Marmorboden, den Rattanmöbeln im Kolonialstil und den exotischen Pflanzen stellte er geradezu eine Oase der Ruhe dar, zumal sich in diesem Raum gerade niemand befand. Bosch atmete auf. Sein Blick wurde von einer Statue gefesselt, die als einziges Exponat den Raum zierte.

Die eineinhalb Meter hohe Bronzestatue stand zwischen zwei Palmen und wuchs aus einem weißen Marmorsockel empor. Ihre dürre Silhouette schien den Teufel darzustellen. Den Kopf leicht zurückgelegt, die Augen geschlossen, lauschte er den für menschliche Ohren unhörbaren Tönen, die er selbst seiner Panflöte entlockte. Mit lang gezogenen Armen hielt er das Instrument vor sein Maul. Seine Hörner, vom Künstler ungewöhnlich breit und lang ausgeführt, ragten bedrohlich in die Höhe.

Bosch musterte die Figur, die geschickt vor einem Rundbogenfenster platziert war, das hinter ihrem Rücken den Blick auf die weite Landschaft freigab. Die Plastik, solcherart mit Rahmen und Hintergrund versehen, schien mit ihrer Umgebung zu einem Gemälde zu verschmelzen. Als wäre der Teufel die Hänge des in der Ferne liegenden Untersbergs herabgestiegen und den Feldweg zwischen den mit wilden Blumen gesprenkelten Wiesen entlangspaziert, um die Gäste dieses Abends mit seiner Musik zu betören und zu verführen. Schon war es Bosch, als höre er leise Flötentöne. Das Stakkato der hohen Absätze bemerkte er erst, als es dicht neben ihm verstummte.

»Und so was nennt sich nun Kunst.«

Bosch wandte sich um. Neben ihm stand Katharina. Sie trug ein schlichtes grünes Cocktailkleid, und um ihren Hals war ein bunter Chiffonschal geschlungen. Den Ausstellungskatalog an die Brust gedrückt, hielt sie mit gerunzelter Stirn den Blick auf das Kunstwerk gerichtet.

»Grauslich, findest du nicht auch? Wo passt denn so was hin?«

»In einen solchen Wintergarten«, sagte Bosch. »Oder unter alte Bäume, an einem heißen Sommertag, wie heute. Es ist Mittag, kein Blatt regt sich, sogar die Bienen haben aufgehört zu summen. Nur Pan mit seiner Flöte …«

»Na, na«, sagte Katharina und versetzte ihm einen Klaps mit dem Ausstellungskatalog. »Du hast ja eine unheimliche

Phantasie, Hans, weißt du das? Warum bist du nicht drüben bei den Bildern? Und was sagst du überhaupt zu Morellis Vernissage?«

»Ich bin gerade erst gekommen.«

»Aha, und gleich hierher verschwunden, was? Na, macht nichts. Ich wollte sowieso mit dir reden.« Sie beugte sich zu ihm und senkte die Stimme. »Ich habe einen Termin bei Wüsthofen für uns gemacht.«

»Was hast du?« Bosch meinte, sich verhört zu haben.

»Ich habe über unser Gespräch in der Goldenen Gams nachgedacht. Und meiner Meinung nach muss unser nächster Schritt Wüsthofen heißen. Da schaust du, was? Aber glaub mir, mein Instinkt hat mich noch nie getrogen.«

Er konnte sich keinen Reim auf ihre Worte machen. »Welcher nächste Schritt denn? Und wieso Wüsthofen?«

»Zwei Todesfälle in nur einer Woche, ein Einbruch, bei dem nichts gestohlen wird, und eine Kunststiftung, bei der es um viel Geld geht, die aber nun nicht mehr zustande kommt, weil zwei der drei Gründer kurz nacheinander unter mysteriösen Umständen sterben? Das ist der Stoff, aus dem gute Geschichten sind, Hans – Titelstorys!« Sie schaute Bosch mit ihren schrägen grünen Augen an. »Übrigens, wer profitiert eigentlich vom Tod deines Professors?«

Bosch schüttelte nur den Kopf.

»Seine Tochter, nehme ich an, oder? Wie heißt sie noch gleich … Michaela? Versteht die auch was von Pilzen?«

Wollte Katharina etwa andeuten, dass Michi etwas mit dem Tod ihres Vaters zu tun hatte? Diese Ungeheuerlichkeit konnte er nicht einfach so hinnehmen. »Also, jetzt reicht's aber!«

»War nur so ein Gedanke … Aber mit Wüsthofen müssen wir reden. Der ist schließlich der einzige Überlebende.«

Bosch war dieses Gespräch geradezu zuwider, und er wandte sich wieder dem bronzenen Teufel zu. Die Sonne versank gerade mit einem letzten roten Aufflammen hinter dem Untersberg. Schwarz hob sich die Skulptur gegen den feurigen Abendhimmel ab.

»Na los, komm mit! Du bist doch Kunsthistoriker. Der Konsul wird entzückt sein, dich zu sehen.« Katharina trat einen Schritt näher.

»Mich?«, fragte Bosch, ohne seinen Blick von der Figur zu lösen. Der Teufel war jetzt nur noch als Schattenriss erkennbar. Trotzdem hatte Bosch das Gefühl, als nähme seine Präsenz Einfluss auf ihr Gespräch. Er spürte, wie in ihm das Misstrauen wuchs, dass Katharina mit ihren Worten gesät hatte.

»Ja, klar. Wüsthofen hat in den letzten Jahren viel Geld in seine Sammlung gesteckt. Der bildet sich einiges auf sein Fachwissen ein. Ich habe uns drei – mein Fotograf wird auch dabei sein – zu einer Homestory in Wüsthofens Landhaus angemeldet. Die war sowieso längst überfällig. Und ein befreundeter Kunsthistoriker würde gerne mitkommen, habe ich gesagt. Wegen der Sammlung. Na, was sagst du dazu?«

»Nein.«

Katharina verdrehte die Augen. »Ich will doch nur, dass du dabei bist. Ich hab keine Ahnung von Kunst oder Kunststiftungen. Aber vielleicht fällt dir ja was auf, was ich für meine Recherche gebrauchen kann. Den Gefallen könntest du mir doch tun, oder?« Sie schenkte ihm ein aufmunterndes Lächeln.

»Nein.« Bosch war heute Abend nicht in der Stimmung, irgendwem einen Gefallen zu tun. Allein die Aussicht, Franz Schwarzenberger zu begegnen, gab ihm schon den Rest. Das Gespräch mit Katharina tat sein Übriges.

»Schade.« Sie klang ehrlich betrübt und klopfte mit dem Nagel ein paarmal auf den Katalog, den sie noch immer vor der Brust hielt. »Ach, übrigens – ich wollte in den nächsten Tagen mit deiner Mutter telefonieren. Ich dachte, ich verbringe heuer Silvester wieder auf dem Arlberg. Soll ich ihr irgendwas von dir ausrichten?«

Bosch schloss für einen Moment die Augen. Natürlich würde seine Mutter ihn umgehend anrufen und fragen, wieso er einem Stammgast ihres Hotels gegenüber so ungefällig war. Sein Blick fiel auf die offene Flügeltür, die zum großen Ausstellungssaal hinüberführte, in dem sich inzwischen noch mehr

Menschen versammelt hatten. Im Türrahmen stand ein schlanker, elegant gekleideter Mann und sah zu ihnen herüber. In der Hand hielt er eine zusammengerollte Zeitung, mit der er leicht gegen seinen Oberschenkel schlug, als warte er auf jemanden.

»Ich überleg's mir«, murmelte Bosch und rückte seine Brille zurecht, wobei er geflissentlich übersah, wie Katharina ihren Mund in die Breite zog. »Da hinten steht Morelli. Er beobachtet uns schon eine ganze Weile.«

Katharina nickte, als wüsste sie das bereits. »Den genauen Termin erfährst du noch rechtzeitig.«

Fabian Morelli löste sich aus dem Türrahmen und kam mit raschen Schritten auf sie zu. »›Der Hase‹«, sagte er.

Bosch schaute in das ausdruckslose Gesicht des ehemaligen Partners und nunmehrigen Inhabers der Galerie Tappeiner. Das Abendrot spiegelte sich in den Gläsern seiner feinen Goldrandbrille, sodass seine Augen nicht zu erkennen waren.

»Wie bitte?«

»›Der Hase‹«, wiederholte Morelli. »›A hare‹ nennt Barry Flanagan sein Kunstwerk. Küss die Hand, Frau Morstein. Guten Abend, lieber Doktor Bosch. Gefällt Ihnen die Skulptur?«

»Das soll ein ... Hase sein?«, fragte Katharina und musterte die Statue.

Auch Bosch ließ seinen Blick noch einmal den schlanken Bronzeleib hinaufwandern. Sollten diese breiten Teufelshörner wirklich Hasenohren darstellen?

Der Galerist lächelte. »Kunst entsteht eben immer erst im Auge des Betrachters«, sagte er. »Und wer weiß? Vielleicht wollte Flanagan auch etwas ganz anderes darstellen als einen Hasen. Und das sagt doch einiges über den Künstler aus, finden Sie nicht?«

»Oder über den Geist des Ortes«, meinte Bosch.

»Oder auch über den Betrachter«, sagte Katharina.

Bosch fühlte sich auf einmal unbehaglich zwischen diesem Teufelshasen und dem glattzüngigen Galeristen. »Tja, ich fürchte, lieber Morelli«, sagte er rasch und versuchte seinen Unmut zu überspielen, »Sie haben jetzt sicher nicht die Zeit, meine Meinung über Flanagan zu hören. Ihre Vernissage ist ja mehr als gut besucht.«

Morellis Lippen verzogen sich zu einem schmalen Lächeln. »Da haben Sie recht. Man hält uns zum Glück die Treue. Auch nach dem tragischen Tod des armen Matteo.« Die vom Abendlicht immer noch rot glühenden Brillengläser waren starr auf Bosch gerichtet. »Schön übrigens, auch Sie nach so langer Zeit wieder einmal bei uns zu sehen.«

Bei Boschs letztem Besuch in der Galerie hatte ein halber Meter Schnee gelegen. Und damals war er sicher gewesen, die Räume der Villa nie wieder zu betreten. »Ich bin heute Abend statt Professor Salchenegger hier.«

»Ach ja, natürlich. Auch ein herber Verlust für die Kunstwelt. Auf Sie habe ich übrigens schon gewartet, Frau Morstein.« Er machte eine steife Bewegung hin zu Katharina.

»Wirklich? Wie nett von Ihnen«, sagte sie und schenkte Morelli ein charmantes Lächeln. Bosch ließ den Blick zwischen Katharina und dem Galeristen hin und her wandern. Irgendetwas ging zwischen den beiden vor, von dem er nichts wusste.

Da schlug Morelli abrupt die Zeitung auf. »Ja, ich habe Ihren Artikel gelesen.«

Katharina schien genau zu wissen, welcher Artikel gemeint war.

»Sie gestatten doch, dass ich zitiere? Doktor Bosch?« Morelli wartete ihre Antwort nicht ab. *»Tödliche Kunst, von Katharina Morstein«*, las er vor. »Na ja, gut. Die lobenden und tröstlichen Worte über den Verstorbenen übergehe ich mit Ihrer Erlaubnis. Aber dann! *Kunsthandel – das Geschäft im Haifischbecken …* Was soll denn das heißen? *Hohe Gewinne macht nur, wer es schafft, den Markt zu steuern … Mysteriöser Tod eines Galeristen und eines angesehenen Kunsthistorikers …«* Morellis Stimme zitterte. »Wissen Sie eigentlich, was so ein, ein … Geschmiere anrichten kann? Wir sind eine seriöse Galerie. Ich will auf keinen Fall, dass unsere hochkarätige Klientel, die wir durch die erfolgreiche Arbeit vieler Jahre an unser Haus binden konnten, in irgendeiner Weise verunsichert wird. Dieser Artikel ist geschäftsschädigend. Und ich bin sicher, Frau Morstein, Ihr Chefredakteur sieht das genauso.« Morelli rollte die Zeitung zusammen und richtete sie wie ein Schwert auf Katharina, die aber keine Miene verzog.

»Mein Chefredakteur«, gab sie zurück, »sieht in erster Linie die gute Arbeit seiner Mitarbeiter und die Leserzahlen. Und Sie hatten ja leider keine Zeit für mich. Bestimmt wären Ihre Informationen für meinen Artikel von großem Interesse gewesen. Also, mein lieber Morelli, lassen Sie uns lieber zum Tagesgeschäft kommen. Was kann ich heute Abend für Sie tun?« Sie streckte die Hand aus und schob sanft die Zeitungsrolle von sich weg. »Wer ist alles hier, wer muss erwähnt werden, und welche Zukunftspläne haben Sie überhaupt mit Ihrem Malerfürsten?«

Beim letzten Wort zuckte Bosch unmerklich zusammen. So weit war es also gekommen, dass man Franz schon als Malerfürsten bezeichnete.

Morelli sah Katharina an. Dann räusperte er sich. »Also gut«, sagte er. »Aber da Sie Franz Schwarzenberger erwähnen: Gerade Künstler dieser Klasse legen Wert auf die Reputation ihrer Galerie. Ich hoffe nur, dass er sich von Ihrem Artikel nicht beeindrucken lässt.«

Fast hätte sich Bosch zu einer bösen Bemerkung hinreißen lassen. Franz war von jedem Artikel begeistert, solange sein Name darin richtig geschrieben war. Gerade wollte er etwas in dieser Richtung sagen, da fuhr Katharina schon fort: »Dann würde ich vorschlagen, dass wir uns seine neuen Werke gleich einmal ansehen. In der Einladung habe ich gelesen, dass der Maestro heute *coram publico* malt?«

»Äh, ja«, sagte Morelli. »Das Werk wird anschließend zu einem guten Zweck versteigert. Es war seine eigene Idee. Franz Schwarzenberger ist ein sehr warmherziger und großzügiger Mensch. Leider selten bei so großen Künstlern.«

Mit diesen Worten empfahl sich Morelli. Bosch zwang sich zu einem Nicken und folgte dann Katharina, die mit entschlossenen Schritten auf die Flügeltür zuging. Doch kaum im großen Ausstellungsraum, wurden sie auch schon getrennt.

Während Bosch ziellos durch die Menge geschoben wurde, erhaschte er hin und wieder einen Blick auf die für Schwarzenberger typischen großformatigen Bilder, deren grelle Farben im warmen Licht von Messingstrahlern leuchteten. Gerade als er eine Kellnerin mit einem Tablett Getränke auf sich zusteuern sah, kam wieder Bewegung in die Menge, und Bosch wurde vorwärtsgetrieben. Schließlich fand er sich vor einem Podium wieder, um das sich bereits ein dichter Kreis von Neugierigen gebildet hatte.

Speziell für diesen Abend hatte man dort ein Atelier aufgebaut. Oder zumindest einen Raum, der den Vorstellungen der Besucher vom Arbeitsplatz eines Künstlers entsprechen mochte. Bosch konnte sich nicht vorstellen, dass man in diesem sorgfältig arrangierten Chaos malen konnte. Und er wusste, dass auch der Künstler, Franz Johann Schwarzenberger, das nicht tat. Schon als Student hatte Franz sein Material in Ordnung gehalten, um möglichst schnell und effektiv seine Bilder produzieren zu können.

Im Zentrum der Bühne stand eine abgehängte Staffelei und daneben ein altersgrauer Holztisch, auf dem Farbtuben scheinbar ungeordnet herumlagen. Firnis, eine Gliederpuppe und ein Einmachglas mit gebrauchten Pinseln waren gefällig für das Auge des Publikums arrangiert und sollten wohl den Eindruck von Boheme vermitteln.

Auf einmal wurde in der ersten Reihe Platz gemacht, und Franz trat, auffallend gekleidet in schwarzer Hose und rotem Seidenhemd, aus der Menge hervor und sprang mit einem Satz elegant auf die Bühne.

Von dort oben winkte er lächelnd seinem Publikum zu. Frenetischer Beifall brandete auf. Schwarzenberger griff nach dem weißen Tuch, das die Leinwand verdeckte, und enthüllte wie ein Zauberer mit Schwung eine Kreideskizze. Obwohl kaum etwas von einer Darstellung zu erkennen war, ging ein anerkennendes Raunen durch die Menge. Mit einer ausladenden Handbewegung brachte Schwarzenberger seine Bewunderer zur Ruhe. Dann ließ er den Blick über den vorbereiteten Arbeitstisch wandern.

Schwarzenberger war ein kräftiger Mann von etwa vierzig Jahren, von mittelgroßer Statur, ein dunkler Typ mit dichten schwarzen Locken und noch immer attraktiven Zügen. Wenn er, wie gerade eben, zur Seite sah, um mit gerunzelter Stirn einen Pinsel auszuwählen, erinnerte sein Profil mit der geraden Nase und dem vorspringenden Kinn an Porträts auf antiken römischen Münzen. Bosch aber konnte feststellen, dass seine Wangen während des letzten Jahres voll geworden waren und sich unter dem energischen Mund erste Ansätze eines Doppelkinns abzeichneten. Franz hatte sich immer einiges auf sein gutes Aussehen eingebildet. Bosch bemerkte daher diese ersten Zeichen des Alters mit einer gewissen Schadenfreude.

Endlich hatte Schwarzenberger den passenden Pinsel gefunden. Er holte mit dem rechten Arm aus und schwang ihn durch die Luft. Dann wandte er sich der Leinwand zu und begann, mit großzügigen Pinselschwüngen am unteren Bildrand petrolgrüne Farbe aufzutragen. Eine junge Frau mit toupiertem Blondhaar direkt vor Bosch flüsterte ihrem Nachbarn etwas zu.

»Blödmann, Blödmann!«

Die spitze Mädchenstimme galt dem weiß gekleideten Jungen, der hinter der kleinen Elfe durch die Zuschauerreihen rannte. Schwarzenberger hielt inne. Den Pinsel, den er gerade in rote Farbe getaucht hatte, in die Luft gereckt, drehte er sich lächelnd um.

»Nanu«, sagte er. »Wer bist denn du, Goldlöckchen?«

Die Kleine drehte dem Jungen den Rücken zu, schaute zur Bühne hinauf und musterte den Künstler. Die blonde Frau in der ersten Reihe, die in ihrer Abendtasche gekramt hatte, hob erschrocken den Kopf.

»Hast du denn auch einen Namen?«, erkundigte sich Schwarzenberger.

Jemand zupfte Bosch am Ärmel.

»Was geht denn da vor?«, flüsterte Katharina, die es irgendwie geschafft hatte, sich nach vorne zu drängen.

»Irgendein Idiot hat seine Kinder mitgebracht«, zischte Bosch. »Mir ist das kleine Biest vorhin schon über den Weg gelaufen.«

»Ich heiße Cosima«, erklärte das Kind.

»Cosima? So ein hübscher Name«, meinte Schwarzenberger. »Der passt ja genau für so ein hübsches Mädchen, was?«

Die kleine Cosima hob die Brauen und lächelte.

»Na? Willst du nicht zu mir heraufkommen?«

Sofort fasste die Blondine in der ersten Reihe die Kleine um die Taille und hob sie auf das Podium, wo das Mädchen eine Art Pirouette drehte und auf ihr Publikum herabblickte. Die Blondine zog hektisch einen Fotoapparat aus ihrer Abendtasche. Franz Schwarzenberger hatte die Mutter der kleinen Cosima jetzt auch bemerkt. Er richtete seinen Pinsel prüfend gegen das Gesicht des Kindes. Dann erstarrte er, damit der historische Moment für das Familienalbum festgehalten werden konnte. Die Mutter knipste, und die Menge applaudierte.

»Der Maler und das Mädchen«, murmelte jemand.

Schwarzenberger beendete die Fotosession, indem er der Kleinen zum Abschied einen roten Klecks auf die Nase tupfte.

»Arschloch«, quietschte Cosima und sprang vom Podium.

Schwarzenberger lachte und schaute ihr nach. »He, Prinzessin, ich muss dich doch noch signieren!«

Gelächter setzte ein, und Schwarzenberger grinste. Unter halb geschlossenen Lidern ließ er den Blick über die Menge schweifen. Bei Bosch angekommen, zuckten seine Augen. Bosch rührte sich nicht. Mit ihm hatte Franz natürlich nicht gerechnet.

»Hieronimo«, rief Schwarzenberger und hielt die Hand mit dem Pinsel in seine Richtung. »Alter Freund, wie geht's dir denn?«

Die Leute drehten sich zu Bosch und musterten ihn neugierig. Bosch schaute konzentriert zur Bühne. Niemand außer Franz hatte ihn je »Hieronimo« genannt. Er wusste selbst, dass seine Bilder an die mittelalterlichen Schöpfungen von Hieronymus Bosch erinnerten. Aber sein Werk war etwas Eigenständiges. Lauter als beabsichtigt sagte er: »Bestens, Franz, danke. Und dir?«

Überrascht sah Katharina ihn an. »Kennt ihr euch?«, flüsterte sie nicht leise genug.

»Aber natürlich«, antwortete Franz an Boschs Stelle. »Wir sind alte Kollegen, stimmt's, Hieronimo? Bist du noch auf der Uni?«

»An der Uni, ja. Hast du etwas anderes erwartet?«

Franz schüttelte lächelnd den Kopf. Dann nahm er einen zweiten Pinsel vom Arbeitstisch, stupfte ihn auf eine vorbereitete Palette und ging zu seiner Staffelei hinüber. Er malte eine mit Kreide markierte Fläche sorgfältig mit gelber Farbe aus und setzte daneben eine korallenrote Linie, die sich mit den petrolgrünen Pinselstrichen am unteren Bildrand traf. Bosch kniff die Augen zusammen. Widerstrebend musste er zugeben, dass die leuchtenden Ölfarben sich nach und nach zu einem kraftvollen, lebendigen Ganzen verbanden. Das Bild strahlte schon jetzt eine gewisse schöpferische Stärke und Energie aus.

»Ich male … auch noch«, sagte er da und erschrak über seine eigenen Worte.

Franz drehte sich zu ihm um. »Ja? Was denn?« Sein Mund zog sich in die Breite, was ihm das Aussehen eines zähnefletschenden Gorillas gab. »Immer noch deine Höllenvisionen?«

Bosch spürte, wie ihm die Röte ins Gesicht stieg. Die Zuschauer, die sich von ihm abgewandt hatten, um das Schaffen des Künstlers zu verfolgen, starrten ihn unverhohlen an. Bosch hätte sich verfluchen können, dass er nicht gleich nach dem Gespräch mit Morelli gegangen war.

»Du malst?«, fragte Katharina.

Warum musste Franz ihn hier so vorführen? Er hätte überhaupt nicht herkommen sollen. Bei dem Versuch, sich aus der peinlichen Situation zurückzuziehen, machte Bosch einen ungeschickten Schritt nach hinten und stieß gegen den Fuß eines jungen Mannes.

»Hey, Sie«, zischte der. »Hier sind auch Kinder.« Er deutete auf die Prinzessin neben sich, die Bosch sofort die Zunge rausstreckte.

Bosch stammelte eine ungeschickte Entschuldigung.

Von seinem Podium herab verfolgte Schwarzenberger den missglückten Fluchtversuch mit einem nachsichtigen Lächeln. Er hob den Pinsel mit den in blutroter Farbe getränkten Borsten.

»Warum besuchst du mich nicht mal auf meinem Berg?«, rief er Bosch gut gelaunt zu. »Dann können wir in Ruhe in alten Zeiten schwelgen. Würde mich freuen. Echt!«

Ohne Boschs Antwort abzuwarten, nahm er die Arbeit an der Staffelei wieder auf. Bosch hatte das Gefühl, alle Augen im Saal wären nur noch auf ihn gerichtet. Er wagte nicht, sich zu rühren. Tödlich verlegen starrte er auf das Ölbild. Die von Künstlerhand geführten roten Linien verdichteten sich und krochen kreuz und quer über die Leinwand. Er meinte, nach und nach einen von Flammen umzüngelten Hundekopf zu erkennen, der die bis dahin kraftvolle Ausstrahlung in eine aggressive, unheilvolle Spannung verwandelte.

NEUN

Zuerst tauchte die verschwommene Silhouette des Hauses hinter den Regenschleiern auf. Das ausladende Dach, das auf einer Seite noch von einem runden Turm überragt wurde, verlieh dem Anwesen ein beeindruckendes Aussehen. Auf dem Kopfsteinpflaster des Vorplatzes standen ein kleiner grüner Sportwagen, auf dessen Verdeck Wassertropfen perlten, und ein verbeulter Kombi älteren Baujahrs.

Hans Bosch blieb stehen und lauschte dem Tropfen des Regens auf seinem Schirm, während er langsam wieder zu Atem kam. Der Postbusfahrer, der ihn an der letzten Haltestelle vor Alpbühel abgesetzt hatte, war der Meinung gewesen, es wären nur zehn Minuten Fußmarsch hinauf, wobei er aber Boschs Kondition ziemlich überschätzt hatte. Hätte er doch nur ein Taxi genommen. Vom Aufstieg erhitzt, fröstelte Bosch in der schon herbstlichen Kühle des Berglandes. Er hatte das Gefühl, als kröche der feuchte Nebel, der zwischen den Lärchen um ihn hing, unter seine Kleider.

Bosch ließ seinen Blick von dem grünen Sportwagen über die Fassade des in alpenländischem Stil erbauten Hauses schweifen. Dabei musste er unwillkürlich an Tappeiners Villa in Anif denken. Beeindruckte diese durch klare Linien und Harmonie, überwältigte Konsul Wüsthofens Landhaus durch pure Größe und eine Unmenge architektonischer Details. Der Regen rann in Rinnsalen über das bleigefasste Glas der Fenster, tropfte von den schwarz-weiß gestreiften Fensterläden und den aufwendig geschnitzten Balkonen, in deren überbordenden Blumenkästen Hunderte bunter Geranien ihre wasserschweren Köpfe hängen ließen. Marmorstufen führten zu einer Eingangstür von der Größe eines Schlosstors hinauf. Kopfschüttelnd schaute Bosch hoch zu der Wetterfahne auf dem alles überragenden Turm, die vor dem Grau des Himmels golden schimmerte.

Der Nieselregen sprühte ihm ins Gesicht, sodass er rasch die Augen zusammenkniff und den Kragen seines Regenmantels hochschlug. Dabei war ihm die Bewegung hinter einem der bleiverglasten Fenster im Erdgeschoss des Hauses nicht entgangen. Er war wieder einmal zu spät, aber sein Erscheinen in Alpbühel war ihm ohnehin unangenehm. Er konnte nur hoffen, dass Katharina wusste, was sie da tat.

Bosch fasste seine Aktentasche fester und schritt auf die einschüchternde Eingangstür zu. Noch ehe er das Vordach erreicht hatte, wurde sie auch schon von einer stämmigen Frau geöffnet. Sie trug einen Wildlederrock und eine weiße Bluse mit Hirschhornknöpfen und musterte ihn aus wässrig blauen Augen.

»Grüß Gott, mein Name ist Bosch, ich …«

»Tach, Herr Doktor«, begrüßte ihn die Frau mit hanseatischem Akzent. »Da sind Sie ja endlich. Sie werden schon erwartet. So ein Schietwetter aber auch, was? Nu kommen Sie man rein und geben Ihren Mantel her. Die Herrschaften von der Zeitung sind schon 'ne ganze Weile da.«

Dankbar überreichte Bosch ihr seinen feuchten Mantel und den tropfnassen Regenschirm. Im Haus war es angenehm warm, und ein anregender Duft nach frisch Gebackenem lag in der Luft. Bosch fühlte sich sofort besser. Die Frau führte ihn durch eine großzügige Eingangshalle, vorbei an Kabelrollen, Scheinwerfern, einer auf eine Stange montierten silbernen Folie und mehreren zerkratzten Aluminiumkoffern, die sich auf einem Perserteppich stapelten. Mitten im Raum stand ein großer runder Tisch, dessen Platte vor Politur glänzte. Die Haushälterin ging auf eine der Zirbenholztüren am anderen Ende der Halle zu und öffnete sie.

Als Bosch durch die Tür trat, fiel sein Blick als Erstes auf einen hölzernen Hirschkopf, der über dem imposanten Kamin auf der gegenüberliegenden Seite des Raumes hing. Links und rechts vom Kamin standen zwei Armsessel, deren Gestell aus Elchschaufeln gefertigt und deren Polster mit struppigem braunem Fell bezogen waren. Drei große Ledersofas vervollständigten die Sitzgruppe.

Katharina versank geradezu in einem der tiefen Sofas. Sie unterbrach bei Boschs Eintreten ihr Gespräch mit der blonden Dame des Hauses, die mit dem Rücken zu Bosch saß. Eine weiche Stola um die Schultern gelegt, wirkte sie wie eine liebe Freundin der Familie, die als Gast des Hauses ein gemütliches Wochenende auf dem Land verbrachte. Ein junger Mann, offensichtlich Katharinas Fotograf, lehnte in schwarzer Kluft an der Kaminverkleidung und hantierte am Objektiv seiner Kamera. Das munter prasselnde Feuer warf Lichtreflexe auf seine abgewetzte Lederjacke und auf das überdimensionale Ölgemälde, das über ihm an der Wand hing. Die düsteren Farben einer von Gewitterwolken verdunkelten Bergszene beherrschten das Bild. Wohin Bosch auch schaute, überall hingen Jagdtrophäen. Eine Reihe hoher Fenster, deren von Regentropfen gesprenkelte Scheiben kaum Licht durchließen, nahm die linke Seite des Raumes ein. Nur das Feuer im Kamin und einige Kerzen in alten Zinnleuchtern erhellten an diesem trüben Nachmittag die häusliche Szene.

Die blonde Frau hatte sich inzwischen zu Bosch umgewandt. Sie konnte nicht älter als dreißig Jahre sein. Lässig hob sie die Hand und winkte ihn näher. Zweifellos die Hausherrin, Sabine Wüsthofen.

»Na, da ist er ja endlich, unser letzter Gast«, sagte sie. »Wir hatten Sie schon fast aufgegeben, lieber Doktor.«

»Ich bin mit dem Bus gefahren. Und zu Fuß heraufgestiegen.«

Er ließ sich von der Haushälterin, die ihn vertraulich am Arm nahm, zu seinem Platz auf dem dritten Sofa führen. Auf dem niedrigen Tisch standen ein silbernes Teegeschirr und eine gut sortierte Kuchenplatte. Daneben lagen ein dicht beschriebener Notizblock und ein Kugelschreiber. Als Boschs Blick Katharinas traf, legte diese den Kopf leicht in den Nacken, fixierte ihn aus halb geschlossenen Augen und grinste.

»Mit dem Bus? In echt?« Die Hausherrin klang so erstaunt, als hätte Bosch behauptet, er wäre mit der Postkutsche gekommen. Dann zog sie die Beine ungeniert auf das Sofa. »Na ja, die

Bude hier ist ja auch echt am Arsch der Welt. Ich meine, liegt doch recht abgelegen. Wollen Sie Tee oder Kaffee? Nehmen Sie doch ein Stück Kuchen. Und Sie interessieren sich also für Kunst?«

Bosch, der gerade seine Hand nach einem Schokoladen-Eclair ausstreckte, hielt inne. »Nicht direkt«, sagte er. »Eigentlich ist die Kunst eher mein Beruf.«

»Sagen Sie bloß …«

»Du weißt ja, Sabine«, sagte Katharina schnell, »wie diese Gelehrten sind. Hans wollte unbedingt einen Blick auf Heinrichs phänomenale Kunstsammlung werfen. Hoffentlich stören wir deinen Mann mit unserer Homestory nicht zu sehr.«

Sabine Wüsthofen streckte den Arm aus und tätschelte Katharina beruhigend über die Kaschmirstola. Bosch schaute erstaunt zu ihr hinüber, doch sie quittierte diese Vertraulichkeit nur mit einem dankbaren Augenaufschlag. Er nahm sich das Eclair.

»Ach, überhaupt nicht«, fuhr die Hausherrin fort. »Der ist schon den ganzen Tag im Revier mit seinem Jäger. Heinrich interessiert sich ja normalerweise nicht für Zeitungsfritzen. Aber weil du es bist …«

Katharina lächelte maliziös. Da war draußen im Flur ein Tumult zu hören. Doch Sabine Wüsthofen sagte nur: »Also, wenn man vom Teufel spricht.«

Mehrere Türen schlugen, und eine kräftige Stimme dröhnte durchs Haus. Dann näherten sich eilige Schritte dem Kaminzimmer, und die Tür wurde aufgestoßen.

Boschs Blick wurde als Erstes von einem mittelgroßen braunen Jagdhund mit langen Schlappohren gefesselt, der wie selbstverständlich hereintrabte. Sofort verbreitete sich der Geruch nach nassem Hundefell. Leichtfüßig umrundete der Köter den Sofatisch und blieb direkt vor Bosch stehen. Ein bayrischer Gebirgsschweißhund. Boschs Stiefvater war natürlich auch Jäger und hielt den gleichen. Der Hund richtete die Schnauze witternd auf Boschs Hand, in der dieser noch immer das Eclair hielt. Die bernsteinfarbenen Augen des Tieres starrten Bosch unverwandt an. Er zögerte, dann hielt er dem Tier das Gebäckstück hin.

»Max! Bei mir!«

Die dröhnende Stimme passte zu der ungewöhnlichen Größe des Mannes, der in der Tür stand. Er trug ein Sporthemd, eine Bundhose und Kniestrümpfe, alles in Grün. Bosch fielen sofort die mit irgendeinem Phantasiewappen bestickten Hausschuhe auf, in denen seine Füße steckten. Der Mann mochte auf die sechzig zugehen, seine kurzen grauen Haare und das von der frischen Luft gerötete Gesicht ließen ihn aber deutlich jünger erscheinen. Bosch schätzte ihn auf mindestens einen Meter neunzig.

Max, der Hund, war unterdessen zu seinem Herrn getappt. Bosch atmete auf.

»Grüß Gott, Grüß Gott, alle zusammen!«, donnerte wieder die Stimme des Hausherrn.

»Oh, Darling.« Sabine Wüsthofen stand rasch auf und drückte ihrem Mann einen flüchtigen Kuss auf die Wange. »Na, Weidmannsheil gehabt? Möchtest du Tee oder lieber Kaffee?«

Konsul Heinrich Wüsthofen schenkte ihr kaum Beachtung, sondern begrüßte stattdessen jeden in der Runde mit einem kräftigen Handschlag, ehe er sich in einen der Elchschaufelsessel fallen ließ und die Beine von sich streckte. »Was ich jetzt brauche, ist ein Vogelbeerschnaps.«

Er warf Sabine einen auffordernden Blick zu. Max ließ sich vor ihm zu Boden plumpsen, legte den edlen Kopf auf die edlen Hausschuhe seines Herrn und schloss mit einem tiefen Seufzer die Augen. Während Sabine eine geschliffene Kristallflasche und Schnapsgläser auf ein Silbertablett stellte, sagte Wüsthofen, offensichtlich mehr an seine Gäste als an seine Frau gerichtet: »Den ganzen Morgen gepirscht, und nicht ein brauchbarer Anblick. Wo mein Einserhirsch vom letzten Jahr abgeblieben ist, weiß ich auch nicht. Entweder er hat das Revier gewechselt, oder diese Wildererpartie aus dem verdammten Dorf ist wieder aktiv. Danke, Schatz.«

Sabine Wüsthofen stellte das Silbertablett auf den Tisch und postierte sich neben ihrem Mann. Der kippte den Schnaps hinunter und hielt ihr das leere Glas gleich wieder hin, wobei er Bosch fixierte. »Auch einen? Mein Hund mag Sie. Selber Jäger?«

»Nein«, beeilte sich Bosch zu sagen und griff nach seiner Teetasse. »Weder noch.«

Wüsthofen grinste ihn über den Rand seines Schnapsglases an. Bosch starrte zurück.

»Richtig. Sie sind ja diese künstlerische Kapazität.« Wüsthofen leerte den zweiten Schnaps und drückte Sabine das Glas in die Hand.

Katharina räusperte sich. »Hans, ich meine Doktor Bosch, war ein enger Mitarbeiter von Professor Salchenegger.«

»Ach was! Von unserm armen Freund Arnulf?« Wüsthofen klang ehrlich überrascht. »Hast du das gehört, Sabine?«

Sie nickte, hielt sich die Hand vor den Mund und unterdrückte ein Gähnen.

»Na ja, ein guter Mann, unser Arnulf«, meinte Wüsthofen. »Und viel zu früh verstorben, was, Doktor? Ehe ich's vergesse, Schatz, dauert das hier lange? Ich habe um acht ein Essen mit dem Hohlböck und seinen Leuten in Salzburg.«

Sofort stellte Katharina ihre Teetasse ab und stand auf. »Hubert, geh schon mal rüber«, sagte sie zu dem Fotografen, der die ganze Zeit teilnahmslos am Kamin gestanden hatte. Der nickte und verschwand in die Halle. In Richtung Wüsthofen sagte Katharina: »Ich brauche nur eine gemeinsame Aufnahme von dir und Sabine. Hubert hat schon alles aufgebaut. Wir halten dich bestimmt nicht lange auf.«

»Aha, sehr gut, sehr gut. Muss ich mich umziehen?«

»Überhaupt nicht. Der Artikel erscheint in der Herbstbeilage. Kultur und Natur. Das grüne Hemd passt sehr gut. Ach ja – und können wir einen Blick auf deine famose Kunstsammlung werfen?« Sie schenkte Wüsthofen ein charmantes Lächeln. Bosch warf ihr einen bösen Blick zu. Diese Schmeichelei war peinlich, solange er den Wert der angeblichen Kunstschätze noch nicht beurteilen konnte. Und bisher hatte er nur eine Menge Hirschgeweihe gesehen.

»Klar doch«, sagte Wüsthofen. »Der Hauptteil meiner Sammlung ist aber in Salzburg. Oder im Safe meiner Bank.« Er lachte dröhnend. Max, der Jagdhund, hob den Kopf. »Aber bitte, nur zu. Fühlen Sie sich ganz frei. Das Zeug ist im ganzen Haus verteilt.«

»Danke«, sagte Katharina. »Hans, du hast gehört, was der Konsul gesagt hat. Und wir …«, sie drehte sich wieder zu den Wüsthofens um, »… machen jetzt gleich mal unsere Aufnahmen.«

Wüsthofen erhob sich schwungvoll aus seinem Sessel und marschierte zu der Tür, hinter der der Fotograf verschwunden war. Katharina schaute Bosch an und machte eine Handbewegung, aus der er schloss, er solle einen Rundgang machen. Dann ging auch sie in die Halle hinaus. Bosch blieb mit dem Hund des Hauses zurück. Max brummte indigniert, senkte die Schnauze und warf ihm von unten her einen Blick zu.

»Braver Hund«, sagte er und stand vorsichtig auf.

Max machte keine Anstalten, sich auf ihn zu stürzen und ihn zu beißen. Trotzdem war Bosch froh, als er wohlbehalten in der Halle stand, wo Katharina gerade Wüsthofen und Sabine hinter dem Tisch platzierte und der Fotograf letzte Vorbereitungen traf. Der große Tisch war inzwischen mit blau-weißem Meissner Porzellan und graviertem Silberbesteck gedeckt worden. Ein gewaltiger Strauß Sonnenblumen thronte darauf, und der Fotograf stellte noch einen Korb mit Zierkürbissen dazu. Die silberne Folie reflektierte das Licht zweier Scheinwerfer. Katharina stand daneben und musterte das Arrangement.

Heinrich und Sabine Wüsthofen standen hinter dem Tisch wie in der Bewegung erstarrt. Sie hielten Gläser mit Rotwein in den Händen und lächelten sich gezwungen an. Als Wüsthofen Boschs Anwesenheit bemerkte, entkrampfte sich seine Miene, und er deutete mit der freien Hand mehrmals nach rechts. Bosch nickte und setzte seinen Weg in der angegebenen Richtung fort.

Als Erstes fiel ihm in dem Zimmer, das er betrat, der ausgestopfte Kopf einer Gams auf, deren Hals aus einem Holzschild zu wachsen schien und der, umrahmt von Geweihen, an der einen Wand hing. Mit ihren Glasaugen starrte sie auf ein goldgerahmtes Bild auf der anderen Seite. Bosch näherte sich dem Ölgemälde, das eine Gebirgsschlucht zeigte, aus deren Tiefen wallende Nebel aufstiegen. Er kniff die Augen zusammen. Das Motiv kannte er, wenn auch nicht dieses Bild, so doch ein ganz ähnliches. Er beugte sich vor.

»Joseph Mallord William Turner«, flüsterte er.

Natürlich war es nicht der St.-Gotthard-Pass, den Turner 1804 gemalt hatte. Bosch hatte die Bilder Turners in der Tate Gallery of British Art gesehen. Das Format hier war kleiner, und die biedermeierlichen Farben sagten Bosch, dass es nach 1816 gemalt worden sein musste, dem Jahr, als im Pazifik der große Vulkanausbruch gewesen war, dessen Asche das Tageslicht Europas auf Jahre verändert hatte. Bosch liebte die gemalten Morgenstimmungen der Romantiker in Rot, Violett und Orange. Aber er musste zugeben, dass die abendlichen Erdfarben in Turners Werk noch besser zur Geltung kamen. Auch diese kleine Gebirgslandschaft strahlte in Ocker und Gelbtönen. Bosch trat ein paar Schritte von dem Gemälde zurück und genoss den Anblick aus dieser Entfernung. Wüsthofen besaß also ein unbekanntes Bild des führenden Vertreters der Romantik. Und hängte es in sein Ferienhaus. Wahrscheinlich, weil das Motiv gut zum Alpenlandstil passte.

Bosch machte sich wieder auf den Weg durch das Haus. Ein Barockportal, das als Eingang zur Bibliothek diente, ließ ihn erneut länger verweilen. Es war eine italienische Arbeit aus dem achtzehnten Jahrhundert, eine reiche, bunt gefasste Weichholzschnitzerei, deren zwei Säulen mit Amphoren und vergoldeten Akanthusgewächsen verziert waren und von römischen Kapitellen gekrönt wurden. Vom Bogenteil blickten drei geflügelte Engelsköpfe melancholisch auf Bosch herab, als sehnten sie sich in Wüsthofens Landhaus nach ihrem heimischen Palazzo.

Er trat durch das Portal in die Bibliothek, deren Regale aus Zirbenholz bis an die Decke reichten. Ein Teppich in warmen

Herbstfarben und große Ledersessel verbreiteten eine angenehme Atmosphäre. Zum zweiten Mal, seit er auf den Turner gestoßen war, regte sich so etwas wie Bewunderung in ihm. Er wollte gerade zu einem Regal gehen, um zu sehen, welche Art von Literatur hier gesammelt wurde, als sein Blick auf eine halbkreisförmige Nische fiel, die zwischen zwei Fenstern eingelassen war.

Dort stand, mit leicht nach links geneigtem Kopf, eine Madonnenfigur. Sie lächelte. Ihr sanftes Gesicht wurde von Locken umrahmt, ein Zipfel ihres blauen Mantels schien vom Wind gegen ihre Wange zu wehen. In der rechten Hand hielt sie einen Apfel, mit dem linken Arm umfasste sie das Kind, das auf ihrem Schoß saß und das Händchen nach der Frucht ausstreckte. Langsam ging Bosch auf die Figur zu. Das Lächeln in dem runden Gesicht der Madonna schien sich zu verstärken.

»Dachte ich mir, dass ich Sie hier finde.«

Erschrocken fuhr Bosch herum. Wegen des weichen Teppichs hatte er Wüsthofen nicht kommen hören. Er stand dicht hinter ihm, und Bosch begegnete seinen wachen grauen Augen. Wüsthofens Blick glitt zwischen der Madonna und Bosch hin und her.

»Das ist eines meiner besten Stücke«, sagte er.

»Das glaube ich.« Bosch betrachtete die Figur.

»Na ja, hat auch eine schöne Stange Geld gekostet.«

Bosch kniff prüfend die Augen zusammen. Irgendwie kam ihm die Madonna bekannt vor. Ihr rechter kleiner Finger war ein wenig abgespreizt und bildete doch mit der ganzen Hand ein perfektes Oval. Ein Detail, das ihn an die Handskizzen von Dürer erinnerte. Hatte er diese Figur nicht schon einmal in einem Fachbuch gesehen?

»Auf den ersten Blick eine Südtiroler Arbeit«, sagte er. »Könnte sogar von Michael Pacher stammen. Bestimmt sehr selten. Darf ich fragen, woher Sie sie haben?«

Wüsthofen lachte. »Ausgezeichnet! Die ist tatsächlich von Pacher. Und Matteo hat sie mir verschafft«, sagte er. »Wir waren ja gute Freunde, sonst wäre ich nie dazu gekommen.«

»Tappeiner?«, fragte Bosch überrascht.

Wüsthofen nickte lächelnd.

»Aber der macht doch Zeitgenössisches …«

Der Hausherr zuckte die Achseln. »Keine Ahnung, über welche Kanäle er das gute Stück ergattert hat. Aber das wollen wir ja auch gar nicht so genau wissen, was? Wo kein Kläger, da kein Richter, sage ich immer. Schauen Sie mal.« Mit zwei Schritten war er bei einem der Fenster und griff hinter den Vorhang. Gleich darauf leuchteten mehrere kleine Lampen im Mauerbogen auf und ließen die kräftigen Farben der bunten Figur erstrahlen.

»Wunderschön«, sagte Bosch.

Aufmerksam ließ er seinen Blick über den schleierbedeckten Kopf, über das liebliche Gesicht und die schmalen Schultern bis hinab zum Mantelsaum wandern. Eine dünne Patinaschicht hatte sich im Lauf der Jahrhunderte auf die Figur gelegt, Staub und Ruß aus der Kirche, die die Heiligenfigur einst beherbergt hatte. Auch auf der Unterseite der schweren Mantelfalten und unter dem Kinn des Kindes hatte sich die klebrige Masse angesammelt. Und auf den Händen, die das Kind hielten.

Ja, es waren die Hände, die ihm so bekannt vorkamen. Diese natürliche, fast beiläufige Haltung, voll und doch grazil, die dünnen, spitz zulaufenden Finger. Wo hatte er diese anmutigen Hände nur schon gesehen? Es wollte ihm beim besten Willen nicht einfallen. Bosch griff nach der Figur und nahm sie von ihrem Sockel. Schwer wog sie in seiner Hand, eigentlich zu schwer. Im Laufe der Jahrhunderte müsste sie einiges an Gewicht verloren haben. An einer Stelle war ein winziges Stück der blauen Mantelfassung abgesplittert, darunter leuchtete ihm die Kreideschicht der Grundierung weiß entgegen.

Wüsthofen räusperte sich. Rasch stellte Bosch die Madonna an ihren Platz zurück und schob die Hände in die Hosentaschen, als wollte er ihr Eigenleben unterbinden.

»Na?«

»Wirklich außergewöhnlich«, sagte Bosch. Die weiße Grundierung hatte ihm endgültig verraten, dass diese Madonna keineswegs von Michael Pacher, geschweige denn aus dem Mittelalter stammte. Trotzdem war sie zweifellos ein Kunstwerk, und ihre Schönheit berührte ihn.

Wüsthofen nickte zufrieden. Ein stolzes Lächeln spielte um seinen Mund, als er die Lampen löschte. Die Madonna versank wieder im Halbdunkel, und Wüsthofen schlug Bosch mit der Hand auf die Schulter. »Kommen Sie, Doktor, die anderen sind noch beschäftigt mit diesem Story-Quatsch. Da bleibt uns ein wenig Zeit zum Plaudern und Fachsimpeln.«

Bosch folgte Wüsthofen aus der Bibliothek in den Gang hinaus. In der Halle konnte er Katharina hören, die dem Fotografen befahl, mit seinem ganzen Kram in die Küche zu wechseln, und dann Sabine Wüsthofen bat, sich für die Rezeptfotos eine Schürze umzubinden. Im Kaminzimmer war der Kaffeetisch inzwischen abgedeckt worden, und das Feuer im Kamin war fast heruntergebrannt. Auch der Jagdhund war nicht mehr da.

Bosch war allerdings immer noch ziemlich aufgewühlt von dem, was er gerade gesehen hatte. Wenn Wüsthofen die Madonna als Original gekauft hatte, war er um eine Menge Geld betrogen worden.

»Na, was sagen Sie nun zu meinen Schätzen, Doktor?« Wüsthofen setzte sich in einen der Elchsessel.

Bosch nahm wieder auf dem Sofa Platz. Liebend gern hätte er zuerst über den Turner gesprochen, aber Wüsthofen lachte schon und sagte: »Ich sehe, die Madonna hat Ihnen die Sprache verschlagen, was?« Er beugte sich vor. »Kennen Sie sich denn mit mittelalterlicher Kunst überhaupt aus?«

Bosch räusperte sich. »Ich habe sogar schon über Michael Pacher gearbeitet, der Flügelaltar in St. Wolfgang. Im Rahmen meiner Habilitation«, sagte er. »Und zur Zeit forsche ich über den Einfluss Nikolaus von Kues auf die mittelalterliche Kunst.«

»Ach«, meinte Wüsthofen. »Wirklich?«

Bosch überhörte die Ironie in der Frage seines Gastgebers und nickte. »Beispielsweise in Pachers Auftragswerk für das

Reformkloster Mondsee ist der Einfluss von Kues nicht zu übersehen«, sagte er. »Da geht es um die Einheit aller Gegensätze. Und die Harmonie, der durchdachte Aufbau des Altars, der die Gesetze der geometrischen Anordnung zugrunde liegen, ist eines der schönsten Beispiele für das Spätwerk …« Bosch bemerkte Wüsthofens amüsierte Miene und brach seinen Vortrag ab. Ihm war klar geworden, dass sein Gastgeber kein Wort verstanden hatte. »Ich weiß ja nicht, ob Sie das alles interessiert …«

»Aber sicher doch«, sagte Wüsthofen. »Ich hab ja keine Ahnung von dem ganzen Kram.« Er legte die Fingerspitzen zusammen und musterte Bosch. »Hat Ihnen das alles unser guter Arnulf beigebracht?«

Bosch räusperte sich erneut. »Professor Salchenegger war so freundlich, mich bei meiner wissenschaftlichen Arbeit zu unterstützen, ja.«

Wüsthofen lachte. »Gutes Verhältnis zum Chef gehabt, was?«

Langsam ging Bosch dieses Gespräch nun doch zu weit. Er verkniff sich eine scharfe Antwort und sagte nur: »Ich würde sagen, wir waren eher Freunde.«

»Ach, ja?«

»Ja. Arnulf hat mich sogar in Ihre Pläne für die Stiftung eingeweiht.« Michi hätte ihm schließlich nicht davon erzählt, wenn sie ihn nicht als Freund der Familie betrachtete.

»Ach so … Sie wissen also davon. Und?« Wüsthofen legte den Kopf in den Nacken und musterte Bosch aus halb geschlossenen Augen. »Wie finden Sie die Idee?«

»Soviel ich weiß, sollten damit junge Künstler gefördert werden«, antwortete Bosch. »Es muss Professor Salchenegger sehr wichtig gewesen sein. Immerhin hatte er doch sein ganzes Vermögen einbringen wollen.«

»Sein ganzes Vermögen, das allerdings.« Wüsthofen schlug mit der Hand auf die Elchschaufel, die seinem Sessel als Armstütze diente. »Aber glauben Sie mir, lieber Doktor, so viel war das nicht.«

Er erhob sich und trat zum Kamin, in dem nur noch ein

paar schwarz-rote Scheite vor sich hinglommen. Aus dem Korb, der neben der Feuerstelle stand, zog er ein armdickes Holzstück und warf es auf die Glut. Nach einem Moment knackte und zischte es, und die Flammen loderten wieder hoch. Wüsthofen schob die Hände in die Hosentaschen und lehnte sich mit dem Rücken gegen den Kaminsims.

»Ganz im Vertrauen, Doktor«, er zwinkerte Bosch zu, »ich bin mir ja nicht sicher, ob es unserem armen Freund wirklich nur um die Künstler ging. Wenn ich so eine Tochter hätte, wäre mir auch jedes Mittel recht, um mein Geld in Sicherheit zu bringen. Kennen Sie denn das Fräulein Salchenegger?«

Erst jetzt fiel Bosch auf, dass aus der seitlich aufgesetzten Tasche an Wüsthofens Bundhose der Griff eines Jagdmessers ragte. Das Hirschhorn glänzte vom vielen Gebrauch wie poliert. »Flüchtig, nur flüchtig ...«

»Seien Sie froh.« Wüsthofen verschränkte die Arme vor der Brust. »Die hat ihren Vater doch nur ausgenommen. In Wien in Saus und Braus gelebt und vor sich hinstudiert. Arnulf hat das ziemlich belastet. Schließlich hatte er die Idee mit der Kunststiftung. Matteo und ich waren sofort einverstanden, klar. Wir standen ganz knapp vor der Gründung. Da hatte erst Matteo diesen schrecklichen Unfall und dann ... na ja, Sie wissen schon.« Er brach ab.

Bosch musste an die gelbe Biedermeiervilla zwischen den alten Rosenbüschen denken, die Michaela jetzt allein bewohnte. Katharinas Andeutungen über Michis Pilzkenntnisse drängten sich in seine Gedanken. Natürlich verwarf er sie sofort wieder, aber es stimmte schon: Michi war die Nutznießerin von Salcheneggers Tod.

Dann klatschte Wüsthofen in die Hände. »Na, lassen wir das Spekulieren, Doktor! Nun kriegt die Kleine eben doch das Geld. War jedenfalls schön, Sie kennengelernt zu haben.«

Das war das Stichwort zum Aufbruch. Die knapp bemessene Zeit Wüsthofens war offensichtlich erschöpft. Bosch räusperte sich. »Herr Konsul, nochmals kurz zu der Madonna ...«

Aber in der Halle waren auf einmal Stimmen zu hören, und

Wüsthofen warf einen Blick auf seine klobige goldene Armbanduhr. Gleich darauf wurde die Tür geöffnet, und Sabine Wüsthofen, gefolgt von Katharina, kam kichernd herein. An ihren Knien vorbei drängte sich der braune Schweißhund ins Zimmer.

»Ich weiß, ich weiß, mein guter Doktor. Ein andermal.« Wüsthofen hob kurz die Hand. »Lassen Sie sich einfach einen Termin von meiner Frau geben. Max, mein Lieber, du musst dableiben.«

Er schenkte den Anwesenden ein knappes Kopfnicken und verschwand dann in der Halle. Max' Ohren und Schwanz waren bei seinen letzten Worten herabgesunken. Er schnüffelte über den Boden, als verfolgte er eine Fährte und fand schließlich den Platz vor dem Kamin, an dem Wüsthofen zuletzt gestanden hatte. Mit einem Knurren ließ er sich darauf nieder und starrte unverwandt auf die Tür, hinter der sein Herr verschwunden war.

Der Regen hing wie ein Schleier vor dem Haus, als Bosch, Katharina und ihre Gastgeberin auf den Vorplatz hinaustraten. Die Temperatur war empfindlich gesunken, und es dämmerte bereits. Schemenhaft konnte Bosch sehen, wie der Fotograf seine Arbeitsutensilien im Kofferraum des zerbeulten Kombis verstaute. Sie eilten zu Katharinas kleinem grünen Sportwagen, und er zwängte sich auf den viel zu engen Beifahrersitz.

Katharina hupte zum Abschied dreimal, und ehe Bosch es sich versah, waren erst die in der Tür stehende Hausherrin, die eifrig winkte, und dann das ganze Anwesen hinter einer dichten Nebelwand verschwunden.

Der Wagen schoss die gewundene Bergstraße hinab, das Licht der Scheinwerfer durchdrang kaum die Regenschleier. Bosch kamen Zweifel, ob es eine gute Idee gewesen war, mit Katharina mitzufahren. Zunächst traute er sich nicht, Kritik zu üben, zumal er ja selbst keinen Führerschein besaß. Doch als Katharina einem quer auf der Fahrbahn liegenden Ast auswich, stieß Bosch heftig gegen die altmodische Fensterkurbel der Beifahrertür. Vorwurfsvoll schaute er Katharina an und hielt sich den Arm.

»Vielleicht fährst du eine Spur zu schnell …«, sagte er vorsichtig.

Katharina blickte zu ihm hinüber und musterte ihn amüsiert, ohne dabei vom Gas zu gehen. Bosch ließ seinen Arm los und klammerte sich an den Griff der Beifahrertür.

»Um Gottes willen, schau doch auf die Fahrbahn!«, schrie er.

Vor ihnen huschte ein Schatten über die Straße, irgendein querendes Tier, dessen Umriss das Licht der Scheinwerfer zerschnitt. Mit einem eleganten Schlenker wich Katharina aus.

»Ein Fuchs«, stellte sie lapidar fest.

»Na wunderbar«, sagte Bosch. Das arme Tier hatten sie jedenfalls nur knapp verfehlt. »Soll das hier eine Treibjagd werden, oder was?«

Katharina lachte und blickte ihn kurz an, wandte sich aber gleich wieder nach vorne. »Was hat übrigens deine Recherche bei unserem Jagdfreund ergeben?«

Durch das dünne Dach des Kabrios strömte kalte Luft herein. Bosch zog seinen Regenmantel fester um sich. »Bei der Raserei kann ich beim besten Willen nicht auch noch Berichte abliefern«, sagte er. Solange er um sein Leben fürchten musste, würde er schweigen.

Katharina grinste nur, reduzierte aber die Geschwindigkeit.

Bosch entspannte sich so gut, wie es in dem engen Wagen möglich war. »Wüsthofen hat eine gotische Madonna in seiner Sammlung«, sagte er. »Sie soll von Michael Pacher sein.«

Katharina drehte ihm ihr Gesicht zu. »Was heißt ›soll sein‹?«

»Schau nach vorne«, krächzte er. »Es ist eine Fälschung.«

»Was?« Katharina trat voll auf die Bremse. Ein Ruck, die Reifen quietschten auf der regennassen Fahrbahn. Bosch wurde mit voller Wucht gegen den Sicherheitsgurt gepresst.

»Spinnst du eigentlich?«, schrie er, während er nach Luft schnappte. Es fühlte sich an, als hätte der Gurt sich in seine Brust eingeschnitten. Bestimmt würde er blaue Flecken von Katharinas unverantwortlichem Fahrstil davontragen.

»Bist du sicher?«, fragte Katharina zurück, als wäre nichts geschehen.

»Natürlich bin ich sicher«, antwortete Bosch und schlug sich mit den Händen auf die Knie.

»Das ist ja ein Ding.«

Sie legte den Gang ein, fuhr an und beschleunigte den Wagen innerhalb von wenigen Sekunden. Bosch beobachtete sie mit Misstrauen, aber Katharina fuhr konstant ein moderateres Tempo.

»Und willst du wissen, wo er die Madonna her hat?«, fragte Bosch schließlich. Er hatte sich über die von Lob triefenden Nachrufe auf Tappeiner geärgert. Hier war eine Gelegenheit, an der richtigen Stelle die Wahrheit zu sagen.

»Nämlich?«

»Aber keine Vollbremsung.«

Katharina lachte.

»Wüsthofen hat das gute Stück von Matteo Tappeiner.«

Sie stieß einen leisen Pfiff aus.

»Was noch nichts heißt«, setzte Bosch hinzu. »Tappeiner war schließlich Kunsthändler und kein Experte für mittelalterliche Heiligenfiguren.« Er wollte auch nicht übertreiben. Aber der Samen des Zweifels würde aufgehen, da war er ganz sicher.

Wieder sah Katharina zu ihm herüber. Ihr Gesicht leuchtete grün im Licht der Armaturen. »Ich dachte immer, der hat nur Zeitgenössisches verkauft?«

»Was weiß ich? Kunsthändler eben. Die verkaufen alles«, sagte Bosch. Er konnte nicht verhindern, dass sich ein bitterer Unterton in seine Stimme schlich.

»Schöner Handel«, meinte Katharina. »Woran erkennt man denn so eine Fälschung?«

»Gar nicht so einfach«, sagte Bosch. Er war versucht, ihr einen kleinen Fachvortrag über Imitate zu halten, beschränkte sich dann aber doch auf Wüsthofens Madonna. »Da kann es viele Anzeichen geben. Bei der Figur fehlt am Mantelsaum ein kleines Stück blauer Farbe. Dadurch ist die Kreideschicht der Grundierung zu sehen. Sie ist nicht nachgedunkelt, sondern ganz weiß. Das heißt, dass sie vor noch nicht allzu langer Zeit aufgetragen wurde. Jedenfalls nicht vor ein paar hundert Jahren.«

Katharina nickte, nahm die rechte Hand vom Lenkrad und knuffte Bosch freundschaftlich in den Oberarm. »Gute Arbeit, Kollege!«

»Pass lieber auf die Straße auf«, knurrte Bosch.

»Dass das ausgerechnet Wüsthofen passieren muss«, sagte Katharina. »Diesem alten Angeber.«

Immerhin interessierte er sich für Kunst. Bosch zog den Kopf tiefer in die Wärme seines Mantelkragens. Eine Weile war nur das leise Quietschen der Scheibenwischer zu hören, die im steten Takt über die Frontscheibe fuhren. Bosch dachte an Wüsthofens Madonna, die zwar nicht aus dem Mittelalter stammte, aber dennoch das Werk eines echten Künstlers war. Nur eben keine Pacher-Madonna. Er setzte sich auf.

»Ist da noch was, das ich wissen sollte?«, fragte Katharina in die Stille hinein.

»Ich weiß nicht …«, antwortete Bosch. Irgendwo hatte er doch erst vor Kurzem von einer Pacher-Madonna gelesen.

»Also doch. Na los, raus mit der Sprache.«

Er schaute kurz aus dem Seitenfenster in das Dunkel hinaus. Er wandte den Kopf wieder nach vorne und folgte dem Strahl der Scheinwerfer, der sich durch die Finsternis tastete. Da fiel es ihm wieder ein. »Stichwort Pacher-Madonna« hatte auf dem Prospekt gestanden.

»Na ja, vielleicht«, sagte er. »Also, vor einiger Zeit habe ich einen Zettel unter Salcheneggers Nachlass gefunden, auf dem eine Pacher-Madonna erwähnt wird.«

»Wüsthofens Fälschung?«, fragte Katharina und fuhr schneller.

»Es ging jedenfalls um eine Pacher-Madonna«, sagte Bosch. »Eine Nachricht von einem Freund.«

»Was für eine Nachricht? Na komm schon, Hans, lass dir doch nicht alles aus der Nase ziehen.«

»Keine Ahnung.« Er zuckte mit den Schultern. »Unter Salcheneggers Papieren war halt so ein Prospekt, auf den jemand diese Nachricht gekritzelt hatte. Nichts weiter.«

»Seltsam«, meinte Katharina. »Und du denkst, da gibt es einen Zusammenhang?«

Warum hatte er diesen Prospekt überhaupt erwähnt? Weil er neugierig war, gestand er sich ein. Weil er in den letzten Tagen den privaten Salchenegger kennengelernt hatte, der so ganz anders war, als der Salchenegger, den er von der Universität gekannt hatte. Besser gesagt, zu kennen gemeint hatte. »Natürlich nicht.«

»Das glaubst du doch selbst nicht, dass da nichts ist.« Sie warf Bosch einen gefährlich langen Blick zu. »Da gibt es sicher einen Zusammenhang, mein Freund! Und den werden wir herausfinden.«

Bosch lehnte den Kopf gegen die kalte Scheibe des Seitenfensters. Perlende Wassertropfen zogen im Fahrtwind ihre Bahnen. Dahinter verschwamm die Welt im Dunkel der Nacht.

»Kann ich die Nachricht mal sehen?«, fragte Katharina. Und als Bosch nicht gleich antwortete, zwickte sie ihn in den Oberschenkel. »Hallo, Herr Professor, ich hab dich was gefragt. Hast du den Prospekt noch?«

»Klar kannst du sie sehen.« Bosch zog die Ärmel über seine klammen Hände. »Warum auch nicht?«

ZEHN

Michaela Salchenegger saß am Ufer gegenüber der Altstadt und genoss die kühle Brise, die vom Fluss zu ihr aufstieg. So recht hatte sie keinen Blick für den Zauber dieses Nachmittags und für das berühmte Panorama. Ein makelloser Sommerhimmel wölbte sich über Salzburg und ließ den Regen vor drei Tagen wie eine fast verblasste Erinnerung erscheinen. Die Festung leuchtete hell in der Augustsonne herüber, und die weißen Möwen tanzten wie Lichtpunkte über der Salzach. Hinter dem Mozartsteg zückten wie immer zahlreiche Touristen ihre Kameras für ein Erinnerungsfoto. Seit fast einer halben Stunde saß sie nun schon hier und wartete. Sie trommelte mit den Fingern auf die blaue Zeichenmappe, die auf ihrem Schoß lag.

Ein junger Mann mit dunklem Lockenkopf saß ein paar Meter unterhalb von ihr am Wasser und hielt die eindrucksvolle Kulisse auf seinem Zeichenblock fest. Er drehte sich zu ihr um. Seine schwarzen Augen glitten ungeniert über sie hinweg und blieben schließlich an der Mappe hängen. Michaela wandte sich ab. Sie hoffte, der Mann würde ihre Geste verstehen und sie in Ruhe lassen.

Die Glocken der Altstadt begannen zu läuten. Schon vier Uhr. Wo blieb Hans bloß? Neulich Abend war er doch so erpicht auf seine Zeichnungen gewesen, und jetzt, wo sie seine Mappe gefunden hatte, ließ er sich alle Zeit der Welt. Schließlich hatte sie noch einiges vor und konnte nicht endlos warten, bis er irgendwann auftauchte.

Michaela spielte mit den roten Baumwollbändern, die die Mappe zusammenhielten. Sie blickte noch einmal zur Uferpromenade hinauf, konnte aber zwischen all den Spaziergängern, Radfahrern und Touristen Hans' untersetzte Gestalt nicht entdecken. Schließlich knüpfte sie die Bänder auf. Der Herr Künstler würde schon nichts dagegen haben. Außerdem hatte Hans die Mappe ja auch ihrem Vater gezeigt.

Die Mappe enthielt drei großformatige Skizzenblätter. Michaela breitete die Bögen vor sich aus. Auf den ersten Blick erkannte sie nur eine Unmenge sorgfältig gezeichnete kleine Tiere, deren Umrisse an den Papierkanten scheinbar willkürlich abgeschnitten waren. Erst als sie die Zeichnungen nebeneinanderlegte, begriff sie, dass die Blätter zusammengehörten. Genau. Hans hatte etwas von einem Triptychon gesagt.

Die mittlere Zeichnung zeigte eine Ansicht von Salzburg, doch schien sich die markante Silhouette der Stadt aus phantastischen Bauten zusammenzusetzen, die, scharfkantig aus dem Fels wachsend, in den Himmel strebten und dem Betrachter auf den ersten Blick zwar vertraut, bei näherem Hinsehen aber völlig fremd waren. Aus einem flachen Brunnen auf der rechten Zeichnung tranken weiße Hirsche, ein Einhorn und andere Fabelwesen. Hell und irgendwie lieblich, wie ein Bild aus einem irdischen Paradies sahen sie aus. Doch dann bemerkte sie die toten Fische, die in dem Teich auf dem linken Skizzenblatt trieben. Ein monströses Bestiarium kroch aus den trüben Fluten auf den hellen Sandstrand, an dem die gräuliche Stadt lag. Reptilienhafte Fabeltiere, eine dreiköpfige Eidechse und ein mehrschwänziges Schnabeltier, Schlangen und Skorpione.

Mit zunehmendem Widerwillen ließ Michaela ihren Blick über die Zeichnungen wandern.

»*Mais c'est merveilleux!*«

Michaela sah erschrocken auf. Neben ihr stand der junge Mann, seinen Zeichenblock in der Hand, und sah lächelnd auf sie herab.

»*Vous comprenez?* Sie verstehen?« Er deutete mit seinem Stift auf die Zeichnungen. »*C'est très bien! C'est un vrai 'ieronymus Bosch.*«

Michaela starrte auf die Zeichnung und dann wieder in das runde Gesicht des Mannes, das einem italienischen Fresko zu entstammen schien.

»Was haben Sie gesagt?«, fragte Michaela. »Bosch? Sie kennen ihn, den Maler … Hans Bosch?«

»Natürlich, ‘ieronymus, ‘ieronymus Bosch«, sagte der Fremde.

»Sie meinen Hieronymus Bosch, den berühmten Maler?«

»Mais oui«, antwortete er und nickte mehrmals.

»Nein«, entgegnete Michaela. »Das ist von Hans Bosch, verstehen Sie? Hans Bosch.«

Der Franzose schüttelte den Kopf und lächelte.

Michaela schob die Blätter zusammen. Hätte sie doch nie einen Blick auf diese Zeichnungen geworfen. Im Grunde hatte sie nie darüber nachgedacht, was in Hans vorging. Jetzt fragte sie sich, ob er wirklich nur der nette Dicke aus dem Institut war, oder ob es da nicht noch eine dunkle, ihr bisher verborgene Seite in seinem Inneren gab.

Der junge Mann ging in die Hocke und reichte ihr seinen Skizzenblock, als ein Schatten über sie fiel. Die beiden drehten sich um. Direkt hinter ihnen stand Hans.

Obwohl es helllichter Tag war, war Michaela ähnlich erschrocken wie in der Nacht, als Hans so unvermittelt auf der Terrasse ihres Elternhauses gestanden hatte.

»Hallo, Hans, da bist du ja endlich.« Sie lächelte etwas gezwungen zu ihm hinauf. Wirkte Hans nicht irgendwie misstrauisch? »Ich habe mir erlaubt, deine Zeichnungen anzuschauen. Ist ja toll! Hier – alle unversehrt.« Rasch schob sie das letzte Blatt in die Mappe und verknotete die Bänder. Dann erhob sie sich.

Hans machte einen Schritt auf sie zu und wäre fast gestolpert. Aber der junge Mann, der ebenfalls aufgestanden war, streckte geistesgegenwärtig die Hand aus und griff rasch nach seinem Ellenbogen.

»Danke«, schnaufte Hans. »Sehr freundlich.«

Er zog ein Taschentuch heraus und wischte sich damit über die schweißnasse Stirn. Der junge Mann nickte verlegen. Er öffnete den Mund, beließ es dann aber bei einem kurzen Winken in Michaelas Richtung und kehrte zu seinem Platz zurück.

In Michaelas Kopf spukten noch immer die von Hans geschaffenen Fabelwesen herum. Wenn er meinte, dass sie in seinen Sachen spioniert hatte, sollte er es nur sagen. Sie kniff den Mund zusammen und sah auf die blaue Mappe. Dann griff Hans schließlich danach und klappte sie auf.

»Der ›Letzte Tag‹«, sagte er. »Und kein Blatt fehlt.«

»Schön«, sagte Michaela. »Freut mich, dass ich dir helfen konnte. Dann werde ich mich mal auf den Weg machen.« Sie klopfte sich die Hose ab. »Also, servus dann und bis bald einmal.«

Sie mühte sich um ihn herum und war bereits die Hälfte der Böschung hochgegangen, als seine dringliche Stimme sie zurückhielt.

»Michi, warte doch!«

Michaela drehte sich um. Hans knüpfte hastig die Bänder der Zeichenmappe zu. Dann klemmte er sie sich unter den Arm und mühte sich schwer atmend den Abhang hinauf.

»Was gibt's denn noch?«, fragte sie unwillig. Sie hatte gehofft, dass sich mit der Übergabe der Zeichnungen auch der in letzter Zeit etwas enge Kontakt zu Hans erledigt hatte. Schließlich waren sie keine Freunde. Hans war der Assistent ihres Vaters gewesen. Und Paps war tot.

»Wir könnten doch noch irgendwo einen Kaffee trinken.« Er hatte sie fast erreicht.

»Das geht leider nicht«, sagte Michaela rasch. »Ich bin auf dem Weg nach St. Peter. Das Grabkreuz ist gestern geliefert worden.«

Sie wandte sich um und sprang mit einem langen Satz auf die Uferpromenade. Ein Radfahrer in greller Sportkleidung konnte gerade noch ausweichen. Er verriss den Lenker und blickte im Weiterfahren über die Schulter zurück.

»Verdammter Trampel«, schrie er und trat in die Pedale.

Michaela zeigte ihm den erhobenen Mittelfinger. Da stand Hans schon neben ihr.

»Ich gehe mit«, sagte er. Und auf ihren überraschten Blick fügte er hinzu: »Ich war seit der Beerdigung nicht mehr am Grab deines Vaters.«

Darüber wunderte sich Michaela zwar, immerhin hatte Hans

ihren Vater stets wie ein Trabant umkreist. Aber was Hans nun tat oder unterließ, war ihr im Grunde genommen gleichgültig.

»Wie du meinst«, sagte sie und wandte sich zum Gehen.

Am Kapitelplatz schaute Bosch zu dem Torbogen hinüber, an dem das Schild »Zum Peterskeller« hing. Wie oft hatte er in den vergangenen Sommern mit Salchenegger dort im Gastgarten bei einer Jause gesessen und über die Nichtigkeiten des Universitätsbetriebes geplaudert. In der Erinnerung schien ihm die Vergangenheit erfüllt von einem Frieden und einer Sorglosigkeit, die sie, so gestand er sich ein, auch damals kaum gehabt haben konnte.

Aus der Backstube der Stiftsmühle von St. Peter strömte der warme, süßliche Duft nach frischem Brot. Bosch, der jeden Samstagmorgen einen Laib dort kaufte, bekam Hunger. Er seufzte.

»Ist nicht mehr weit«, sagte Michaela.

Eine überflüssige Bemerkung, fand Bosch. Als ob er nicht wüsste, wie weit der Friedhof von der Stiftsmühle entfernt war. Auch vor Salcheneggers Beerdigung war er schon öfter auf dem Friedhof gewesen. Letztes Jahr hatte er die Abkürzung zwischen Festspielhaus und Festungsgasse genommen. Damals, es war um Allerheiligen herum, war er allein gewesen, und das Meer der im Novembernebel vor den schmiedeeisernen Kreuzen flackernden Grablichter hatte ihn sehr berührt. Vor vier Wochen war er dann in der Sommerglut mit den Honoratioren der Stadt Salcheneggers Trauerzug gefolgt.

Eine Gruppe Touristen kam ihnen die steile Festungsgasse herab entgegen. Bosch umklammerte die Mappe mit seinen kostbaren Zeichnungen. Zum Glück hatten sie schon das offene Tor von St. Peter erreicht. Schnell trat er hinter Michaela in die Ruhe des Friedhofs, der zwar ebenfalls zu den Anziehungspunkten der Stadt gehörte, aber nicht ganz so überlaufen war.

Langsam kam er wieder zu Atem. Er presste die Zeichenmappe vor die Brust und ließ seinen Blick über das Gräberfeld wandern, auf dem dicht an dicht schwarze Grabkreuze aus dem Boden zu wachsen schienen – es war ein stiller, schmiedeeiserner Garten. Bosch fiel Trakls Gedicht über den St.-Peter-Friedhof ein: »Ringsum ist Felseneinsamkeit, des Todes bleiche Blumen schauern, auf Gräbern, die im Dunkel trauern ...«

Zwei Friedhofsbesucher gingen an ihm vorbei. Bosch lächelte sie an und machte sich auf den Weg zu Salcheneggers Grab, das am Fuße der Felswand lag. Michaela war nirgends zu sehen, wahrscheinlich war sie schon vorausgegangen.

Vor dem Eingang der Katakomben blieb er stehen. Hier hing, auf zwei Holztafeln und in zwölf Szenen gemalt, der »Salzburger Totentanz«. Nachdenklich ließ er den Blick über das Gerippe mit der Sense und die Verse in deutscher und lateinischer Sprache wandern. Die Bilder waren in Grau-in-Grau-Malerei ausgeführt. Grisaille, die Todfarbe. Auch seine Toten hatten ihr Leben in vollen Zügen genossen. Wo waren Matteo Tappeiner und Salchenegger wohl jetzt?

Michaela stand mit gefalteten Händen und gesenktem Kopf am Grab ihres Vaters.

»Tut mir leid, Michi«, sagte Bosch leise.

Sie gab keine Antwort, sondern starrte weiter auf den unkrautübersäten Erdhügel zu ihren Füßen. Das schlichte Holzkreuz, das man am Tag von Salcheneggers Beerdigung auf seinem Grab errichtet hatte, stand noch immer dort. Ein in der Hitze der letzten Wochen verdorrter Lorbeerkranz, Symbol akademischer Ehren, hing daran. Daneben türmte sich ein Berg verwelkter Kränze mit verblichenen Schleifen. Die aufgedruckten Namen ihrer Spender, all der Honoratioren und ehemaligen Weggefährten des Professors, waren kaum mehr zu lesen. Bosch zog sein Taschentuch aus der Hosentasche und wischte sich den Schweiß von der Stirn.

»Wo warst du denn?«, fragte Michaela und sprach sofort weiter, ohne seine Antwort abzuwarten. »Ist das nicht eine Frechheit? Die Rechnung für das Eisenkreuz haben sie mir schon geschickt. Und, siehst du hier irgendwo ein Eisenkreuz?«

Bosch faltete das Taschentuch zusammen und schob es ein. Er hob die Schultern.

»Gut, dass ich nachgeschaut habe«, meinte Michaela. »Na, die können was erleben.« Sie drehte sich zu Bosch. »Ich bin hier fertig. Was ist mit dir? Willst du noch beten oder so?«

Er schüttelte den Kopf. »Können wir uns noch kurz irgendwo hinsetzen? Ich möchte dir etwas zeigen.«

Sie setzten sich auf eine kleine Bank vor die Arkadenreihe mit den Grüften. Bosch zog den Oberammergauer Prospekt aus der Tasche und reichte ihn Michaela.

»Kennst du das?«, fragte er.

Sie besah sich das altmodische Titelblatt, faltete den Prospekt auseinander und schüttelte schließlich den Kopf. »Das ist ein Werbeprospekt.«

»Schau auf die Rückseite.«

Michaela drehte das Papier um und stutzte kurz, als sie die schwarzen Druckbuchstaben überflog. Sie schüttelte den Kopf und schaute Bosch an.

»Was ist das?«, fragte sie.

»Den Prospekt habe ich in dem Karton mit den Unterlagen deines Vaters gefunden«, sagte Bosch. »Du musst ihn dort hineingetan haben.«

Michaela zuckte die Schultern. »Keine Ahnung«, sagte sie. »Ich erinnere mich nicht mehr. Da war so viel Papierkram … Ich habe einfach alles in diese Kiste geworfen. Was soll das überhaupt sein?« Sie fuhr mit dem Finger über die Schrift. »Eine Geschäftsbesprechung?«

»Auf den ersten Blick …« An eine Geschäftsbesprechung hatte Bosch noch nicht gedacht. Ihm war die Sache von Anfang an nicht geheuer gewesen.

»Na eben. Wahrscheinlich hat Paps den Zettel nach der Besprechung nicht weggeworfen. Typisch für ihn.«

»Aber findest du die Nachricht … den Ton der Nachricht nicht seltsam?« Bosch nahm ihr den Prospekt aus der Hand und las vor: »›Hallo Professor! Kommen Sie am Freitag, den vierzehnten Juli, um 19.30 ins Müllner Bräu. … kleine Geschäftsunterredung ... Stichwort: Pacher-Madonna ... es soll doch noch nichts an die Öffentlichkeit.‹« Er ließ den Prospekt sinken. »›Ein Freund.‹ Findest du, dass das nach einer normalen Besprechung klingt?«

Michaela zuckte die Schultern. »Keine Ahnung.«

»Warum sollte jemand deinem Vater so eine Nachricht schicken?«, fragte Bosch. »Und vor allem – wer?«

»Woher soll ich das denn wissen?« Sie fuhr sich mit der Hand durchs Haar. »Wenn es keine Besprechung im Wirtshaus war, dann sicher einer dieser blöden Studentenstreiche. Da steht's ja: *ein Freund*! Das sagt doch alles! Am Faschingsdienstag hat mal jemand als Fliegenpilz verkleidet vor unserem Haus Spottlieder gesungen. Paps war stinksauer.«

Bosch faltete den Prospekt zusammen. »Das ist kein Studentenstreich«, sagte er.

Michaela hob die Brauen. »Sondern?«

»Ich glaube, dein Vater ist erpresst worden.«

»Spinnst du jetzt komplett?« Sie wollte nach dem Prospekt greifen, doch Bosch steckte ihn schnell in seine Jackentasche. »Los, gib her«, sagte sie laut.

»Den brauch ich noch«, sagte er. »Andere Frage ...«

Michaela verdrehte die Augen. »Hoffentlich.«

»Dein Vater war doch ein Freund von Konsul Wüsthofen.«

»Na ja, Geschäftspartner würde ich sagen.«

»Wurde in irgendeinem Zusammenhang mal eine Madonna erwähnt? Ein ganz seltenes Stück. Vielleicht sogar von Michael Pacher.«

»Von Michael Pacher?«, rief Michaela. »Sag mal, Hans, was soll denn dieser ganze Schwachsinn von wegen Pacher und einer Madonna und diesem blöden Werbeprospekt?«

»Erpresserbrief«, sagte Bosch. Auch wenn Michaela nicht hören wollte, dass ihr Vater Opfer eines Erpressers gewesen sein könnte, je mehr er selbst darüber nachdachte, umso überzeugter war er. Er seufzte. »Ich hatte gehofft, du könntest mir mehr dazu sagen.«

»Nein, kann ich nicht«, sagte Michaela schroff und stand auf.

»Ein für allemal – die Arbeit meines Vaters hat mich nie interessiert.« Sie schob die Hände in die Hosentaschen ihrer verblichenen Jeans und deutete mit dem Kopf auf den Prospekt. »Es steht ja nicht mal ein vollständiges Datum drauf. Also, entweder ist er zu diesem Treffen gegangen oder nicht. In jedem Fall kann es nicht so wichtig gewesen sein, sonst hätte er mir ja davon erzählt, oder?«

»Glaubst du?« Bosch bemerkte ein Flackern in Michaelas Blick.

Rasch sagte sie: »Jetzt muss ich aber wirklich los. Achilles sitzt schon den ganzen Morgen zu Hause und muss sicher dringend raus. Vielleicht sieht man sich ja mal ...« Sie hob die Hand zu einem flüchtigen Abschiedsgruß, drehte sich um und war auch schon zwischen den Grabkreuzen verschwunden.

Nachdenklich schaute Bosch ihr hinterher. Warum wehrte Michi jedes Gespräch über ihren Vater ab? Wollte sie einfach mit der Vergangenheit nichts mehr zu tun haben? Oder versuchte sie, etwas zu verbergen? Auf der Beerdigung hatte sie mit einem schwarzen Schleier über dem Haar in der Hitze ausgeharrt und den Zug der Trauergäste mit unbewegter Miene an sich vorüberziehen lassen. Viele hatten sie für ihre Disziplin bewundert. Und als die ersten Erdbrocken auf den Sarg im Grab gepoltert waren, da hatte Bosch mit den Tränen gekämpft und sie um ihre Fassung beneidet. Jetzt überlegte er, ob es vielleicht einen anderen Grund für ihre beherrschte Haltung gab.

An der Beisetzung von Matteo Tappeiner auf dem Kommunalfriedhof hatte Bosch natürlich nicht teilgenommen. Aber er hatte ein Bild in der Zeitung gesehen. In der ersten Reihe der Trauergäste stand Franz Schwarzenberger, mit schmerzerfüllter Miene und einer langstieligen weißen Rose in der Künstlerhand. Für ein gutes Pressefoto tat Franz einfach alles, aber das war selbst für seine Verhältnisse dick aufgetragen. Bosch hatte sich eigentlich darüber gewundert.

Er breitete die Arme über die Rückenlehne der Bank, legte den Kopf in den Nacken und schaute in das wolkenlose Blau. »Der Himmel lächelt still herab«, deklamierte er die zweite

Strophe von Trakls Gedicht über den St.-Peter-Friedhof. »In diesem traumverschlossenen Garten, wo stille Pilger seiner warten, es wacht das Kreuz auf jedem Grab.«

Ein Tippen auf der Schulter riss ihn aus seinen Gedanken. Fünf lächelnde Japaner standen vor ihm, und einer hielt ihm seine Kamera entgegen. Bosch zwinkerte mit den Augen und griff danach. Die Touristen auf dem Friedhof waren weniger geworden. Die ersten Festspielaufführungen begannen in knapp zwei Stunden. Bosch machte schnell ein Foto und gab die Kamera ihrem Eigentümer zurück. Er achtete nicht auf die Dankesworte der Japaner, sondern klemmte sich seine Zeichenmappe unter den Arm und ging in Richtung Ausgang. Wenn der Abend kam, dann kehrten die Lebenden in ihre Welt zurück und der Friedhof gehörte wieder den Toten unter ihren schmiedeeisernen Kreuzen.

ELF

Die Straße wand sich in engen Kurven den Gaisberg hinauf. Das Laub der Bäume, das sich sacht in einer leichten Brise wiegte, warf Schatten auf den an vielen Stellen geflickten Asphalt. Bosch, den die Waden vom ungewohnten Aufstieg schon schmerzten, mühte sich bergan. Immer wieder blieb er stehen, nahm die Brille ab und rieb sich die von der Sonne und der Schreibtischarbeit gereizten Augen, ehe er seine Wanderung fortsetzte.

Den ganzen Tag hatte er mit Vorbereitungen für das Wintersemester verbracht, eine Arbeit, von der er nur hoffen konnte, dass sie nicht vergebens war und die Zustimmung von Salcheneggers Nachfolger finden würde. Manchmal hasste er diesen ganzen Unibetrieb, die starren Hierarchien, die akademischen Eitelkeiten und die endlosen Schlangen von immer neuen Studenten. Er fragte sich, ob er wohl immer noch am Institut wäre, wenn es damals anders gekommen wäre. Denn seine Habilitation hatte er ja erst nach der Sache mit Tappeiner eingereicht.

Bosch sah auf die Uhr. Franz zuliebe tat er sich diesen Aufstieg sicher nicht an. Er sollte die leidige Sache endlich auf sich beruhen lassen und Franz für immer aus seinem Leben streichen. Doch Franz Schwarzenberger war nun mal Boschs hartnäckigster Dämon, dieser Künstler, dem die Anerkennung scheinbar nur so zuflog. Der Studienkollege, mit dem er Seite an Seite dem Ruhm nachgejagt war, damals an der Uni und später, als beide mit ersten kleinen Ausstellungen ein wenig Aufmerksamkeit erregten. Damals, als es noch so ausgesehen hatte, als würde nicht Franz, sondern er, Hans Bosch, dieses Rennen gewinnen. Aber dann war Tappeiner gekommen und Franz als strahlender Sieger durchs Ziel gegangen. Eine Ausstellung war der anderen gefolgt, jede größer und bedeutender als die vorhergehende, und zu allen hatte Bosch eine Einladung erhalten. Nicht von Franz persönlich, sondern von seiner Galerie. Am Anfang hatte er die Kuverts noch geöffnet, dann liegen gelassen und später überhaupt gleich mit dem Altpapier entsorgt.

Franz' letztem Bilderzyklus, der »Passion Christi«, war sogar ein eigener Raum im Museum der Moderne gewidmet. Dort hatte sich alles sehen lassen, was Rang und Namen hatte, und die Kunstzeitschriften hatten sich vor Begeisterung überschlagen und die »Spiritualität« des Künstlers gerühmt. Schon zu Studienzeiten hatte Franz jeder Kirche, an der er vorbeikam, einen Besuch abstatten müssen. Natürlich war auch Bosch eine Einladung zur Vernissage im Museum zugegangen. Er hatte sich aber nicht überwinden können, auf den Mönchsberg zu fahren.

Als Bosch wieder stehen blieb, um seine Brille abzunehmen und sich mit seinem Taschentuch den Schweiß von der Stirn zu wischen, hörte er das Motorengeräusch eines Autos, das die Bergstraße heraufkam. Sicherheitshalber beschloss er zu warten, bis das Auto vorüber war, und trat an den Straßenrand.

Da bewegte sich etwas im Laub, direkt neben seinen Füßen. Bosch kniff die Augen zusammen, um im grellen Sonnenlicht besser sehen zu können. Dann erstarrte er. Zwischen einem welken Ahornblatt und einem moosigen Stein, ringelte sich der dunkle Leib einer Schlange.

Er machte einen Satz zur Seite. Von Kreuzottern hatte er bisher nur gelesen, gesehen hatte er sein Lebtag noch keine.

Erschreckt durch die plötzliche Erschütterung zog die Schlange ihren Kopf zurück und verharrte in einer perfekten S-Form. Langsam steckte Bosch das Taschentuch in die Hosentasche zurück. Dann holte er mit dem Fuß aus und kickte das Tier mitten auf die Fahrbahn. Durch den Aufschlag auf dem harten Asphalt krümmte sich die Schlange für einen Moment zusammen. Dann entrollte sie sich wieder und blieb regungslos liegen.

Die grüne Kühlerhaube eines Geländewagens schob sich um die Kurve. Nur Sekunden trennten das Auto noch von dem

Reptil. Ohne seine Geschwindigkeit zu verringern, fuhr der schwere Wagen an Bosch vorüber. Die Bremslichter leuchteten auf, der Wagen bremste abrupt ab, doch es war zu spät. Die Schwanzspitze der Schlange schaute erst für einen Augenblick unter dem Vorderreifen hervor, dann überrollte auch der Hinterreifen das Tier. Das Auto blieb stehen. Die Schlange zuckte auf dem Asphalt. Ein hagerer Mann, das Gesicht halb verdeckt von einem in die Stirn gezogenen grünen Hut, beugte sich aus dem offenen Seitenfenster. Vor seiner Brust hing ein Fernglas. Ein Jäger, nahm Bosch an. Der Mann warf einen kurzen Blick auf die Straße, dann stieß er einen lauten Fluch aus.

Der Jäger stieg aus dem Wagen und ging auf das nun tote Tier zu, ohne Bosch eines Blickes zu würdigen. Kopfschüttelnd hob er die Schlange hoch, die schlaff von seiner Hand herunterbaumelte. Dann schleuderte er das Reptil in hohem Bogen quer über die Straße in das Unterholz des Waldes.

Bosch war zwar noch nie hier gewesen, doch er hatte schon Bilder von dem prächtigen Bauernhaus, das sich Franz gleich von seinen ersten Honoraren gekauft hatte, in der Zeitung gesehen. Er überquerte den kiesbestreuten Vorplatz und hielt Ausschau nach der baulichen Besonderheit unter dem Giebel, die ihm auf einem der Fotos aufgefallen war. Man sah sie nur, wenn man den Blick die Hauswand hinauf bis unters Dach wandern ließ. Ein Rundbogenfenster war dort in die Mauer eingelassen, in das ein Marienbild gemalt war. Rosafarbene Putten mit hellblauen Flügeln saßen auf der filigranen Einfassung und auf einer Windschaukel darunter. Auf dem beweglichen weißen Holzband über einem geflügelten Engelskopf standen in schwarzer Farbe die Worte: »Bitt für uns.«

Das rötliche Licht der Nachmittagssonne zauberte einen rosa Schimmer auf die Bäckchen der kleinen Engel und hauchte ihnen scheinbar Leben ein. Ein altes Birnbaumspalier umrahmte die Eingangstür, und die reifenden gelbrosa Früchte erfüllten den Sommertag mit ihrem süßen Duft. So hatte es auch immer im Obstgarten seiner Großmutter gerochen, in den sich Bosch als Kind gerne mit einem Buch verzogen hatte, um den Hänseleien in der Schule zu entgehen.

Er streckte die Hand nach der geschmiedeten Türklinke aus. Die schwere Eichentür war nicht verschlossen. Sie öffnete in eine kühle Eingangshalle mit abgetretenen Steinfliesen, die nur von dem Licht, das durch ein altes Kastenfenster fiel, erhellt wurde. Bosch machte ein paar Schritte in die Halle.

In dem Kamin zur Linken baumelte an einer eisernen Kette ein zerbeulter Kupferkessel. In der Feuerstelle lag noch ein Rest Asche, wahrscheinlich vom vergangenen Winter. Auf den Spitzen des Hirschgeweihes an der gegenüberliegenden Wand steckten ein paar von Sonne und Regen gebleichte Hüte. Darunter stand ein Paar Gummistiefel. Unter einem großformatigen Ölbild in Rot und Grün, über das chromgelbe Blitze zuckten, stand ein Tisch, auf dem ein säuberlicher Stapel elfenbeinfarbener Kuverts lag. Bosch erkannte Franz großzügige, schräge Handschrift. Durch die offene Tür neben dem Kamin trat er in die Küche.

Franz stand mit dem Rücken zu ihm an einem Holztisch und war dabei, Fische auszunehmen. Seine kräftigen Hände führten das scharfe Messer sicher und routiniert. Bosch hatte immer bewundert, wie zart diese Arbeiterhände Pinsel und Schnitzmesser halten konnten, um auch feinste Details zu schaffen.

»Servus, Franz.«

Franz fuhr herum, wobei er sich fast mit dem Messer verletzt hätte. »Mein Gott, Hieronimo, hast du mich erschreckt!« Seine tiefe Bassstimme hallte in der Eingangshalle nach.

Bosch zog die Schultern hoch. »'n Abend, Franz.«

»Bin gerade dabei, das Abendessen vorzubereiten.«

Auf einem Holzbrett lagen vier Fische, von denen drei schon ausgenommen waren. Ihre blutigen Bauchhöhlen klafften weit auf, und rote Punkte mit schwarzen Rändern sprenkelten ihre gelbgrünen Seiten. Es war eine Ewigkeit her, dass Bosch frisch zubereitete Bachforellen gegessen hatte.

»Ist das nicht ein bisschen viel für einen allein?«, fragte er.

»Verfressen wie eh und je.« Franz lachte. »Kannst gern mitessen.«

»So war das nicht gemeint«, sagte Bosch. Auch Franz sah nicht mehr nach karger Studentenkost aus.

»Mhm«, machte er. »Hab mich übrigens sehr gefreut, dass ich dich auf meiner Ausstellung gesehen habe.«

Er stach mit der Messerspitze in den weißen Bauch der vierten Forelle, die sich zu krümmen schien, doch Franz schlitzte die zarte Haut bis zu den Kiemen auf. Mit dem Zeigefinger fuhr er in die Bauchhöhle und holte die hellrosa Innereien mit einer einzigen geschickten Drehung heraus. Dann warf er den Fisch zu den anderen und ließ die glitschigen Eingeweide in einen Blecheimer unter den Tisch gleiten. Nachdem er sich schnell die Hände gewaschen hatte, nahm er zwei Gläser von einer Anrichte und eine Flasche Weißwein aus dem Kühlschrank.

»Komm«, sagte er, »wir gehen nach draußen.«

Wortlos folgte Bosch Franz hinaus auf die Terrasse des Bauernhauses. Neben einem Holzgeländer stand ein Tisch, der mindestens zehn Personen Platz bot. Durch die Bäume hindurch sah man die Dächer der Stadt. Ein Windlicht stand mitten auf dem Tisch. Bosch setzte sich mit dem Rücken zur Hauswand, obwohl er dort gegen die inzwischen tief stehende Sonne anblinzeln musste.

Franz füllte die Gläser. »Auf unser Wiedersehen, Hieronimo! Freut mich, dass du so schnell meiner Einladung gefolgt bist.«

»Ja, äh … war doch klar«, log Bosch. Der Wein war ein Grüner Veltliner und angenehm kühl.

»Hast du gelesen, dass ich in der Tate hänge?« Franz rieb mit dem Zeigefinger über einen Fleck auf der Tischplatte.

Bosch hätte sich fast an dem Wein verschluckt. »Die Tate Gallery … in London? Die haben ein Bild von dir gekauft?« Er spürte ein Kribbeln im Bauch.

»Na, ja … gekauft …« Franz lachte. »Du weißt schon.«

Die Tate Gallery. Bosch fiel der Turner ein, den er bei Wüsthofen gesehen hatte. Er stellte sich vor, wie eins von Franz'

Machwerken neben einem Turner hing und mit seinen schreienden Farben alle anderen Bilder erschlug. Nein, das konnte nicht sein. Franz war schließlich ein Vertreter der Moderne. Kein Kurator würde ihn neben einen Turner hängen. Trotzdem wurde ihm schlecht.

»Das hat Matteo damals noch eingefädelt, eine Art geschenkte Leihgabe, du verstehst? Alles in Ordnung, Hieronimo?«

Bosch räusperte sich. »Ja, ja ... natürlich.«

»Wie gefällt's dir bei mir? Schön, was?« Franz beschrieb mit dem Arm einen weiten Kreis. »Wahrscheinlich verkauf ich alles.«

»Was?«, fragte Bosch. Tappeiner hatte also der Tate ein Bild von Franz geschenkt, um dessen Marktwert zu heben. Bosch hatte von solchen Praktiken schon gehört.

Franz hob sein Glas. »Trink, Brüderchen!«

Bosch starrte ihn an. Das Museum hatte immerhin kein Geld für eines von Franz' Bildern ausgegeben. Und das schmälerte seinen Erfolg natürlich ganz erheblich. Bosch hielt sich die Faust vor den Mund und hustete, um ein Lachen zu unterdrücken.

Franz schien nichts zu bemerken. »Svetlana ... Svetlana Marischkowa«, sagte er und fügte augenzwinkernd hinzu: »Eine große Kunstliebhaberin und millionenschwer. Sie hat mir ein sehr interessantes Angebot gemacht. Ein Jahr in Moskau. Freier Aufenthalt versteht sich von selbst und natürlich Zugang zu allen führenden Galerien. Was sagst du dazu?«

Bosch, der die Tate Gallery gerade verdaut hatte, sagte gar nichts. Darauf hatte Franz also gewartet. Das Moskau-Stipendium war der eigentliche Höhepunkt dieser Unterhaltung. Damit hatte er sich endgültig in der internationalen Kunstwelt etabliert.

»Und die Offerte nimmst du natürlich an«, sagte Bosch.

»Klar«, sagte Schwarzenberger. »Ich fahre im September. Svetlana habe ich übrigens auf der Biennale in Venedig kennengelernt. Bei einer Dinnereinladung auf der Dachterrasse der Peggy Guggenheim Collection.«

»Natürlich.« Bosch trank von dem Grünen Veltliner, der jetzt irgendwie nach Korken schmeckte.

Franz nahm ebenfalls einen Schluck und lächelte Bosch über den Rand des Glases hinweg mit seinen hypnotischen schwarzen Augen an. Hinter ihm stieg an der Flanke des Untersbergs ein Flugzeug empor und kroch wie ein silberner Käfer über den lavendelfarbenen Abendhimmel. Das Licht auf der Festung blinkte warnend. Franz zog das Windlicht auf dem Tisch zu sich heran. Er fischte eine Streichholzschachtel aus der Hosentasche.

»Und Tappeiner?«, fragte Bosch.

»Du meinst Morelli«, sagte Franz.

Bosch nickte.

»Ich glaube nicht, dass Morelli es ohne Matteo und seine Kontakte schafft«, sagte Franz. »Er wird verkaufen müssen.«

»Die Galerie verkaufen?« Bosch stellte sein Glas mit einem Knall ab. »An wen?«

»An ein Auktionshaus vielleicht.« Franz zuckte die Achseln. »Das geschieht doch dauernd. Damit bekommen sie direkten Zugriff auf die Künstler und den Secondary Market – Weiterverkauf bei Versteigerungen.« Er riss ein Zündholz an und beobachtete das Flämmchen. Kurz bevor das Feuer seine Fingerkuppen erreichte, zündete er die Kerze an.

»Matteo war der Vermittler bei all meinen Verkäufen. Bei den Museen, den Sammlern … Sein Tod ist – ganz ehrlich und nur zu dir gesagt – eine Katastrophe für mich. Wirft mich um Jahre zurück.«

Bosch sah ihn nachdenklich an. Franz' Gesichtsausdruck war gegen die untergehende Sonne nur schwer zu deuten. Eine steile Falte, die Bosch bisher noch nicht aufgefallen war, hatte sich zwischen seine Augenbrauen eingegraben. Franz kannte sich mit den Gepflogenheiten des Kunstmarktes bestens aus.

Bosch räusperte sich. »Apropos Sammler. Sagt dir der Name Wüsthofen was?«

Franz hob den Kopf. »Heinrich Wüsthofen?«, fragte er und

schwieg dann abrupt. »Natürlich«, sagte er schließlich zögernd. »Das ist einer unserer besten Sammler. Zuletzt hat er meinen ›Gefallenen Engel‹ gekauft. Rot-blau auf gelbem Grund, Öl auf Leinwand, zwei mal drei Meter ...«

»Schön für dich«, unterbrach ihn Bosch.

Franz verstummte.

»Ich war vor ein paar Tagen bei ihm«, fuhr Bosch fort.

»Du? Du warst bei *Wüsthofen*?«

Franz' ungläubiger Tonfall machte Bosch angriffslustig. »In seinem Landhaus«, präzisierte er mit einer gewissen Genugtuung. »Zusammen mit Katharina Morstein.«

»Was? Der Morstein.« Franz starrte ihn an. Seine Mundwinkel zuckten, doch das Lachen gelang ihm nicht richtig. »Ist das nicht die Klatschtante?«

»Äh ... ja«, antwortete Bosch. Er wusste, dass Franz viel für einen guten Artikel aus Katharinas Feder geben würde.

»Wusste gar nicht, dass du solche Bekanntschaften pflegst«, sagte Franz ein wenig zu gleichgültig. »Und? War's nett? Heini hat ja eine tolle Köchin in Alpbühel. Ich sage nur, Eierschwammerl mit Knödel.«

»Ich war nicht zum Essen dort«, sagte Bosch. »Ich sollte mir Wüsthofens Kunstsammlung ansehen. Er hatte mich persönlich darum gebeten.« Er wunderte sich selbst, wie leicht ihm die Lüge über die Lippen kam, und schämte sich ein wenig dafür. Doch ein Blick in Franz verwirrtes Gesicht hob seine Stimmung.

»Ach«, sagte Franz kühl. »Hat er das?«

»Hat er.« Bosch nickte.

»Hübsche Sammlung, was?« Franz spitzte die Lippen, als wollte er pfeifen.

Wieder nickte Bosch.

»Er hat einige meiner größeren Werke erstanden.«

»Also, ich hab kein Bild von dir gesehen«, sagte Bosch. »Dafür aber eine Madonna, gotisch angeblich, ein Stück von Pacher.«

Franz kniff die Augen zusammen.

»Sie ist eine Fälschung«, fuhr Bosch fort.

Franz schaute ihn aufmerksam an. Dann sagte er ruhig: »Unsinn. Wüsthofen ist ein alter Hase. Der kauft keinen Ramsch.«

»Von Ramsch habe ich nichts gesagt«, meinte Bosch. »Die Statue ist erstaunlich gut gemacht. Ein richtiges Kunstwerk. Nur eben kein altes.«

Franz starrte ihn weiter an. Dann lachte er. »Das ist ja ein Ding. Wie hat Heini die ›gute Nachricht‹ denn aufgenommen?«

Bosch zögerte einen Moment. »Er weiß es nicht«, sagte er dann.

Franz schlug mit der flachen Hand auf den Tisch. »Sehr gescheit, Hieronimo. In solche Sachen sollte man sich möglichst nicht einmischen.«

»Glaubst du?«, fragte Bosch. »Auch wenn ... na ja, wenn jemand Bekanntes darin verwickelt ist?«

»Wie meinst du das?«, fragte Franz schroff.

Bosch schluckte. »Wüsthofen hat die Madonna von Tappeiner. Ausgewiesen als gotisches Original.«

»Quatsch«, sagte Franz mit unbewegter Miene. »Woher willst du das wissen?«

»Na, von Wüsthofen«, antwortete Bosch. »Er hat es mir selbst gesagt.«

Franz schaute in den Abendhimmel, dessen lavendelblaue Farbe langsam einem fahlen Grau wich, vor dem sich die Silhouette der Festung auf dem Mönchsberg abhob. Die Sekunden dehnten sich zu Minuten. Bosch hätte das Schweigen beinahe gebrochen, da wandte sich Franz ihm wieder zu. Sein Gesicht war im schwindenden Licht kaum noch zu erkennen.

»Wenn Matteo von der Fälschung wusste«, sagte er langsam. »Dann habe möglicherweise auch ich ein Problem.«

»Du?« Bosch schaute ihn fragend an, und Franz nickte mehrmals.

»Ich habe nämlich selbst einen alten Heiligen ...«

»Du?«, fragte Bosch noch einmal. »Auch von ...?«

»Von Matteo, ja.« Er wirkte ernst. »Komm, ich zeig ihn dir.«

Der Heilige befand sich im Wohnzimmer auf einem Beistelltisch, direkt neben einer roten Marmorsäule, die das alte Kreuzgewölbe des Bauernhauses abstützte. Bosch erkannte schon auf den ersten Blick die eindrucksvolle Arbeit. Das letzte Mal hatte er ein vergleichbares Werk in einer kleinen Dorfkirche in der Nähe von Brixen gesehen. Diese Figur war knapp einen Meter hoch, saß auf einem Kissen und hielt in der einen Hand ein aufgeschlagenes Buch, in der anderen einen gekrümmten Bischofsstab. Ihr bräunliches Gesicht unter der Mitra wirkte fast archaisch in seiner Schlichtheit, aber ihr üppiges, ganz mit Blattgold gedecktes Gewand schimmerte matt im unzureichenden Licht der Lampe, die Franz eingeschaltet hatte.

»Südtirol«, sagte Bosch.

Franz zuckte die Schultern. »Keine Ahnung.«

»Wer ist es? Nein, warte ...« Bosch betrachtete die Figur von allen Seiten. »Ein Heiliger im bischöflichen Ornat. Das erkennt man leicht an den Insignien, wie hier an den Krabben an der Schauseite der Mitra oder den Ringen über den Pontifikalhandschuhen.« Vorsichtig nahm er die Figur hoch. Mit einem Mal war Franz vergessen. Bosch befand sich im Hörsaal vor seinen Sudenten, die mit angehaltenem Atem seinem Vortrag über mittelalterliche Sakralkunst lauschten. »Die Kopfhaltung des Heiligen und sein auffällig nach unten gerichteter Blick sprechen für einen erhöhten Erstbestimmungsort. Obwohl ...«, Bosch drehte die Figur behutsam, »obwohl die handgeschmiedeten Eisennägel auf der Rückseite darauf hinweisen, dass die Figur in jüngerer Zeit auch als Prozessionsfigur verwendet wurde. Solche thronende Heilige im bischöflichen Ornat treten in der Tiroler Plastik verstärkt im vierzehnten Jahrhundert auf.« Er überlegte, wen die Figur darstellte, die er damals in Italien gesehen hatte. Den heiligen Ulrich? Oder doch eher den heiligen Nikolaus?

Franz stieß einen anerkennenden Pfiff aus. »Hieronimo, ich bin schwer beeindruckt.«

Bosch musterte das Holz, aus dem die Figur geschnitzt war. Warum hatte sich der Schnitzer wohl dafür entschieden? »Lindenholz«, sagte er.

»Stimmt was nicht?«, fragte Franz und runzelte die Stirn.

Bosch drehte den Heiligen in den Händen. »Ja, doch, ich würde sagen, der Faltenwurf und vor allem der Hang zum Dekorativen stellen durchaus eine Verbindung zum malerischen Werk des Leonhard von Brixen dar.« Aber auf die Gegend würde er sich nicht festlegen wollen. Bosch strich mit dem Zeigefinger über das glatte Holzgesicht. Die Plastik erinnerte in ihrer Schlichtheit an ein ganz frühes Werk des jungen Pacher.

»Und? Was ist nun mit dem Material?«, fragte Franz ungeduldig.

»Was?«, fragte Bosch und erinnerte sich mit einem Mal wieder daran, wo er war. Er hob den Blick von den goldenen Gewandfalten. »Ach so, ja. Keine Sorge, es ist alles in Ordnung mit deinem Heiligen. Dass er aus Lindenholz geschnitzt wurde, heißt nur, dass er eben doch nicht in Südtirol entstanden ist. Wahrscheinlich handelt es sich eher um ein mittelalterliches Importprodukt. Außerdem ist er später barock verändert worden. Schau her – die Enden des Thronkissens sind mit hölzernen Quasten versehen worden.«

Er hielt Franz die Schnitzerei zur Begutachtung hin. Der beugte sich darüber und brummte etwas, das nach Zustimmung klang, ehe er sich wieder aufrichtete. Bosch hatte nicht den Eindruck, als hätte Franz seine Ausführungen wirklich verstanden. Er stellte die Figur vorsichtig wieder an ihren Platz. »Diese Veränderungen zeigen die lange kultische Einbezogenheit dieser Plastik. Das ist eindeutig ein heiliger Valentin.«

Franz fing an zu klatschen und nickte Bosch dabei zu. Er klatschte erst langsam, dann immer schneller, immer lauter.

Das Geräusch hallte in Boschs Ohren. Er wusste, dass er Franz mit seiner kurzen Expertise geholfen hatte, aber den Applaus fand er unangemessen. »Schönes Stück«, sagte er. »Ich verstehe gar nicht, wie die Figur überhaupt in den Handel kommen konnte. So etwas findet man normalerweise nur in einer Kirche oder einem Museum. Was hast du denn dafür bezahlt?«

Franz kratzte sich am Kopf, dann erschien ein amüsiertes Grinsen auf seinem Gesicht. »Nichts«, sagte er.

»Wie? Nichts?«

»Nein. Genau genommen, habe ich sie gar nicht gekauft.«

»Du hast sie doch von Tappeiner ...«

»Aber nicht *gekauft*, Hieronimo. Ich habe sie gewissermaßen in Zahlung genommen.«

»Ach ja?«

Franz nickte und grinste.

»Anstelle eines Honorars, nehme ich an?«

Wieder nickte Franz.

Bosch setzte sich in einen der Sessel vor dem Kamin. Dabei stieß er mit dem Knie gegen einen niedrigen Tisch, auf dem die gleichen Kuverts lagen, die ihm schon in der Eingangshalle aufgefallen waren, nur waren diese noch nicht beschriftet. Neben ihnen stapelten sich vorgedruckte Karten, teilweise schon handschriftlich in schwarzblauer Tinte mit dem Namen des Empfängers versehen. Ein grün-goldener Füller mit einem altmodischen Drehverschluss lag neben einem Tintenfass.

»Du solltest deinen Valentin nicht so offen herumstehen lassen«, sagte Bosch. »Dafür ist er zu kostbar. Außerdem – wer den hier stiehlt, der kann ihn zurzeit gut verkaufen.«

Franz ließ sich auf das Sofa fallen und lachte.

Bosch konnte sich nicht vorstellen, was er so Erheiterndes gesagt hatte. »Nein, ehrlich«, meinte er. »Wir machen seit über einem Jahr dauernd Expertisen für solche Stücke am Institut. Da herrscht rege Nachfrage auf dem Kunstmarkt. Das ist eine richtige Mode.« Und ohne diese Mode hätte wohl auch Wüsthofen keine Madonna.

Sein Blick fiel auf ein Jagdgewehr, das hinter Franz an einer unbemalten Truhe lehnte. Auf ihrem aufwendig geschnitzten Deckel lag eine hölzerne Zielscheibe, deren Hirschmotiv von mehreren Einschüssen durchlöchert war.

»Seit wann hast du denn eine Waffe?«, fragte er. Franz war immer ein Stadtmensch und vor allem ein Langschläfer gewesen. In aller Herrgottsfrühe durch den Wald zu streifen, um

Tiere zu töten, das sah ihm gar nicht ähnlich. Oder gehörte dieses Hobby jetzt zu seinen neuen gesellschaftlichen Aktivitäten? Die Jagd musste man sich leisten können, und unter Herrenjägern wie Wüsthofen fand man natürlich auch zahlungskräftige Sammler.

Franz hatte seinen Blick bemerkt und lächelte. »Seit ich hier oben bin«, antwortete er. »Gelegentlich vertreibe ich mir meine einsamen Abende mit Schießübungen. Aber keine Angst, das Gewehr ist nicht geladen. Eigentlich hab ich's nur für die Jagd.«

»Eigentlich? Hast du überhaupt eine Jagdprüfung?«

Franz winkte ab. »Man wird natürlich eingeladen.«

»Natürlich«, sagte Bosch. Es war, wie er vermutet hatte. Franz bewegte sich in neuen Kreisen, und heute Abend schenkte er seinem alten Studienfreund nur aus Sentimentalität ein Stück seiner gut bezahlten Zeit. Der große Künstler gedachte seiner Wurzeln. Bosch sah wieder zu der Figur hinüber und überlegte, wie viel Franz wohl für seine Bilder erzielte. Eine innere Stimme meldete sich, stichelte und warf ihm Neid vor. Bosch brachte sie zum Schweigen. Aber was wäre gewesen, wenn Tappeiner ihn damals unter Vertrag genommen hätte? Stünde er dann heute anstelle von Franz? Natürlich waren seine Bilder besser als die von Franz. Das war keine Frage. Aber er selbst? Hätte er den ganzen Medienrummel mitgemacht und seine Sammler derart hofiert wie es Franz heute machte? Ja, gestand sich Bosch ein, natürlich hätte er das.

»Stell dir vor«, sagte Franz, »die Figur wäre nicht echt gewesen.«

Bosch wandte den Kopf und begegnete Franz' dunklen Augen. Er meinte, nicht nur Zufriedenheit darin zu lesen, sondern fast schon Triumph. »In dem Punkt kannst du ganz beruhigt sein«, sagte er.

Franz nickte, dann griff er nach seiner Füllfeder und einer unbeschrifteten Karte. »Hab ich dir schon erzählt, dass ich noch ein Abschiedsfest gebe?«

Er warf die Karte vor sich auf den Tisch, schraubte die goldene Kappe von der Füllfeder und setzte mit großzügigen schrägen Buchstaben Boschs Namen auf die gedruckte Linie. »Hier ist deine Einladung.« Er hielt ihm die Karte unter die Nase.

»Na, nimm schon! Deine Freundin, Frau Morstein, steht übrigens auch auf meiner Gästeliste. Und sie hat auch schon zugesagt. Wenn ich gewusst hätte, dass ihr so eng seid, hätte ich euch natürlich gleich zusammen eingeladen.« Franz zog die Augen zu Schlitzen zusammen.

»Also, so eng sind wir auch wieder nicht«, brummte Bosch. Er schätzte seine Freiheit und vor allem seine Ruhe. Und Katharina hatte ihn zu wildfremden Leuten mitgenommen, war mit ihm auf dem Beifahrersitz wie ein Henker Auto gefahren und quälte ihn mit ihren immer neuen Verschwörungstheorien. Allein der Gedanke an eine engere Bekanntschaft erfüllte ihn mit Horror.

»Nicht? Und was ist mit der gemeinsamen Landpartie zu Heini und seinem Sabinchen?«

»Das war keine Landpartie.« Bosch war als Sachverständiger bei Wüsthofen gewesen und nicht als Teilnehmer eines Wochenendausflugs. Und das wusste Franz auch.

Franz zog die Augenbrauen hoch. »Ach, nicht?«

»Ich helfe Katharina bei ihren … ihren Ermittlungen.«

»Oh! Bei ihren Ermittlungen!«, echote Franz. Der Spott in seiner Stimme war nicht zu überhören. Er schraubte die Kappe des grünen Federhalters auf und zu.

»Ja«, sagte Bosch. »Als Nächstes will sie eine Recherche in Oberammergau machen. Sie verfolgt da irgendeine Spur. Na ja, wahrscheinlich ist sowieso nichts dran.«

Franz warf die Füllfeder auf den Tisch und lehnte sich zurück. Er musterte Bosch erneut aus halb geschlossenen Augen. »Hieronimo, Hieronimo«, sagte er, »weit ist's mit dir gekommen. Verschwendest deine Zeit mit dieser nervigen Zeitungszicke. Ich hab eine wesentlich bessere Idee: Wie wär's denn jetzt mit einer Forelle, hm?«

Bosch schaute zu den kleinen Kastenfenstern hinüber, hinter denen bereits stockdunkle Nacht herrschte. Das schlierige alte Glas warf das Innere des hell erleuchteten Zimmers wie aus einem Zerrspiegel zurück.

»Nein«, sagte er, »lieber nicht. Ich muss ja noch in die Stadt hinunter. Und dann verpasse ich den letzten Bus.«

»Ganz wie du meinst.« Franz schlug sich mit den Händen auf die Knie und stand auf. »Vergiss deine Einladung nicht.«

Das Zirpen der Zikaden erfüllte die warme Nacht, als die beiden vor das Bauernhaus traten. Eine alte Stalllaterne warf ihren gelben Schein auf den Kies des Vorplatzes. Außerhalb ihres Lichtkreises konnte Bosch kaum etwas erkennen. Aber die Straßenlampen, die die abfallende Bergstraße säumten, leuchteten in regelmäßigen Abständen beruhigend durch das schwarze Laub der Bäume.

»Na, dann«, sagte Franz.

»Na, dann«, sagte Bosch.

Franz legte seine Hand auf Boschs Schulter und drückte sie kurz. Dann wandte er sich um und ging ins Haus zurück, ohne sich noch einmal umzudrehen.

ZWÖLF

Der Antiquitätenladen des Cherubim Brandner war leichter zu finden, als Katharina gedacht hatte. Er lag in einer schmalen, mit Blumenkübeln geschmückten Seitenstraße direkt hinter der Kirche und glich aufs Haar der Abbildung auf dem Prospekt in ihrer Handtasche. Ihrem Vorschlag, nach Oberammergau zu fahren, hatte Hans überraschend schnell zugestimmt und sie nicht nur mit dem ominösen Prospekt, sondern auch mit einem zentnerschweren Bildband über Michael Pacher und einer selbst verfertigten Zeichnung der Wüsthofen'schen Madonna ausgestattet. Die Nachricht auf der Rückseite des Prospekts war eindeutig ein Erpresserschreiben. Was konnte das denn sonst sein, wenn ein anonymer Freund einem Gutachter mit der Öffentlichkeit drohte? Wieso hatte Hans das nicht gleich erkannt? Originell war allerdings das Briefpapier. Und damit ein erster Anhaltspunkt für ihre Recherche.

Katharina ließ ihren Blick über die barocke Lüftlmalerei oberhalb der Fenster hinauf bis zum Dachfirst wandern, wo ein blau-goldenes Medaillon prangte, auf dem eine Figur Wasser auf eine brennende Scheune goss. Wahrscheinlich irgendein Schutzheiliger. Das Schaufenster war mit den verschiedensten bunten Holzfiguren vollgestellt.

Brandners Laden war kleiner als viele andere Souvenirgeschäfte, von denen es im Ort mehr als genug gab, und die neben Schnitzereien auch bemalte Milchkannen, Wanderstöcke, Plüschkühe und Ansichtskarten verkauften.

Katharina öffnete ihre schwere Ledertasche. Es war die Einzige aus ihrem reichhaltigen Fundus an Handtaschen, in der der Bildband Platz fand. Sie zog einen cremefarbenen Bogen Papier heraus. Mit sicheren Bleistiftstrichen hatte Hans die Madonna gezeichnet, eine hübsche, pausbäckige junge Frau, auf dem Schoß ein Baby mit einem Apfel in den dicken Händchen. Ein Bild selbstgerechter Mütterlichkeit, wie sie sich ihr ständig im täglichen Leben aufdrängte. Wenn sie zufällig eines dieser Müttergespräche mit anhören musste, die sich nur um Kinder und Krankheiten zu drehen schienen, freute sie sich immer, schnell in die Redaktion zu kommen. Sogar eine Unterhaltung mit Hubert war da im Vergleich anregend. Ja, ihrem Ex-Mann und seiner Gattin gönnte sie das Babyglück mit Windeln, Fläschchen und dem neuen familienfreundlichen Kombi von Herzen. Besonders da sie wusste, wie sehr Philipp an seinem Zweisitzer gehangen hatte. Katharina fuhr mit dem kleinen Finger über die Zeichnung, dann musterte sie die Auslage des Antiquitätenladens, konnte aber keine vergleichbare Figur entdecken.

Sie steckte die Zeichnung zurück und drückte die Ladentür auf, über der in sauber gemalter blauer Schrift »Cherubim Brandner – Antiquitäten« stand. Sogleich erklang das metallische Scheppern einer Kuhglocke.

Im Inneren des Geschäftes war es stickig. Ein weihnachtlicher Duft nach Zimt und Nelken lag in der Luft. Der Boden war mit Fleckerlteppichen bedeckt und an den Wänden hingen Hinterglasbilder mit religiösen und jahreszeitlichen Motiven.

Ein alter Mann, ein gelbes Staubtuch in Händen, trat zwischen zwei Regalen hervor. Er mochte auf die siebzig zugehen, trug eine graue Strickjacke mit Hirschhornknöpfen und eine lederne Kniebundhose. Seine Füße steckten in Filzpantoffeln. Er ließ seinen Blick über ihr teures Dirndl gleiten, und Katharina hatte das deutliche Gefühl, dass sie auf ihre Zahlungskraft hin taxiert wurde. Wenigstens trug er keinen Bart, aber es war ja auch nicht Passionsspielzeit. Obwohl sie den Gedanken, dass ein ganzes Dorf ein Jahr lang nicht zum Friseur ging, um auf der Bühne authentischer zu wirken, ganz lustig fand.

»Grüß Gott«, sagte der Alte auffallend freundlich. »Kann ich Ihnen behilflich sein?«

»Herr Brandner?«

»Michalek«, sagte er. »Matthias Michalek.«

»Ich hätte gern den Herrn Brandner gesprochen.«

»Brandner gibt's hier keinen mehr, nur mich.« Sein Ton war nicht mehr ganz so freundlich.

»Aber draußen ...« Katharina deutete mit der Hand zur Ladentür.

»Das ist nur der Geschäftsname. Der Brandner ist verstorben.«

»Der auch?«, fragte Katharina. »Wann denn?«

Der Alte zuckte die Schultern. »So zehn Jahr werden's schon her sein.«

»Ach so«, sagte Katharina. »Dann gehört der Laden Ihnen?«

»Suchen S' was Bestimmtes?«, fragte der Mann, ohne auf ihre Frage einzugehen. »Wie wär's denn mit einer Krippe?« Er deutete auf eine vollgestellte Bauerntruhe. »Weihnachten kommt jedes Jahr schneller, als man denkt. Da – schaun S' her! Ist die nicht schön?«

Auf mehreren Bauerntruhen waren Krippen aufgebaut, und ein ganzes Regal war nur mit Tierfiguren gefüllt. Esel, Ochsen, Schafe und Kamele standen da, als warteten sie nur darauf, endlich aus ihrem engen Gehege befreit zu werden. Die Krippe, auf die der Alte zeigte, erinnerte Katharina eher an eine Almhütte. Auf ihrem ausladenden Dach, das die Krippenszene mitsamt den Heiligen, den Schafen, dem Esel und dem Ochsen beschützte, lagen naturgetreu nachgebildete Steine. Ein Engel im weißen Gewand und mit goldenen Flügeln schwebte über dem Dachfirst und schwenkte ein mit barocker Schrift bemaltes Band. »Deo Gratias.« Latein. Sie hatte keine Ahnung, was die beiden Worte bedeuten könnten.

»Zauberhaft«, sagte sie. Sie nahm das Kamel in die Hand. Seine Miene drückte eine Mischung aus Dummheit und Arroganz aus, die ihr nur allzu bekannt vorkam. »Doktor Kremser.« Katharina überlegte, ob sie das Kamel ihrem Chefredakteur mitbringen sollte.

»Wie meinen S'?« Der Alte schürzte die Lippen.

»Ach, nichts. Das Tier erinnert mich nur an jemanden. Es wirkt so ... lebensecht.«

»Das will ich meinen.« Stolz schwang in der Stimme des alten Mannes. »Das stammt von einem Viecherschnitzer.« Er deutete auf das Kamel in Katharinas Hand. »Das is einer, der schnitzt nix anderes als Tiere. Ja, ja, das gibt's bei uns.«

»Haben Sie viele Schnitzer, die für Sie arbeiten?«

»Einige schon, aber die meisten Sachen sind von mir. Wenn eine Arbeit was taugt, nehm ich dann auch mal was in Kommission. Aber das ist schon lang nicht mehr passiert.« Er deutete auf seine Krippenausstellung. »Damit hätten S' wirklich was Wertbeständiges, Fräulein. Alles reine Handarbeit.« Er wedelte mit dem Staubtuch über die Locken des Engels.

»Wirklich?« Katharina stellte das Kamel an seinen Platz zurück.

»Sicher! Das können S' nämlich ganz leicht an den Gesichtern erkennen. Schaun S' ... Da ist jedes ganz eigen gearbeitet, und die Bewegungen sind so, so fließend, sehen S' des? Und erst der Faltenwurf der Gewänder. Ganz wunderbar durchgestuft.« Der Alte legte sein Staubtuch über den Kopf eines schulterhohen Heiligen und nahm den weiß-goldenen Engel vom Krippendach. Er reichte ihn Katharina. »Da ist nichts aus Hongkong oder aus dem Grödnertal.« Er machte eine Kopfbewegung, die wohl in Richtung Hauptstraße und die billige Konkurrenz zielte. »Die arbeiten ja auch nur noch mit Maschinen.«

»Interessant.« Katharina gab ihm den Engel zurück.

»Haben S' denn vielleicht schon eine Krippe daheim?«, erkundigte sich der Alte mit einem listigen Schmunzeln. »Wer nämlich einmal mit dem Sammeln angefangen hat, hört nimmer auf. Das ist ein ganz ein nettes Hobby.«

»Ja, kann ich mir vorstellen.« Katharina räusperte sich. »Eigentlich interessiere ich mich ja mehr für Heiligenfiguren. Verkaufen Sie die eigentlich auch ins Ausland?«

»Freilich. Wir haben viele Stammkunden, auch im Ausland.« Der Alte nickte. »Kommen S' mit, ich zeig Ihnen was. Ich darf mal vorangehen.« Er machte sich auch schon auf den Weg, und Katharina folgte ihm.

Im Vorbeigehen deutete der Ladeninhaber auf einen bärtigen Heiligen, einen wahren Riesen, der zwischen Trockenblumenkränzen und Leuchtern aus Katzensilber auf einem Tischchen stand. Mit seiner Größe schien er Katharina eher für eine Kirche geschaffen. »Das ist übrigens der heilige Balthasar. Braucht natürlich ein bissl mehr Platz.«

Katharina schüttelte nur den Kopf, worauf der Alte zu einem Regal weiterging, auf dem sich bunt bemalte Holzfiguren in verschiedenen Größen reihten.

»Schaun S', ich hätt da einen sehr schönen heiligen Georg beim Kampf mit dem Drachen. Das wär doch was für Sie! Der Helm hat eine Echtgoldauflage. Dadurch liegt die Figur natürlich preislich etwas höher.« Der Alte schien davon auszugehen, dass das für Katharina kein Problem sein dürfte. Er trat mit dem Heiligen vor die Glasscheibe der Ladentür. Dort drehte er die Figur in den einfallenden Sonnenstrahlen hin und her, sodass der goldene Helm das Haupt des Heiligen wie eine Aureole umgab. »Sehen S' des? Na? Wär das nix?«

»Eigentlich suche ich ja eher so was.« Katharina kramte in ihrer Ledertasche »Herr, äh …« Ob sie den Alten wohl namentlich würde zitieren können? Es würde ihrem Artikel so etwas Glaubwürdiges geben.

»Michalek.« Der Ladeninhaber ließ den heiligen Georg sinken und schob die Unterlippe vor.

»Ah, ja.« Sie zog Hans' Zeichnung heraus und hielt sie dem Alten hin. »Schaun Sie mal.«

Er stellte den heiligen Georg an seinen Platz zurück und wischte sich mechanisch die Hände an der Lederhose ab, ehe er nach dem Papier griff. Er hielt das Blatt mit ausgestreckten Armen vor sich und zwinkerte.

»Ja, Fräulein, das ist aber keine Heiligenfigur, sondern eine Madonna«, sagte der Alte und holte eine Brille aus seiner Hemdtasche, setzte sie auf und hielt sich das Zeichenblatt nochmals vor die Augen. Eine Zeit lang sagte er gar nichts. Dann fixierte er Katharina scharf über den Rand der Brille hinweg.

»Sie, das ist aber eine sehr gute Zeichnung.« Er ließ Katharina nicht aus den Augen. »Wo haben S' denn die her?«

»Die hat ein Freund von mir gemacht. Aber es geht nicht um das Bild, sondern um die Madonna darauf.« Der Alte schien irgendwie auf der Hut zu sein. Kannte er etwa die Figur?

Der Alte vertiefte sich wieder in die Zeichnung. Katharina fasste sich in Geduld.

»Haben Sie hier vielleicht so was?«, fragte sie schließlich und deutete in den Raum, in dem geschnitzte Heilige jeder Art und jeder Größe auf Tischen, Stühlen und Podesten standen. Einige von ihnen waren bunt bemalt und zum Teil vergoldet und stachen mit ihrem neuen Glanz regelrecht in die Augen. Andere Figuren waren eher verblasst und an manchen Stellen schon abgeblättert.

»Na ja, die gleiche nicht«, sagte der Alte zögernd. Er warf noch einmal einen Blick auf die Zeichnung, dann gab er Katharina das Blatt zurück, nahm seine Brille ab und schlurfte zum Schaufenster hinüber. Dort beugte er sich über den halbhohen Vorhang aus weißer Spitze, der die Auslage vom Geschäftsraum trennte, überflog rasch die Ausstellungstücke und griff nach einer Figur.

»Da – schaun S', Fräulein«, sagte er und reichte Katharina tatsächlich eine Madonna, die ihr von draußen gar nicht aufgefallen war. Sie trug ein rotes Kleid, einen blauen Mantel und eine Krone auf dem Kopf. Auf ihrem Arm saß ein übergewichtiges rosafarbenes Baby, dem eine weiße Windel um den Bauch wehte.

»Ach ja«, sagte Katharina. »Sehr schön …« Sogar sie konnte sehen, dass das gute Stück nichts mit der Madonna auf dem Bild zu tun hatte. Die hier war einfach gutes Handwerk.

»Nicht wahr?«, meinte der Alte. »Die ist auch von mir.«

»Ah so.« Das Gesicht der Madonna erinnerte eindeutig an Jacqueline Kennedy. »Diese Madonna da ist aber neu«, sagte sie.

»Ja, natürlich ist die neu.« Er schüttelte den Kopf. »Was denn sonst?«

»Na ja«, meinte Katharina, »und wenn Sie die geschnitzt haben, kann sie ja auch kaum von Michael Pacher sein.«

»Von *Michael Pacher*?« Beinahe hätte der Alte die Figur fallen lassen. Katharina streckte unwillkürlich die Hand aus. Im letzten Moment griff er jedoch zu und verhinderte so ein Unglück. »Ja, wie kommen S' jetzt da drauf?«

Sie tippte mit dem Finger auf Hans' Skizze. »Weil diese Figur hier von Michael Pacher sein soll.«

»Was?«, fragte der Alte. »Die Madonna auf dem Bild da?« Er zwinkerte nervös mit den Augen.

»Na ja, jedenfalls …« Katharina zuckte die Schultern. »Ich meine, Sie verkaufen doch auch alte … Ich meine Antiquitäten, oder?«

Der Alte schüttelte den Kopf. Umständlich beugte er sich über den Vorhang und stellte seine bunte Madonna an ihren Platz in der Auslage zurück. Dann drehte er sich zu Katharina um und stemmte die Hände in die Hüften.

»Hören S', Fräulein«, sagte er. »Ich verkauf doch keine Pacher-Madonnen. Das is ein einfacher Souvenirladen und kein Museum.«

»Aber Sie haben doch gesagt, dass Sie was Besonderes …«

»Aber doch keinen Pacher«, unterbrach sie der Alte. Er fuhr sich mit der Hand durchs Haar. Seine Stirn glänzte vor Schweiß. »Was glauben S' denn?«

»Na gut.« Katharina seufzte. Mehr würde sie aus dem Alten nicht herausbringen. Aber dass er etwas verschwieg, war offensichtlich. Und schon deshalb hatte sich die Fahrt nach Oberammergau ausgezahlt. Sie war gespannt, was Hans zum Ergebnis ihrer Recherche sagen würde. Katharina schob die Zeichnung zurück in ihre Tasche, entdeckte den Prospekt, und zog ihn heraus. »Eine letzte Bitte, Herr …« Der Name fiel ihr schon wieder nicht ein. Dabei brauchte sie doch normalerweise einen Namen nur einmal zu hören, und er war für immer in ihr Gedächtnis eingegraben.

»Michalek«, sagte der Alte und kniff den Mund zusammen.

»Ist der von Ihnen?« Katharina hielt ihm den Prospekt hin.

Langsam zog der Alte noch einmal seine Lesebrille hervor. Den Prospekt rührte er nicht an. »Das ist unser Hausprospekt«, meinte er nur.

»Aha. Und die Rückseite?« Sie hielt ihm den Prospekt noch näher vors Gesicht.

Der Alte musterte die schwarzen Druckbuchstaben und runzelte die Stirn. »Und?«, fragte er. »Was soll das sein?«

Sein freundliches Verkäuferlächeln war verschwunden. Den Unterkiefer vorgeschoben, starrte er Katharina an. Doch die hielt seinem Blick schweigend stand.

»Sagen Sie's mir«, sagte sie endlich.

»Einen Müllner Bräu gibt's hier nicht«, sagte der Alte. »Ich kenn jedenfalls keinen. Und schon gar keinen Professor.«

»Professor Arnulf Salchenegger.« Katharina beobachtete ihn genau.

Der alte Mann schaute noch einmal auf den Prospekt. Die schwarzen Buchstaben befleckten die bayrische Postkartenidylle. Doch dann schüttelte er nur den Kopf und deutete zu einer bemalten Truhe im hinteren Teil des Geschäftes, auf der eine alte Registrierkasse stand. Neben der Kasse standen ein goldverziertes Wasserglas mit Stiften und ein kleiner Teller mit eingewickelten Bonbons.

»Schaun S' ruhig da rüber, Fräulein«, sagte der Alte. »Da liegt ein ganzer Stapel von diesen Prospekten. Da, sehen S'? Alles Hausprospekte. Da nimmt ein jeder einen mit. Woher, bittschön, soll ich wissen, was das Gekritzel bedeutet?«

Er verstaute seine Brille wieder in der Hemdtasche. Dann schob er die Hände in die Taschen seiner Lederhose. »Wollen S' jetzt was kaufen, oder nicht?«

Vielleicht sollte sie doch noch einmal nachhaken. Katharina war sich sicher, dass der Alte etwas verschwieg. Aber sein Mund war nur noch ein Strich und wirkte wie zugenäht. »Nein, heute nicht.«

Sie schenkte dem Alten ein freundliches Lächeln, doch der hatte ein junges Ehepaar bemerkt, dass vor dem Schaufenster seine Auslage bewunderte.

»Vielleicht ein andermal«, setzte sie hinzu und holte eine Visitenkarte aus der Handtasche. »Vielleicht fällt Ihnen ja doch noch was ein?« Sie hielt ihm die Karte hin.

Doch er ignorierte auch das Kärtchen in ihrer Hand. Beim Hinausgehen legte sie ihre Karte gut sichtbar auf die Ladentheke neben den Teller mit den Bonbons. Als sie die Ladentür öffnete, läutete die Kuhglocke. Es klang nach Almabtrieb und Sommerwiese. Das junge Paar vor dem Schaufenster lächelte verzückt.

DREIZEHN

»Huhu, Michi!«

Michaela war gerade dabei, ihr Bett zu überziehen, eine ungewohnte und daher mühevolle Aufgabe. Wie hatte die Achleitner es bloß geschafft, neben dem ganzen Haushalt auch das noch jede Woche zu erledigen? Achilles, der in seinem Korb döste, hob den Kopf. Jetzt hatte sie auch noch die Knöpfe verwechselt. Michaela ließ den Bezug sinken. Irgendwie wuchs ihr alles über den Kopf. Wenn das so weiterging, würde sie ihren Stolz über Bord werfen und die Achleitner anrufen.

»Michi!«

Die Dogge sprang auf und stürmte kläffend aus dem Schlafzimmer. Ihre Pfoten polterten die Treppe hinunter. Michaela ging zum offenen Fenster und beugte sich hinaus.

Auf dem Kiesweg stand eine Frau in weißen Jeans. In der rechten Hand hielt sie eine braune Tüte, und mit der linken schirmte sie ihre Augen gegen die Sonne ab, sodass ihr Gesicht halb verdeckt war.

»Huhu, Michi!«, rief sie und hob den Arm mit der Tüte hoch.

Achilles' Gebell klang vor Aufregung ganz asthmatisch.

In diesem Moment erkannte Michaela die Frau. »Ja, hallo, Teresa! Seit wann seid ihr denn zurück?«

»Seit gestern Abend.«

»Warte, ich komm gleich runter!«

In der Halle wurde sie schon von Achilles erwartet, der aufgeregt hechelnd vor der Haustür herumsprang.

»Ist ja schon gut, Achilles … Jetzt wart doch.« Michaela packte das breite Hundehalsband, zerrte die Dogge zurück und öffnete die Tür. Sofort riss sich der Hund los und sprang an Teresa hoch. Die knuddelte erst ihren Hund, dann umarmte sie Michaela.

»Schön, wieder daheim zu sein.« An der aufgeregten Dogge vorbei schob sich Teresa ins Haus. »Achilles, mein Kleiner, ist ja gut! Frauli ist ja wieder da. Hier.« Sie hielt Michaela die braune Papiertüte hin. »Hab euch was mitgebracht.«

»Oh, danke!« Die Tüte fühlte sich ziemlich schwer an. Michaela spähte neugierig hinein. Darin steckte eine Flasche. Wein wahrscheinlich, nicht sehr originell. Sie zog einen hellgrünen, mit einem verschwommenen Blättermuster bedruckten Seidenschal hervor. »Das war doch nicht nötig«, sagte sie. »Der ist ja wunderschön.«

Hoffentlich war ihr die Erleichterung nicht allzu sehr anzuhören. Der Schal gefiel ihr wirklich, und Teresa und Sepp waren für ihre originellen Reisemitbringsel gefürchtet. Mit etwas schlechtem Gewissen fragte sie sich, wo Paps wohl das knapp ein Meter große Phallussymbol aus Ebenholz entsorgt hatte, das ihm die beiden zum Dank fürs Hundehüten aus Namibia mitgebracht hatten. Die tote Schildkröte mit dem Aschenbecher auf dem Rücken hatte ihr Grab jedenfalls unter den rosa Rosenblüten der »New Dawn« gefunden.

»Batik aus Bali«, erklärte Teresa. »Muss man dort einfach kaufen. Und Grün, finde ich, steht dir. Ich hab mir schon gedacht, dass du die Semesterferien über hier bist.«

Michaela legte den Schal auf die kleine Kommode und zog die Flasche aus der Tüte. Auf der Suche nach einem Etikett hob sie sie auf Augenhöhe. Fast wäre ihr die Flasche vor Schreck aus der Hand geglitten, und ihr grausamer Inhalt hätte sich über den Boden ergossen. Sie schrie auf.

»Was ist denn *das*!?« Hastig stellte sie das Ding auf die Kommode.

Teresa lachte. »Gecko-Gecko«, sagte sie. »So heißt der Schnaps.«

»Was?«

Die fahle Echse, die im Inneren der Flasche in ihrem alkoholischen Grab schwebte, war einfach widerlich. Ihre offenen Knopfaugen blickten starr durch das Glas, auf dem die runden Enden der kleinen Pfoten klebten, die das Tier einst zu einem geschickten Kletterer und Jäger gemacht hatten.

»Den hat unser Fahrer in Singapur organisiert«, sagte Teresa. »Ist total selten, weil inzwischen verboten. Das hat er jedenfalls behauptet. Das richtige Mitbringsel für unseren Professor, haben wir uns gedacht.«

Michaela schluckte.

Jetzt hatte Teresa den hellen Fleck über der Kommode entdeckt. »Sag mal, bekommt ihr die Maler?«, fragte sie.

»Wieso?« Wie kam Teresa denn jetzt darauf?

»Weil das Bild über der Kommode abgehängt ist.« Sie deutete auf die leere Wand, wo sich ein rechteckiger Schatten abzeichnete.

»Ach so, ja, das habe ich verkauft.« Ein Gutes hatte Hans' nächtlicher Überfall gehabt. Seine Bewunderung für das düstere Ölgemälde mit den Pilzen hatte sie über dessen Wert nachdenken lassen. Ein Anruf bei Sotheby's hatte genügt. Es war tatsächlich ein Holländer gewesen.

Teresa sah sie an. War dies der richtige Moment, um ihr von Paps' Tod zu erzählen? Das Verhältnis war gutnachbarlich gewesen, das wusste Michaela, hier ein Strauß englischer Rosen für Teresa, da ein selbst gebackener Zwetschgenfleck für Paps. Und natürlich war da auch noch Achilles. Für den Hund hätte Paps sicher noch viele Reisemitbringsel diskret verschwinden lassen. Vielleicht hätte auch sie sich wie ein Hund durch Ergebenheit Paps' Aufmerksamkeit und Liebe verdienen können. Sie verschob die Mitteilung auf später. Jetzt hätte man ihr wohl ihre Bitterkeit angehört.

Michaela fuhr sich mit der Hand über die Stirn. Sie war immer noch etwas benommen von dem Schrecken. »Komm, lass uns in die Küche gehen. Du magst sicher einen Kaffee.«

»Ihr habt das Bild verkauft?« Teresa nahm die Geschenke und folgte Michaela durch den Flur. »War das nicht ein echter …«

»Holländer, ja«, sagte Michaela. »Willst du einen Espresso? Ich habe mir eine neue Kaffeemaschine geleistet.«

»Ja, gern.«

Teresa stellte die Gecko-Flasche auf die Fensterbank und

legte den grünen Schal daneben. Sie beugte sich über ihren Hund, der sich inzwischen beruhigt hatte, und kraulte zärtlich seinen Kopf.

»War mein Achilles auch brav? Hm? Warst du auch brav, mein Mäuschen?« Sie tätschelte der Dogge den Hals. »Weißt du, Michi, eigentlich wollte ich dich fragen, ob Achilles noch ein paar Tage hierbleiben kann. Wir wollen nämlich noch eine Woche zu meinen Schwiegereltern in den Lungau fahren, und ich hab dir doch erzählt, wie allergisch Sepps Mutter auf den Hund ist ...«

»Kein Problem«, sagte Michaela schneller als beabsichtigt. Bei dem Gedanken, ab jetzt ohne die Dogge allein im Haus zu wohnen, war ihr schon mulmig geworden. Sie stellte zwei Kaffeetassen unter die neue Maschine, drückte die beiden Knöpfe, und heißer Kaffee begann mit einem lauten Zischen in die Tassen zu laufen.

»Achilles ist superbrav«, sagte sie.

»Fein.« Teresa tätschelte wieder ihren Hund. »Du bist ein Feiner, ja, ja, ja. Wir haben schon befürchtet, dass er Arnulf doch stören könnte. Aber wenn du ja auch noch da bist, könnte er ja die Woche noch bleiben, oder?« Sie blickte hoch.

»Du weißt es ja noch gar nicht.« Michaela stellte die vollen Tassen auf den Tisch. »Zucker?«

»Was weiß ich nicht? Kein Zucker.«

»Dass Paps tot ist.«

»Was?« Teresas kraulende Hand erstarrte in der Bewegung. »Um Gottes willen! Was sagst du da? Wir sind ja gestern Abend erst aus Bangkok ... Wann ... Was ist denn passiert?«

»Vor einem Monat. Gleich nach eurem Abflug.«

Teresa ließ sich auf einen Stuhl sinken. »Nein! Stell dir vor! Das gibt's doch nicht! Dabei habe ich ihn am Tag vor unserer Abreise noch gesehen.« Sie zog die Brauen zusammen, als versuche sie, sich den Tag in Erinnerung zu rufen. »Als ich ihm Achilles vorbeigebracht habe, weißt du? Er war im Garten, aber ich glaube, er war gar nicht richtig da. Zerstreut wie immer, hab ich mir gedacht ... Was war es denn? Herzinfarkt?«

Michaela schüttelte den Kopf. »Paps ist an einer Lebensmittelvergiftung gestorben.«

»Wie schrecklich!« Teresa schlug die Hand vor den Mund.

»Genau gesagt, an einer Pilzvergiftung.«

Langsam ließ Teresa ihre Hand in den Schoß sinken. *»Pilze?* Unsinn ... dein *Vater?«*

Michaela nickte nur. Teresa schüttete einen Löffel Zucker in ihren Espresso, der sofort in der dicken Schicht Crema versank. Sie räusperte sich und fragte: »Wann ... ich meine, was heißt, gleich nach unserem Abflug?«

»Am Sonntag.« Michaela nahm einen Schluck Kaffee. »Am 25. Juli. Ich glaube, ihr seid schon am Samstag abgeflogen, nicht?«

Teresa nickte und fuhr mit dem Zeigefinger über den Goldrand der Tasse. »Wo ... wo hat dein Vater denn diese Pilze gegessen?«

Michaela seufzte. Hätte Paps sich in einem Restaurant vergiftet, wäre er ein zufälliges Opfer gewesen und sein Tod eben Schicksal. Es hätte jeden Gast treffen können. Aber so? »Hier natürlich. Zu Hause.«

»Was?« Teresa riss die Augen auf.

Das war die Reaktion, die Michaela bereits kannte und erwartet hatte. Im eigenen Heim, wo sich jeder sicher fühlte, Giftpilze serviert zu bekommen, war eine ungeheuerliche Vorstellung. Sie sagte, was sie seit vier Wochen immer sagte: »Ja, ich weiß, es klingt unglaublich. Wo Pilze doch sein Spezialgebiet waren. Paps war am Freitag mit ein paar Studenten im Tennengau Schwammerl suchen. Das hat er jedes Jahr um die Zeit gemacht. Und am Samstag hat ihm Frau Achleitner ein Schwammerlgulasch gekocht.«

Wie hatte Michaela immer die Sommertage gehasst, an denen ihre Schulfreunde ins Schwimmbad geradelt waren und sie selbst hinter Paps, in Wanderkleidung und mit Korb und Pilzbuch bewaffnet, durch den Wald gestolpert war. Wann hatte sie schon mal einen Pilz zwischen all dem toten Geäst und welken Laub gefunden? Bei dem Gedanken an die Tränen, die sie bei jedem Ausflug vergossen hatte, schnürte es ihr jetzt noch die Kehle zu. Und Mama hatte sie um des Familienfriedens willen immer wieder mitgeschickt. Als sie dreizehn war, war ihre Mutter gestorben, und Michaela hatte sich geweigert, je wieder Schwammerl suchen zu gehen. Pilze hatte sie seitdem nie mehr gegessen. »In der Nacht musste Paps ins Krankenhaus. Aber es war schon zu spät.«

»Ach ...« Teresa war so weiß geworden wie die Wand hinter ihr. »Und ... und die anderen? Die ... Studenten?«

Teresa schien ganz aufgelöst. Aber zumindest in dem Punkt konnte Michaela sie beruhigen. Sie zuckte die Schultern. »Von denen ist zum Glück keiner krank geworden. Anscheinend war nur in Vaters Korb ein Giftpilz. Da reicht ja ein Einziger. Wie er den allerdings hatte übersehen können, versteht niemand.« Michaela hatte sich insgeheim sogar bereits gefragt, ob Paps den Pilz vielleicht gar nicht übersehen hatte. Aber er war so voller Zukunftspläne gewesen, dass sie den Gedanken gleich wieder verworfen hatte. »Die Polizei hat alle Teilnehmer der Exkursion ausgiebig befragt. Alle sagen, dass sie ihre Schwammerl unter Paps Anleitung durchgesehen haben. Und die Achleitner, unsere Haushälterin, hat sich natürlich auch darauf verlassen, dass die Pilze, die in der Küche standen, in Ordnung waren. Außer ihrem ewigen Jessassmaria, Jessassmaria hat sie nichts zu sagen gewusst. Sie ist überhaupt mit den Nerven ziemlich am Ende. Klar, oder?« Sie stand auf und machte sich noch einen Espresso. Als sie sich wieder umwandte, war Teresa immer noch leichenblass. Das ging jetzt aber eindeutig über die Anteilnahme am Tod eines guten Nachbarn hinaus.

»Möchtest du einen frischen Espresso oder ein Glas Wasser?«, fragte Michaela aus reiner Höflichkeit. Sie wollte, dass Teresa ging. Das Gespräch fing an, sie zu quälen.

Aber Teresa rührte sich nicht. Nur ihre Hände zitterten. »Wie geht's ihr denn?«

»Der Achleitner, meinst du?«

Teresa nickte nur.

»Die hat auf alle Heiligen geschworen, dass sie unser Haus – Malefizhaus hat sie es genannt – ihr Lebtag nicht mehr betreten wird. Wir haben uns einvernehmlich getrennt.« Sie zuckte die Schultern. »Ich brauch die alte Kerzerlschluckerin nicht mehr.« Auch wenn sie ihr Bett ab jetzt immer selbst überziehen musste. Sie hoffte, dass Teresa die dünne Staubschicht auf den Küchenmöbeln nicht auffiel. Die Hundehaare auf dem Boden stammten immerhin von Achilles.

»Vielleicht hat Paps den Pilz auch einfach übersehen. Er hat total neben sich gestanden«, sagte sie. »Einen Tag vorher ist einer seiner Freunde bei einem Unfall ertrunken.« Sie schaltete die Kaffeemaschine aus. »Und du sagst ja selbst, er hat dich gar nicht beachtet, als du Achilles hergebracht hast.«

»Nein«, sagte Teresa leise. »Das stimmt.«

Die schlafende Dogge lag auf dem Boden. Irgendwie surrealistisch sah sie aus mit ihrem schwarz-weiß gefleckten Fell auf dem Schachbrettmuster des Küchenbodens. Ihre Pfoten zuckten im Traum, und ein leises Grollen kam aus ihrer Brust. Offensichtlich war Achilles auch im Schlaf auf Verbrecherjagd.

»Übrigens«, sagte sie, »Achilles hat einen Einbrecher vertrieben.«

»Was?«, fragte Teresa und schnupfte.

Der Tod ihres Vaters schien Teresa wirklich erstaunlich nahezugehen. Anscheinend war ihr Verhältnis freundschaftlicher gewesen, als sie gedacht hatte. Gab es noch mehr Seiten an Paps, die sie nicht gekannt hatte? Vor dem Haus hörte man einen Lastwagen in der engen Straße rangieren. Die alten Fensterscheiben zitterten leicht.

»Könnte es nicht sein …«, sagte Teresa langsam. »Ich meine, bist du sicher, dass es die Schwammerln der Studenten waren?«

Michaela setzte die volle Tasse so energisch auf dem Unterteller ab, dass Achilles von dem scharfen Knall hochschreckte. »Was soll denn das heißen? Natürlich waren es die.«

»Ich meine … ich kann mir das gar nicht vorstellen. So ein

Experte wie dein Vater! Er hat ja auch immer unsere Schwammerln kontrolliert. Und …« Sie schnappte nach Luft.

»Das ist es ja«, sagte Michaela. »Dieser Tappeiner – du weißt schon, der Galerist –, also der ist genau am Vortag ertrunken. Paps und er waren gute Freunde.« Sie schüttelte den Kopf. »Er hat sich die Pilze wahrscheinlich gar nicht angeschaut. Vor lauter Aufregung vergessen, verstehst du?«

Teresa sank in sich zusammen. »Ja, dann.« Ihre rechte Hand umkrampfte ihre noch immer zitternde Linke. »Also, mein Schwiegervater kennt sich auch sehr gut mit Pilzen aus. Der Sepp ja leider nicht so, obwohl er mit seinem Vater immer Schwammerl suchen gegangen ist. Schon von klein auf. Aber, also irgendwie hat's ihm sein Vater nicht so recht beibringen können.«

Michaela kniff die Augen zusammen. »Ja?« Auf einmal wusste sie, was jetzt kommen würde. *Bitte nicht, bitte lass es nicht so banal sein.* So konnte Paps doch einfach nicht gestorben sein.

Teresa hüstelte. »Weißt du … also, der Sepp und ich waren am Tag vor unserer Abreise noch im Lungau wandern. Mein Gott, es ist so schrecklich.«

Michaela verschränkte die Arme vor der Brust und konzentrierte sich darauf, ruhig und gleichmäßig weiterzuatmen.

»Dabei haben wir auch ein paar Schwammerl gefunden. Nicht viele. Aber wir konnten sie ja selber …« Teresa brach ab, fuhr dann jedoch fort: »Am nächsten Tag ist ja schon unser Flug nach Bangkok gegangen.«

Michaela legte die Hände flach auf den Tisch. Das alte Holz hatte Risse, in denen sie noch die Reste von Papierkügelchen sehen konnte, die sie als Kind hineingesteckt hatte. Hier war das Brandzeichen von dem Tag, als Paps die heiße Grillzange auf den Tisch gelegt hatte. Und dort drüben war sein Frühstücksplatz gewesen. Kreisrunde Kaffeeflecke waren an den Stellen eingedrungen, wo er seine Tasse, ganz vertieft in die Zeitung, immer neben der Untertasse abgestellt hatte. Michaela spürte überdeutlich ihren Herzschlag. So musste es sein, wenn einem schwer ums Herz wurde.

»Ja, wie gesagt, ich hab deinem Vater Achilles vorbeigebracht. Und weil ich wusste, dass er so gerne Schwammerl isst, als kleines Dankeschön sozusagen …«

»Hast du ihm die Pilze gegeben«, sagte Michaela.

»Also, gegeben nicht direkt.« Teresa fuhr sich mit der Hand durchs Haar. »Er hat ja an seinen Rosen gearbeitet und war so in Gedanken. Und Achilles war schon im Garten unterwegs. Er kennt sich hier ja aus … Ich hab das Körberl auf den Küchentisch gestellt.«

Michaela wollte nichts mehr hören. »Teresa …«

»Aber Arnulf hat doch immer jedes Schwammerl dreimal umgedreht«, sagte Teresa und rang die Hände. Michaela wandte sich ab. »Ich hab gedacht …« Ihre Stimme wurde unsicher, dann fing sie zu weinen an.

»Ach, Paps«, flüsterte Michaela. Sie stand auf, holte die Küchenrolle vom Waschbecken und hielt sie ihrer Nachbarin hin. Teresa griff dankbar danach.

»Mein Gott, es tut mir ja so leid«, sagte sie. »Wie konnte das nur passieren?«

»Schon gut«, sagte Michaela. Ähnlich wie jetzt hatte sie sich nach Paps' Tod gefühlt. Erst war da gar kein Gefühl gewesen. Dann hatte sie es nicht wahrhaben wollen. Sie hatte innerlich gegen das Schicksal aufbegehrt und es schließlich doch akzeptieren müssen. Nur weinen hatte sie nicht können. Nicht einmal auf der Beerdigung. Aber irgendwann würde die Trauer kommen, hatte jemand auf dem Friedhof gesagt, und mit ihr die Tränen und der Abschied. Aber jetzt? Jetzt fühlte sie sich einfach nur müde und leer. »Mach dir keine Vorwürfe. Das ändert doch nichts mehr und … vielleicht waren es ja auch die … die Studentenschwammerl.«

Sie konnte nicht mehr atmen in der stickigen Küche. Auf der Fensterbank standen noch immer die Reisemitbringsel. Michaela starrte auf den Gecko, dessen weißliche Haut wie mit einem gelben Schimmer überzogen leuchtete. Ihre Lider brannten. Das tote Tier verschwamm vor ihren Augen, und endlich spürte Michaela, wie ihr die Tränen die Wangen hinabliefen.

VIERZEHN

Im Inneren der Paris Lodron Universität herrschte reges Treiben. Das Wintersemester stand bevor, und alle – die aufgeregten Erstsemester wie die alten Hasen – wollten sich rechtzeitig ihren Platz in einer begehrten Lehrveranstaltung sichern. Auf der breiten Marmortreppe kam Michaela eine Horde junger Leute entgegen, sodass sie Mühe hatte, sich mit der Dogge im Schlepptau über die ausgetretenen Stufen in den ersten Stock hinaufzuarbeiten.

Am oberen Treppenabsatz staute sich eine Menschenmenge vor dem Sekretariat, aus dem Frau Happels Feldherrenstimme bis auf den Gang hinaus tönte. Michaela ging gleich weiter bis zu Paps' Büro, in dem jetzt sicher Hans arbeitete.

Sie legte die Hand auf die Türklinke und zögerte einen kurzen Moment, den Achilles nutzte, um sich hechelnd auf den Steinboden fallen zu lassen. Sie ruckte an der Leine. »Na los, komm schon, Faulpelz!«

Die Dogge gähnte und schloss ihr Maul mit einem Fiepen.

»Achilles, ich warne dich«, zischte Michaela. »Wenn du hier Zicken machst, kauf ich dir eine Fahrkarte in den Lungau.« Sie wollte das Riesentier nicht unbeaufsichtigt auf dem Gang lassen.

Achilles wandte den Kopf ab.

»Na gut, dann bleib halt liegen.« Sie drückte die Türklinke.

Die große Flügeltür war nur angelehnt. Als Michaela eintrat, traf sie ein starker Luftzug von dem raumhohen Fenster, vor dem sich die schweren Vorhänge blähten. Rasch schloss sie die Tür hinter sich. Hans konnte sie nirgends entdecken. Vielleicht hätte sie anrufen sollen.

Auf dem Schreibtisch lagen Computerausdrucke und handschriftliche Aufzeichnungen, die der Wind offensichtlich durcheinandergewirbelt hatte. Michaela erkannte Paps' altmodische schwarz-goldene Füllfeder, die neben einem aufgeschlagenen

Kunstband lag. Hans hatte das Büro anscheinend nur kurz verlassen.

Auf dem kleinen Tisch neben dem Kachelofen lag ein Stapel Bücher. Wie oft hatte sie nach dem Tod ihrer Mutter hier ihre Hausaufgaben gemacht, während Paps am Schreibtisch saß. Sie hatte sich immer bemüht, möglichst leise zu sein, um ihn nicht bei der Arbeit zu stören. Aber seine väterliche Fürsorge hatte nicht lange angehalten, und Frau Achleitner war ins Haus gekommen. Danach hatte er sie nirgendwohin mehr mitgenommen und ihr keine Stunde seiner kostbaren Zeit mehr geschenkt.

Michaela setzte sich in einen der Ledersessel, die vor dem Schreibtisch standen. Vom Dom schlug es elf Uhr. Zwischen den Türmen stand eine kleine weiße Wolke. Hoffentlich kam Hans bald. Die Todesumstände ihres Vaters wollte sie ihm doch persönlich mitteilen. Sie konnte ihm ja schließlich nicht einfach einen Zettel hinlegen. Sie schlug den Kunstband auf dem Schreibtisch auf, ein Werk über Michael Pacher.

Die aufgeschlagene Seite zeigte ein Gemälde, einen nackten Teufel, grünhäutig, zartgliedrig und mit spitzen, gezackten Flügeln. Er hielt einem Bischof in rotem Mantel und goldenen Handschuhen ein aufgeschlagenes Buch mit einer Miene entgegen, als bäte er um dessen Meinung. Teufelshörner und Bischofsstab neigten sich einander vertraulich zu. Im Hintergrund des Bildes standen spitzgieblige mittelalterliche Häuser. Darunter stand »Michael Pacher, Der Teufel weist dem hl. Augustinus das Buch der Laster vor, München, Alte Pinakothek«.

Michaela wollte gerade umblättern, als sie hinter sich die alten Holzdielen knarzen hörte. Sie fuhr herum und riss dabei den Kunstband vom Schreibtisch, der mit einem dumpfen Schlag zu Boden fiel. Hinter ihr stand ein junger Mann, der ganz in Schwarz gekleidet war.

»Was tun Sie denn da?«, rief sie.

Der Mann rührte sich nicht. Der Wust Papier, den er vor seinen dicklichen Körper hielt, zitterte. War das einer von Hans' Studenten? Wortlos starrte er Michaela an. Er musste bereits bei ihrem Eintreten im Zimmer gewesen sein, denn die Tür war immer noch geschlossen. Hatte er sich etwa hinter dem Kachelofen versteckt? Ihr fiel auf, dass der Aktenschrank in der Zimmerecke offen stand.

»Wie lange sind Sie schon hier? Was machen Sie da?«

»Ich …«, der junge Mann schluckte, »ich suche mein Exposé.«

»Ihr Exposé?« Also doch ein Student. Warum hatte er sich dann nicht bemerkbar gemacht? Fast sah es aus, als hätte er sich hinter ihr aus dem Zimmer schleichen wollen. Sie hob den schweren Kunstband auf und behielt ihn zur Sicherheit in den Händen. Der Student legte seinen Papierstapel ordentlich auf den Tisch am Kachelofen.

»Na ja«, sagte der junge Mann. »Ich geh dann mal wieder.«

In diesem Augenblick steckte Frau Happel den Kopf herein. »Herr Doktor? Da wäre …« Ihr Blick fiel auf den Studenten. »Was tun Sie schon wieder hier? Doktor Bosch hat heute überhaupt keine Zeit für Sie.« Dann bemerkte sie Michaela. »Oh, Fräulein Salchenegger! Weiß Doktor Bosch, dass Sie da sind? Drüben wartet nämlich schon ein gewisser Professor De Luca. Er ist extra aus Bozen … Huch, was ist denn das?!«

Frau Happel machte einen erschrockenen Hüpfer zur Seite. Neben ihr erschien Achilles breiter schwarz-weißer Kopf. Entschlossen drängte die Dogge ihren mächtigen Körper ins Zimmer.

»Achilles«, sagte Michaela. »Dich hab ich ja ganz vergessen – schnell, komm her!«

Der Hund hob witternd die Nase.

Der Student schaffte es gerade noch, an Frau Happel vorbei durch die Tür zu schlüpfen. Dabei rannte er den eben eintretenden Bosch und die rothaarige Frau an seiner Seite fast um. Die Dogge drehte blitzschnell den Kopf zur Tür. Ein tiefes Grollen stieg aus ihrer Kehle, und das kurze Rückenfell sträubte sich. Mit einem Satz verschwand auch sie im Gang.

»Achilles!«, rief Michaela. Doch sie hörte nur noch das wütende Bellen des Hundes.

Die Rothaarige schob ihre Sonnenbrille hoch. »Na«, sagte sie, »hier geht's ja hoch her.«

Vom Gang her hallte Achilles' zorniges Gegeifere, das sich mit erschrockenen Rufen vermischte. Dann ein gellender Schrei, dem Todesstille folgte.

»Großer Gott.« Michaela stürzte aus dem Zimmer und prallte gegen eine Studentin, die auf die Tür zugelaufen kam. Für einen Augenblick starrte sie in die weit aufgerissenen Augen des Mädchens, dann sah sie den Menschenauflauf, der sich am Kopf der Marmortreppe gebildet hatte. Sie rannte den Gang entlang, vorbei an den jungen Leuten, die ihr sofort den Weg freigaben.

Achilles saß schwer atmend auf dem Treppenabsatz und starrte in die Tiefe. Sein heiseres Hecheln war das einzige Geräusch in der Stille. Langsam trat Michaela an den Rand der Treppe, an deren unterem Ende, verdreht wie eine weggeworfene Puppe, die dunkle Gestalt des Studenten auf den weißen Steinplatten lag.

»Was ist hier eigentlich los?«

Michaela wurde an der Schulter gepackt und zurückgezogen. Sie blickte in das zornesrote Gesicht von Hans. Zitternd streckte sie den Arm aus und zeigte auf die Gestalt am unteren Treppenabsatz.

»Oh, mein Gott!«, keuchte Hans und hastete die Stufen hinunter.

Michaela war unfähig, sich zu rühren oder ihm zu helfen. Unten angekommen, legte Hans dem Studenten die Hand auf die Schulter und sagte irgendetwas zu ihm. Der junge Mann zeigte keine Reaktion, zumindest konnte Michaela aus der Distanz keine Bewegung sehen. Hans fühlte seinen Puls. Dann sah er zum Treppenkopf und zu ihr hinauf. Sie streckte die Hand nach Achilles aus, der regungslos neben ihr saß und die Szene beobachtete, aus und streichelte ihn. Die Wärme des Tieres strömte durch ihren Arm und machte sie ruhiger.

»Wir brauchen einen Arzt, verdammt noch mal!«, schrie Hans. »Was steht ihr denn da herum? Frau Happel soll … Wo ist denn die Happel?«

»Hier, Herr Doktor, hier!« Die Sekretärin drängte sich durch die jungen Leute. »Ich hab schon telefoniert. Der Notarzt muss jeden Moment da sein. Warten Sie, ich komme schon!« Unsicher stöckelte sie die glatten Stufen hinunter.

Immer mehr Studenten drängten sich auf dem Treppenabsatz. Von der Straße war die Sirene des Ambulanzwagens zu hören. Michaela wurde von links und rechts gestoßen und zusammen mit Achilles, den sie am Halsband gepackt hatte, gegen die Anschlagtafel neben dem Sekretariat gedrängt, bis sie nur noch auf eine Wand von Menschen starrte. Jemand fasste ihren Arm, und der Duft teuren Parfüms stieg in ihre Nase.

»Ich fürchte, da können wir nicht helfen«, sagte eine freundliche Frauenstimme. »Kommen Sie, wir gehen zurück ins Büro und warten dort.«

Michaela drehte sich um. Die rothaarige Frau stand direkt vor ihr. Ihr Griff war leicht und schien doch unnachgiebig.

»Ich bin eine Freundin von Bosch«, sagte die Rothaarige. »Ist der gefährlich?« Sie deutete mit dem Kinn auf Achilles.

»Nein, gar nicht.« Widerstandslos ließ sich Michaela den Gang zurück zum Büro führen. Achilles folgte ihnen, ohne dass es eines weiteren Kommandos bedurft hätte. Vielleicht wusste er ja, dass er für die Tragödie verantwortlich war.

Michaela nahm wieder in dem Sessel Platz, die Rothaarige setzte sich auf die Schreibtischkante.

»Ich glaube, ich habe Ihr Bild schon mal in der Zeitung gesehen«, sagte Michaela.

»Ganz sicher«, sagte die Frau. »Ich bin Katharina Morstein.« Sie lächelte. »Journalistin beim ›Salzburger Blick‹.«

»Ach ja«, sagte Michaela. »Und eine Freundin von Hans.«

Frau Happel kam ins Zimmer. Ihre sonst so akkurate Frisur war in Unordnung geraten, ihre Wangen waren gerötet. »Sie bringen ihn ins Unfallkrankenhaus«, sagte sie in einem schrilleren Ton als sonst.

»Und?«, fragte Michaela. Sie hatte Achilles in Hans' Büro führen wollen. Aber der Hund hatte auf stur geschaltet und sich in den Gang gelegt. Und wie hätte sie das Riesentier zum

Mitkommen bewegen sollen? Außerdem hatte er noch nie einen Menschen angegriffen. Achilles war völlig harmlos.

Frau Happel schüttelte den Kopf. »Er ist nicht ansprechbar. Es sieht nicht gut aus, glaube ich.«

Michaela sank tiefer in den Sessel. Hilfesuchend schaute sie zu der Reporterin auf, doch die reagierte nicht. Wahrscheinlich waren Unfalltote in ihrem Beruf kein Grund zur Aufregung.

Auf dem Gang waren Stimmen zu hören. Gleich darauf trat Hans ein, gefolgt von einem kleinen Mann im taubenblauen Anzug, der einen in Packpapier eingewickelten Gegenstand unter dem Arm trug.

»Er ist im Krankenhaus«, sagte Hans. »Frau Happel, Sie rufen bitte im Dekanat an und melden den Unfall.« Er nickte der Sekretärin zu. »Sagen Sie mal, was wollte denn dieser Michalek schon wieder hier?«

»Keine Ahnung«, sagte die Happel eifrig. »Was der auch immer am Institut herumzuschleichen hat!«

»Er war gerade hier«, sagte Michaela. »Ich glaube, er hat etwas gesagt.«

»Was?«, rief Bosch. »Hier? In meinem Büro?«

»*Wie* heißt der junge Mann?«, fragte die Morstein.

»Michalek«, sagte Frau Happel. »Sebastian Michalek.«

»Ach«, die Reporterin schaute die Sekretärin an. »Und woher kommt dieser Sebastian Michalek?«

Frau Happel musterte ihr Gegenüber von oben herab. »Wir geben grundsätzlich keine Auskunft über unsere Studierenden.«

Die Morstein hob das Kinn. Der Mann im blauen Anzug räusperte sich und trat näher.

Hans hob die Hand und ließ sich mit einem Stöhnen in seinen Schreibtischsessel fallen. Dann nahm er die Brille ab und fuhr sich über die Augen. Michaela schluckte. Müsste sie jetzt nicht das Wort ergreifen und etwas Entschuldigendes über Achilles sagen? Aber alle Anwesenden schienen sich auf Hans zu konzentrieren. Sie beschloss, erst einmal abzuwarten.

»Also, Hans«, sagte die Morstein, »wir müssen reden.« Sie deutete mit dem Daumen auf die Sekretärin. »Unter vier Augen.«

Frau Happel schnaufte nur.

Michaela hob wie in der Schule die Hand. »Ich muss dich auch unbedingt sprechen, Hans.«

»Und ich ebenfalls, *dottore*«, sagte der Mann im blauen Anzug.

»Genau«, sagte Frau Happel. »*Professore,* darf ich Ihnen Doktor Bosch vorstellen. Er kümmert sich um alle Angelegenheiten unseres Herrn Professor selig. Herr Doktor, dies ist Professor De Luca. Er ist heute Morgen extra aus Bozen angereist. Der Professor muss dringend mit Ihnen reden.«

Hans nickte dem Kollegen aus Italien zu. Michaela hatte den Mann noch nie gesehen. Aber vielleicht hatte er mit Paps zusammengearbeitet.

»Natürlich.« Er deutete in Richtung des freien Sessels neben Michaela. »Bitte.«

Professor De Luca setzte sich und stellte den eingewickelten Gegenstand auf seine Knie.

»Dottore …«

»Moment mal«, unterbrach ihn die Morstein. »Auf meinem Schreibtisch liegt die Seite für morgen, und um halb sieben ist Redaktionsschluss – mir pressiert's. Also, Hans, hör mir gefälligst zu.«

Professor De Luca umfasste sein Paket fester, während Hans seine Brille wieder aufsetzte.

»Katharina …«

»Jetzt«, sagte sie und machte eine Kopfbewegung zum Gang. »Und unter vier Augen.«

Frau Happel verließ mit energisch klappernden Absätzen das Büro. Hinter ihr fiel die Tür krachend ins Schloss. Achilles hob kurz den Kopf von den Pfoten und brummte, dann döste er weiter auf dem glänzenden Parkett.

Hans stand auf. »Lass uns in den Seminarraum nebenan gehen.« Achilles machte die Augen auf und spitzte die Ohren.

Hans zögerte, dann stützte er die Hände auf die Schreibtischplatte und sagte: »Oder wir bleiben einfach hier. Die anderen muss ich leider bitten, kurz draußen zu warten.«

Der Mann im Sessel neben Michaela würdigte sie keines Blickes. Er machte auch keine Anstalten, Hans' Bitte zu folgen, sondern lehnte sich in seinem Sessel zurück und schob das Paket auf seinen Knien weiter nach vorne. Hatte er nicht mitbekommen, was vor ein paar Minuten passiert war? Ein heftiger Luftzug fuhr durch das Fenster und wirbelte die Vorhänge in den Raum. Die weiße Wolke draußen am Himmel war verschwunden und hatte einem mächtigen graugelben Wolkengebilde Platz gemacht, das über der stumpfen Domkuppel hing.

»Dottore«, sagte Professor De Luca. »Ich bin heute aus Italien gekommen. Gerade habe ich erfahren, dass mein Freund Salchenegger gestorben ist. Ich muss mit Ihnen reden. Jetzt.«

FÜNFZEHN

Katharina Morstein warf einen Blick auf die kleine Patek Philippe an ihrem Handgelenk, während sie den Gang im dritten Stock des Unfallkrankenhauses entlanghastete. Schon fast drei Uhr.

Zum Glück berichtete ihr der behandelnde Arzt ohne zeitraubende Bedenken über den Zustand seines Patienten. Wieder einmal hatten sich Katharinas gute Beziehungen bezahlt gemacht. Eine kurze Frage zur Schwangerschaft seiner Assistentin hatte genügt, um Dr. Guggenbergers Hilfsbereitschaft wachzurufen. Tja, die Ehefrauen erfuhren ja vieles als Letzte. Aber natürlich war es Katharina auch lieber, wenn nicht gerade sie die Überbringerin der Hiobsbotschaft war. Primar Guggenberger war der breiten Öffentlichkeit weniger durch sein ärztliches Wirken, als durch seine ständige Präsenz in der Klatschpresse bekannt. Katharina könnte ihrem Ruf als Society-Hyäne gerecht werden und dafür sorgen, dass die Guggenbergers gar nicht mehr aus den Schlagzeilen herauskamen. Dr. Guggenberger hatte ihr sofort gesagt, wo sie den jungen Mann finden konnte, der nur eine angesprengte Rippe von dem Sturz davongetragen hatte.

Katharina lächelte einer älteren Schwester zu, die ihr mit einem Tablett voller Medikamentenschachteln entgegenkam. Dann hatte sie das Zimmer Nummer 317 erreicht. Auf einem kleinen Schild stand der Name des Patienten: »Michalek, Sebastian«. Hoffentlich täuschte sie sich nicht. Aber so häufig war der Name Michalek in Oberammergau wohl nicht. Die Frage war nur, ob der Alte nun der Großvater oder der Vater war. Heutzutage konnte man das nie wissen. Sie klopfte an und öffnete die Tür, ohne auf eine Antwort zu warten.

Obwohl sich der strahlende Sommertag inzwischen eingetrübt hatte, waren die Vorhänge zum Schutz gegen die Nachmittagssonne zugezogen. So herrschte im Zimmer schummeriges Halbdunkel, und es roch nach Desinfektionsmitteln und Wäschestärke. Das vordere der zwei Betten war nicht belegt, doch im hinteren konnte Katharina eine Gestalt unter einer straff gezogenen weißen Decke erkennen. Als sie die Tür hinter sich schloss und auf das Bett zuging, wandte ihr der Patient sein Gesicht zu. Unter dem verschwitzten schwarzen Haarschopf sah es erschreckend blass aus. Er trug eines dieser typischen Krankenhaushemden, das sich über seinen runden Schultern spannte und im Nacken so fest zusammengebunden war, dass der gestärkte Ausschnitt unter seinem Kinn verschwand. Neben seinem rechten Arm stand ein Infusionsständer mit zwei Plastikbeuteln.

»Herr Michalek?«, fragte Katharina. »Sebastian?« Sie beugte sich über den Kranken und hielt ihm die Hand zur Begrüßung hin. »Wie geht es Ihnen?«

Sebastian ignorierte die ausgestreckte Hand, bewegte nur kurz seinen verkabelten Arm und kniff die Augen zusammen. Mit schwacher Stimme sagte er: »Wer sind Sie?«

»Mein Name ist Katharina Morstein. Ich bin von der Zeitung. Ich war dabei, als heute Morgen Ihr Unfall passiert ist. Vielleicht erinnern Sie sich?«

»N... nein.«

»Soll ich die Vorhänge aufziehen?«

»Ich ... vertrage kein Licht«, murmelte Sebastian.

»Ach so?«

»Ich habe eine Gehirnerschütterung.« Der Kranke hustete und verzog das Gesicht. »Und gebrochene Rippen.«

»Das hab ich schon gehört, schrecklich.«

Katharina hasste den Anblick kranker und gebrechlicher Menschen. Und vor allem verachtete sie so übertriebene Zeichen von Schwäche, wie sie dieser junge Mann zur Schau trug.

»Hätte schlimmer kommen können«, meinte er. »Was wollen Sie von mir?«

Katharina nahm einen Stuhl und zog ihn neben das Bett, mitten hinein in den ungesunden Dunstkreis, der Sebastian umgab. Sie setzte sich und stellte ihre Tasche offen neben sich auf den Boden, wobei sie unauffällig das kleine Diktiergerät darin einschaltete. Dann strahlte sie Sebastian an.

»So können wir uns besser unterhalten«, sagte sie.

»Worüber unterhalten? Ich kann mich an meinen Sturz kaum erinnern«, sagte Sebastian. »Da war dieser Hund ...«

Katharina nickte. »Widerlicher Köter. Ich kann Hunde auch nicht leiden. Aber, sagen Sie mal, Sebastian ... Sie sind doch nicht aus Salzburg, oder?«

Sebastian bewegte den Kopf auf dem Kissen langsam hin und her. »Deutschland ...« Er unterdrückte einen Hustenanfall.

»Lassen Sie mich raten ... aus Oberammergau. Stimmt's?«

Er kniff die Augen zusammen. »Woher wissen Sie das?«

»Ich kenne Ihren ... Großvater, nicht wahr?« Katharina neigte den Kopf zur Seite. »Ein ganz reizender alter Herr, der Herr Michalek.«

Der Junge sah sie an.

»Das ist doch Ihr Großvater?«, fragte Katharina. »Der dort einen Antiquitätenladen hat, oder? Matthias Michalek?«

Er zwinkerte. »Na ja, eigentlich verkaufen wir mehr so Schnitzereien.«

»Sehr schön«, sagte Katharina. »Und sein Enkel studiert in Salzburg. Und noch dazu Kunstgeschichte. Also, ich denke, Sie können mir weiterhelfen.«

»Ich verstehe kein Wort.« Sebastian bewegte den Kopf auf dem Kissen hin und her. »Was hat mein Opa denn mit dem Unfall zu tun?«

Katharina lehnte sich auf ihrem Stuhl zurück. »Mit Ihrem Unfall natürlich nichts, Herr Michalek«, sagte sie. »Aber unter Umständen mit Kunstfälschungen.«

»Was? Kunstfälschung? *Mein Opa*?« Seine Stimme klang mit einem Mal nicht mehr kränklich. Auch sein Gesicht hatte Farbe bekommen. Die Überraschung war ihr schon mal gelungen. Katharina kramte in ihrer Tasche, behielt Sebastian dabei aber im Auge.

»Ein recht begabter Herrgottschnitzer, Ihr Opa«, sagte sie.

Der Junge starrte sie an, als sei sie der Leibhaftige in Person. »Na bitte, da ist es ja.«

Sie zog den Prospekt heraus und hielt ihn Sebastian hin.

Der warf nur einen kurzen Blick darauf. Seine Hände krampften sich in die Bettdecke. »Woher ... woher haben Sie den?«

»Sie kennen diesen Prospekt?«

»Äh ...« Sebastian deutete auf den Prospekt. »Ja, klar, das ... Der ist aus unserem Laden.« Er starrte wie hypnotisiert auf ihre Hand.

Katharina fächelte sich mit dem Prospekt Luft zu. Vertrau auf deinen Instinkt, hatte ihr noch als unerfahrener Volontärin ein alter Hase aus der Zunft eingeschärft, ohne Instinkt geht's in unserem Geschäft nicht. Und diesen Ratschlag hatte sie seither immer beherzigt. Seit Wochen hatte sie das Gefühl, als ginge sie über unebenen Boden. Immer hatte sie den Sumpf darunter gewittert. Und nun begann er endlich aufzutauchen, sodass sie ihn trockenlegen und den verdienten Schatz bergen konnte. Und zwar mit Hilfe dieses dicken Dummerchens im Krankenbett vor ihr.

Schweißtropfen bildeten sich an Sebastians Haaransatz. Katharina ließ ihm Zeit und wartete auf eine Antwort. Doch der junge Mann schien zu keiner weiteren Äußerung bereit.

»Na gut. Dann zeige ich Ihnen noch was anderes.« Sie zog Boschs Zeichnung der Madonna aus der Tasche und hielt sie Sebastian direkt vor die Nase. Ungeschickt griff er nach dem Blatt. Eine Weile betrachtete er das Bild der Mutter mit dem Kind.

»Wo haben Sie diese Zeichnung her?«, brummte er.

»Kennen Sie die Madonna?«

Sebastians Hand zitterte ein wenig. Rasch ließ er sie auf die Bettdecke sinken. »Nein«, sagte er. »Warum sollte ich?«

»Möchten Sie wirklich nichts dazu sagen?«

»Nein.« Er gab ihr die Zeichnung zurück. »Was wollen Sie überhaupt von mir?«

»Na ja. Natürlich eine gute Story. Und wenn's geht, die Geschichte dieser Madonna.«

Sebastian murmelte ein paar Worte, die Katharina nicht verstand.

Sie beugte sich vor. »Was meinen Sie?«

Er wandte ihr sein teigiges Gesicht zu. Inzwischen war es von kaltem Schweiß bedeckt. »Gehen Sie, oder ich rufe die Schwester.«

»Das werden Sie nicht tun«, antwortete Katharina. Wollte dieses Kind ihr etwa drohen? Dann musste sie den Druck erhöhen.

Sebastians Mundwinkel zogen sich nach unten. »Wüsste nicht, was mich davon abhalten sollte.«

Katharina lehnte sich zurück und betrachtete das Blatt in ihren Händen. Hans Bosch war wirklich ein begnadeter Zeichner. »Vielleicht die Polizei?«, sagte sie leise.

»Die Polizei?!«

Katharina nickte.

»Ja, aber ... warum denn?«

Sie zuckte die Schultern. »Vielleicht wegen des Mordes an Professor Salchenegger?« Hoffentlich kapierte der Junge, dass sie ihm gerade ein Angebot machte, das er nicht abschlagen konnte. Sagte man nicht so bei der Mafia? Die Sache begann, ihr Spaß zu machen. »Sie waren doch auch bei diesem Schwammerlsuchen dabei, oder?« Die Farbe im Gesicht des Jungen verschwand langsam wieder. »Außerdem ist Professor Salchenegger vor seinem Tod wegen einer gefälschten Pacher-Madonna erpresst worden.« Sie hielt die Zeichnung und den Prospekt hoch. »Alles Zufall?«

In diesem Moment ging die Tür auf, und eine junge Krankenschwester kam herein. In der Hand trug sie ein kleines Tablett, auf dem eine Henkeltasse und eine Warmhaltekanne standen. Katharina drehte die Zeichnung nach unten. Ausgerechnet jetzt musste die erscheinen, wo ihr Gespräch konstruktiv wurde.

»Ihr Tee, Herr Michalek.« Die Schwester setzte das Tablett auf dem Nachttischchen ab. »Ich weiß aber nicht, ob Sie heute schon Besuch haben dürfen. Ist das mit dem Herrn Doktor so abgesprochen?«

»Nur meine, äh ... Tante«, sagte Sebastian schnell.

Kusine hätte Katharina zwar passender gefunden, dennoch schlug sie zufrieden ein Bein über das andere. Immerhin hatte er sie nicht verraten. Ein gutes Zeichen. Das Angebot der Schwester, eine zweite Tasse für den Hagebuttentee zu holen, lehnte sie dankend ab.

»Also?«, fragte sie, kaum war die Schwester aus dem Zimmer.

Sebastian rollte mechanisch eine Ecke der Bettdecke ein und wieder auf. »Ich hab doch gar nichts getan«, sagte er.

»Na, dann können Sie ja alles erzählen.«

Er riss am Eck der Bettdecke herum.

»Hören Sie«, sagte Katharina. »Ich bin Reporterin. Mich interessiert nur die Story. Und nicht Sie. Schon gar nicht, wenn Sie nichts getan haben.«

Sebastian schwieg eine Weile. Dann sagte er: »Ich kenne die Madonna«, sagte er. »Und den Prospekt ... kenne ich auch.«

»Na, da schau her.« Katharina griff nach der Plastikkanne. »Tee?«

»Aber mit dem Mord hab ich nichts zu tun.« Katharina konnte sich täuschen, doch in seinen Augen schienen Tränen zu glitzern. »Glauben Sie mir doch ...«

Eine Wolke schal riechenden Dampfes stieg aus der Kanne auf. Auf der Henkeltasse war ein koboldhafter Mozart abgebildet, der auf einem Bein hüpfte. »Salzburg – feel the inspiration« stand darunter. Sie goss die Tasse voll und schob sie Sebastian hin. Er setzte sich schwerfällig auf und nahm einen vorsichtigen Schluck.

»Aber wer hat dann den guten Professor auf dem Gewissen?«

»Weiß ich doch nicht«, zischte Sebastian.

»Aber über die gefälschte Madonna wissen Sie Bescheid.«

Er nickte ohne sie anzusehen.

»Verdammt noch mal.« Sie stellte die Teekanne mit einem Knall ab. »Ich hab nicht den ganzen Tag Zeit. Entweder Sie erzählen mir jetzt die ganze Geschichte oder ...«

Sebastian drückte den Kopf ins Kissen.

»Ist ja schon gut …« Katharina fächelte sich wieder mit dem Prospekt Luft zu. Es war stickig im Krankenzimmer.

»Wissen Sie eigentlich, wie das ist, wenn man immer nur der fette Wastl ist?« Sebastian sah Katharina an. »Nein, das wissen Sie nicht. Wenn alle gegen einen sind, weil man doch nicht einfach weggeht von zu Hause, schon gar nicht ins Ausland, wo daheim doch schon das Familiengeschäft wartet?« Sein breites, blasses Gesicht war halb im Kissen versunken.

»Und?«, fragte sie. »Was weiter?«

Sebastian schluckte. »Und deshalb wollte ich ein wenig nachhelfen.« Seine Hand krampfte sich in die Bettdecke. »Ich bin bald fertig mit dem Studium. Und ich brauche doch eine Stelle, verstehen Sie?«

»Na ja, irgendwie schon, aber …«

»Die Assistentenstelle«, erklärte er. »Von Doktor Bosch. Der ist doch eh schon habilitiert. Na ja, die wollte ich haben. So, jetzt wissen Sie's.«

Wie ein Häuflein Elend lag er da. Hatte dieser Junge sich etwa als ernsthaften Nachfolger von Hans Bosch gesehen? War er eigentlich verrückt, oder war das die Gehirnerschütterung?

Da deutete Sebastian auf den Prospekt. »Und deswegen habe ich das da geschrieben.«

»Sie haben das geschrieben?« Zum ersten Mal, seit sie das Krankenzimmer betreten hatte, wusste Katharina nicht, was sie sagen sollte.

»Ja, natürlich«, sagte er. »Was dachten Sie?«

»Natürlich … genau das«, sagte sie schnell. Zum Glück hatte Sebastian ihre Überraschung nicht bemerkt. »Sie haben also Ihren Professor erpresst.«

»Aber umgebracht habe ich den Salchenegger nicht«, sagte er. »Und was heißt schon erpresst. Ich meine …«

»Ja, was denn jetzt?« Katharina warf einen ungeduldigen Blick auf ihre Armbanduhr. »Also, wie sind Sie drauf gekommen? Woher wussten Sie von der Fälschung?«

»Na ja, die Madonna stand auf seinem Schreibtisch im Institut.« Sebastians Mund zog sich in die Breite. »Und daneben lag das Gutachten. Und weil ich die Figur doch aus unserem Geschäft gekannt habe, und der Prof nicht da war, da ... da hab ich's eben gelesen.«

»Das Gutachten.«

»Ja, klar.«

»Und? Was stand da drin?«

Sebastian kratzte sich an der Nase. »Also, nach Salcheneggers Gutachten war die Madonna aus unserem Laden fünfhundert Jahre alt«, sagte er. »Und stammte aus dem Umfeld von Michael Pacher. Wenn nicht sogar vom Meister selbst. Dass ich nicht lache.« Ein raues Lachen quälte sich aus seiner Brust. Dem Lachen folgte ein Hustenanfall. Mit schmerzerfüllter Miene presste sich Sebastian die Hand auf die Rippen. Als sich der Husten wieder gelegt hatte, spielte ein linkisches Lächeln um seine Mundwinkel.

»Die Madonna kam also aus dem Laden Ihres Großvaters?«

Er nickte. »Wissen Sie, diese Madonna war was ganz Besonderes. Sie war wunderschön.«

Katharina verschränkte die Arme vor der Brust. Von draußen war das näherkommende Dröhnen eines Hubschraubers im Landeanflug zu hören. Ein Luftzug fuhr durch das offene Fenster und zauste ihre Haare.

»Und weiter?«, fragte sie und sah wieder auf ihre Patek Philippe.

»Ich hab alles fotografiert. Mit dem Handy.«

»Respekt.« Beinahe hätte sie laut losgelacht. Doch nach einem Blick in das verzweifelte Gesicht des Jungen sagte sie nur: »Hätt ich auch getan.«

»Wirklich?«, fragte er mit einem gequälten Lächeln.

»Hätt ich.« Sie zwinkerte ihm zu. »Ihr Großvater hat also die Madonna geschnitzt?«

»Mein Opa?« Seine Stimme klang verblüfft. »Der doch nicht.«

Katharina zuckte die Achseln. »Nicht?«

»Natürlich nicht. Das ist ein Kunstwerk. Und keine normale Herrgottschnitzerei.« Er zeichnete schon wieder Muster auf der Bettdecke. Kreuze dieses Mal. »Mit der Figur hat mein Opa immer so geheimnisvoll getan. Wundert mich eh, dass er sich überhaupt von ihr getrennt hat.«

»Ach ja?« Dann hatte sie sich aber im Geschäftssinn des Alten schwer getäuscht. Über dem Krankenbett hing ein Bild, auf dem ein Harlekin munter tanzte. »Und an wen hat er sie schließlich verkauft?«

Sebastian zuckte die Schultern. »Keine Ahnung. Jedenfalls hat sie auf Salcheneggers Schreibtisch gestanden. Muss sich aber gelohnt haben. Sonst hätt Opa sie sicher nicht hergegeben.«

Das klang schon eher nach dem guten Alten. »Und von wem die Figur stammt, wissen Sie auch nicht?«

Sebastian verzog den Mund und drehte behutsam den Kopf zur anderen Seite. Anscheinend hatte er Schmerzen. »Das ist lange her. Da war ich noch ein Kind, wie die Madonna ins Geschäft gekommen ist. Angeblich soll sie von irgendeinem Kunststudenten stammen. Mehr weiß ich nicht.«

»Und jetzt steht sie bei Wüsthofen.«

»Bei wem?« Sebastian machte große Augen. Katharina war sich sicher, dass er gerade zum ersten Mal hörte, wo die Lieblingsfigur seines Großvaters gelandet war.

»Ach, nicht so wichtig«, meinte sie. »Sprechen wir doch noch mal über Ihre Erpressung.«

»Was heißt hier Erpressung.« Sebastian richtete sich auf. »Ich bin kein Erpresser. Ich wollte doch nur einen … einen kleinen Vorteil.«

Katharina verdrehte die Augen. Anscheinend glaubte der Junge selbst an seinen Selbstbetrug. Langsam wurde es aber Zeit, die Dinge beim Namen zu nennen. Sie konnte hier schließlich nicht ewig sitzen, sie hatte noch einen Termin.

»Ich wollte doch nur sehen, was das alles zu bedeuten hatte. Und ob Professor Salchenegger … na ja, ob er auf meine Bitte eingehen würde.«

»Auf welche Bitte?«

»Na, die Assistentenstelle.« Sebastian fingerte wieder an der Bettdecke herum. »Ich hab mir immer nur das gewünscht. Wissen Sie, es ist gar nicht so leicht, als Kunsthistoriker Arbeit zu finden. Und an der Uni? Da braucht man Beziehungen. Die hab ich eben nicht. Hey, wir haben nur einen kleinen Laden in der bayrischen Provinz. Wir kennen keine Uniprofessoren. In Österreich schon gar nicht.«

»Und Salchenegger hat Ihnen die Stelle versprochen?«

Sebastian kniff die blassen Lippen zusammen. »Ja, klar«, presste er heraus.

»Sie haben sich also mit Salchenegger getroffen«, sagte Katharina. »Im Wirtshaus ...«

»Im Müllner Bräu, ja.«

»Und?«

»Ich hab sofort gemerkt, dass was nicht stimmt. Der Salchenegger war total nervös. Viel nervöser als ich, und dabei hatte ich die Hosen gestrichen voll, das kann ich Ihnen sagen.«

»So genau wollte ich's gar nicht wissen.« Katharina musste wider Willen lächeln. »Sie hatten also mit Ihrer ... äh, Bitte ... Erfolg.«

Sebastian zwinkerte. »Na ja ...«

Seine sogenannte Bitte war natürlich vergeblich gewesen. Kein Professor, der alle Sinne beisammen hatte, besetzte die Stelle seines Assistenten mit einem unqualifizierten Studenten, der noch dazu seine kriminelle Energie bestens bewiesen hatte. Die Naivität des Jungen rührte sie geradezu.

»Und dann ist der Professor ja so plötzlich gestorben«, fuhr Sebastian fort. »Und auf einmal kochte die Gerüchteküche. Pilzvergiftung bei einem Schwammerlexperten? Ich hab gar nicht mehr gewusst, was ich machen sollte.«

»Weil sich Ihre Berufsaussichten damit zerschlagen hatten.«

»Na, vor allem wegen dieses blöden Prospekts.« Seine runden Backen röteten sich.

»Ach so«, sagte sie. »Deswegen waren Sie also gestern in Boschs Büro. Sie wollten den Prospekt wiederhaben.«

»Ja, klar! Aber ich konnte doch nicht wissen, dass sich dieser elende Köter an mich erinnert.« Sebastians Gesicht glühte.

»Erinnert?« Kannte er denn den Hund des Professors?

»Ich wär vor Angst fast gestorben«, sagte Sebastian mit einem Schaudern in der Stimme. »Dann ist auch noch die Tochter vom Salchenegger aufgewacht, und dieser verdammte Hund … pures Glück, dass ich überhaupt wieder raus in den Garten gekommen bin.« Er schluckte. »Dabei hätte mich diese Bestie fast erwischt.«

Der tanzende Harlekin über dem Bett grinste Katharina zu. »Wieso ins Freie? Sie sind doch die Treppe runter …« Sie verstummte. Auf einmal begriff sie, dass Sebastian gar nicht von seinem Unfall redete. Der sonderbare Ausdruck in seinen Augen irritierte ihn. Draußen erhob sich heulend eine Windböe und fuhr den engen Hofschacht des Krankenhauses empor. Der gelbe Fenstervorhang flatterte.

»Die Villa. Sie waren der Einbrecher in der Villa. Deswegen hat Sie der Hund also gestern verfolgt.«

»Denk ich auch«, sagte Sebastian mit einem zerknirschten Gesichtsausdruck. »Der Köter hat ein Gedächtnis wie ein Elefant. Aber ich musste den Prospekt finden.«

»Verstehe.«

Draußen verschwand die Sonne endgültig hinter grauen Wolken. Was würde Bosch wohl zu all dem sagen? Sie hatte das deutliche Gefühl, dass er ihr die schonungslose Offenlegung von Salcheneggers Machenschaften übelnehmen würde. Aber na wenn schon? Hatte sie sich jemals von einer guten Story abhalten lassen? Sie spürte ein Kratzen im Hals. Dabei war sie doch nie krank.

»Und mehr war nicht?«, fragte sie.

Sebastian schüttelte den Kopf.

»Keine weiteren Forderungen? Vielleicht Geld? Machen das Erpresser nicht normalerweise so?«

Die Augen in Sebastians rundem Gesicht weiteten sich. Bosch konnte auch so schauen. Katharina fand sich auf einmal grausam. Trotzdem redete sie weiter. »Hat er nicht zahlen wollen? Hat er Ihnen vielleicht sogar gedroht? Haben Sie ihm deshalb so ein Schwammerl in seinen Korb gelegt? Ein einziger Giftpilz, hab ich mir sagen lassen, reicht aus, um …«

»W… was?!« Die Angst verzerrte Sebastians Stimme. »Sind Sie verrückt? Ich tu doch niemandem … Ich wollte doch nur die gleichen Chancen haben wie alle anderen!« Seine Augen füllten sich mit Tränen, und er musste blinzeln.

Katharina legte den Prospekt neben Boschs Zeichnung auf den Nachttisch. Dann berührte sie mit der Hand leicht Sebastians Schulter. Durch den steifen Stoff spürte sie die ungesunde Hitze seines Körpers und wollte ihre Hand schon zurückziehen. Der Junge schluchzte verhalten. Ihre Hand blieb, wo sie war.

»Ist ja schon gut«, sagte sie leise.

Doch Sebastian schüttelte immer wieder den Kopf. Boschs Zeichnung fiel ihr in den Blick. Er hatte die Madonna so perfekt wiedergegeben, dass Sebastian und sein Großvater sie sofort erkannt hatten. Dabei hatte er die Figur doch nur ein einziges Mal gesehen. Oder etwa nicht? »Sagen Sie mal, Sebastian«, sagte sie langsam. »Sie studieren doch Kunstgeschichte. Ich meine, Sie kennen sich doch mit Kunst aus, oder?«

Er nickte und fuhr mit dem Handrücken über seine schnupfende Nase.

»So ein Bildhauer … also, wenn einer so gut schnitzen kann, muss der dann eigentlich auch ein guter Zeichner sein?«

Sebastian runzelte die Stirn. »Sie meinen so was wie die Zeichnung da?«

»Genau.«

»Na ja«, sagte er zögernd. »Viele Bildhauer sind auch Maler. Michelangelo zum Beispiel …«

In dem Moment läutete das Handy in Katharinas Tasche. Sie drückte den Annahmeknopf. Franz Johann Schwarzenberger, der hatte ihr gerade noch gefehlt. Natürlich wollte der Maestro auch noch den Termin heute Abend vorverlegen, weil er morgen abreiste. Wie sie diese Starallüren hasste. *Ach woher, lieber Maestro, kein Problem.* Katharina schaltete das Handy aus. Auf ihrem Schreibtisch in der Redaktion lag die Seite von morgen. Sie konnte nur hoffen, dass Hubert sofort einsatzbereit war. Der Harlekin auf dem Bild tanzte.

Sebastian war inzwischen vollkommen blass geworden und wirkte erschöpft. Sein rundes Gesicht hatte fast etwas Zerbrechliches. In seiner Unbeholfenheit erinnerte sie der Junge wieder an Hans Bosch. Vielleicht war auch der immer das Opfer des Gespötts gewesen. Und machte deshalb ständig den Eindruck eines in seiner Künstlerseele zutiefst gekränkten Menschen. Wurde sie auf einmal sentimental? Sie tippte rasch die Kurzwahltaste an, auf der sie Huberts Handynummer gespeichert hatte. Der meldete sich tatsächlich und hatte wie erwartet keine Freude an dem Auftrag, die Seite von morgen fertig zu machen. Huberts Protest wurde vom mehrmaligen Piepsen ihres Handys unterbrochen. Der Akku war mal wieder leer. Na ja, Hauptsache, Hubert hatte seinen Auftrag noch gehört.

Sie warf das Handy in ihre Tasche. Ein für die letzten Wochen ungewohnt kühler Luftzug traf sie von der Seite. Draußen hatte ein leichter Regen eingesetzt.

»Was werden Sie jetzt tun?«

Die Frage kam so unerwartet, dass sie zusammenfuhr.

»Was?«

»Na, wegen der Polizei?« Sebastian biss sich auf die Lippe.

Es dauerte einen Moment, bis ihr einfiel, wovon er sprach. »Ach so«, sagte sie dann. »Nichts.«

»Nichts?«

Katharina stemmte die Hände in die Hüften, beugte sich vor, hinein in den Dunst aus Wäschestärke, Schweiß und Medizin. »Noch nie was von Informantenschutz gehört?«, fragte sie und schaute so böse, wie sie konnte. »Ein Journalist verrät nie seine Quelle!«

Sebastian zwinkerte verwirrt. Doch dann erhellte ein schüchternes Lächeln sein Gesicht.

»Und jetzt an die Arbeit.« Katharina sprach mehr zu sich

selbst als zu dem Patienten. An der Tür drehte sie sich noch einmal um. »Gute Besserung.«

Sebastian hatte ihr das Gesicht zugewandt. Sein Lächeln war nicht mehr schüchtern, und die Bettdecke hob und senkte sich gleichmäßig. Das Bild mit dem Harlekin lag im Schatten.

SECHZEHN

Ein heftiger Windzug fuhr in das Papier auf dem Schreibtisch, an dem Bosch und ihm gegenüber der Professor aus Italien saßen. Bosch stand auf und schloss die Fensterflügel. Unten auf der Gasse sah er die Menschen mit gesenkten Köpfen vorüberhasten. Manche hielten sich den Ärmel vor das Gesicht, um sich vor den sandigen Böen zu schützen, die um die Häuser fegten. In der langen Reihe der Fiaker auf dem Residenzplatz deckten die Kutscher ihre Gespanne zu. Touristen drängten sich schutzsuchend in den barocken Toreingängen.

Bosch drehte sich zu seinem Besucher um. »Nun, Professor, was kann ich für Sie tun?«

Professor De Luca schob den in Packpapier eingeschlagenen Gegenstand über Boschs Schreibtisch. »Bitte. Das habe ich Ihnen mitgebracht!«

Bosch setzte sich in seinen Sessel und stützte das Kinn in die Hände. »Was ist das?« Das Paket war lang und schmal und hoch, aber nicht so eckig, als enthielte es eine Kiste. Also eher kein Wein aus Südtirol.

De Luca wiegte den Kopf. »Sehen Sie selbst.« Er deutete auf das Paket und drehte dabei die Handfläche nach oben. »Das ist ein Tausch. Ich gebe Ihnen das hier – und Sie geben mir mein Eigentum zurück. Verstanden?« Er begann, das Packpapier achtlos zu zerreißen.

Bosch zuckte mit den Schultern. »Kann ich Ihnen irgendwie behilflich sein?«

»Oh, ja.«

De Luca riss auch noch die letzte Papierhülle ab. Darunter kam eine geschnitzte Heiligenfigur zum Vorschein. Er drehte die Skulptur so hin, dass sie Boschs gesamtes Gesichtsfeld einnahm. Vor seinen Augen schwebte unter einer Mitra das in seiner Schlichtheit fast archaisch anmutende Gesicht eines Geistlichen. In der einen Hand das Buch, in der anderen den gekrümmten

Bischofsstab. An den Fingern über den Pontifikalhandschuhen die Ringe. Der Blick des Heiligen auffallend nach unten gerichtet ... Resigniert schüttelte Bosch den Kopf.

»Der heilige Valentin ... Wo haben Sie den her?«

De Luca lächelte gezwungen. »Das ist wohl kaum die richtige Frage. Wo haben Sie meinen Heiligen, *dottore*?«

»Ihren Heiligen?« Überrascht griff Bosch nun doch nach der Figur.

Sie lag schwer in seiner Hand, zu schwer für ein so altes Stück. Die behandschuhten Finger des Heiligen waren auffallend lang und schmal, zart und doch kräftig. Voller Leben, aber doch ein wenig anders als bei der Skulptur, die Bosch kannte. Verunsichert blickte er auf De Luca, dann wieder auf den Heiligen. Der Künstler hatte nicht nur eine Kopie des Originals angefertigt, er hatte dem Drang nicht widerstehen können, eine eigene Interpretation der mittelalterlichen Arbeit anzufertigen. Nur andeutungsweise und für den Laien kaum zu sehen, aber eben doch erkennbar. Bosch drehte den Heiligen um und fuhr sacht über seinen hölzernen Rücken.

»Eine gute, eine unglaublich gute Imitation«, sagte er. »Aber die Nägel auf der Rückseite sind nicht handgeschmiedet.«

»Genau«, sagte De Luca. »Und deswegen werden Sie mir jetzt meine Figur sofort zurückgeben.«

Bosch konnte sich beim besten Willen nicht vorstellen, wovon De Luca sprach. »Wie meinen Sie das?«

»Ich werde die Polizei einschalten ...« De Luca schüttelte die Faust.

Bosch stellte den heiligen Valentin rasch wieder auf den Schreibtisch und schob ihn von sich weg. Doch das schien den Professor noch mehr in Rage zu bringen.

»Ich habe geschrieben, ich habe telefoniert, ich habe gebeten und gedroht.« Er schnappte nach Luft. »Ich weiß nicht, was an diesem Institut hier vor sich geht oder wie es zu diesem, sagen wir einmal, *Tausch* kommen konnte. Es ist mir auch egal. Ich will meine Figur zurück.« Seine Sonnenbräune war einer erregten Blässe gewichen. »Die traurigen Umstände des Todes von meinem … Freund Arnulf bedaure ich sehr«, sagte er. »Ich werde deshalb der Sache nicht weiter nachgehen. Aber ich will mein Original.«

Bosch schaute zum Fenster hinüber, wo die Sonne gerade hinter einer dunklen Wolke verschwand. Das ungewöhnlich schnelle Stakkato klappernder Hufe scholl von der Gasse herauf. Anscheinend brachten die Fiaker ihre Wagen vor dem kommenden Unwetter in Sicherheit.

»Ich weiß nicht, wovon Sie sprechen«, sagte Bosch langsam.

De Lucas Gesicht wurde ausdruckslos. *»Va bene, dottore«*, sagte er und nickte. »Ich hatte meine Figur des heiligen Valentin Arnulf anvertraut. Er meinte, er habe einen sehr guten Restaurator an der Hand.«

»Ja – und?«

»Und ein paar Wochen später bekomme ich das da zurück. Ich bin Kunsthistoriker. Wer glaubt denn, dass ich den Unterschied zwischen einem wunderbaren Kunstwerk und … und einer mittelmäßigen Kopie nicht bemerke?«

Im Zimmer war es merklich dunkler geworden. Die letzten Sonnenstrahlen, die durch die Wolken stießen, tauchten den Raum, gebrochen durch das vom Alter verzogene Fensterglas, in ein gelbes Licht. Das Gesicht des Heiligen wirkte verschwommen, seine nach unten gerichteten Augen waren kaum noch sichtbar. Das goldene Gewand hatte im schwindenden Licht die Farbe von Bronze angenommen.

»Das tut mir leid, Professor«, sagte Bosch. »Aber ich weiß von der Sache nichts.«

De Luca stieß ein ungläubiges Lachen aus. Die schönen Hände der Figur schwebten über den bronzenen Gewandfalten. Wo hatte er seinen Verstand gehabt?

»Aber ich weiß, wo Ihr Valentin ist.« Er sah Franz im Kaminzimmer vor sich sitzen und ihm gut gelaunt seinen echten Heiligen präsentieren.

»Gut«, sagte der Professor und zuckte die Schultern. »Geben Sie ihn mir.«

Bosch nickte. »Natürlich, natürlich ...«

Warum hatte er nicht sofort an Franz gedacht, den begnadeten Bildhauer? Als Student hatte Franz an keiner Kirchentür vorbeigehen können, und die Stimmung, die der Lichteinfall durch ein besonders schönes Buntglasfenster erzeugte, fand sich heute oft in seinen Bildern wieder. Zeitweise arbeitete er sogar selbst an Entwürfen für Kirchenfenster, die, so prahlte er, Chagalls Fenster in St. Stephan in Mainz in den Schatten stellen würden. Und auch die Heiligenfiguren hatte er sich stets genau angeschaut.

»Und wann, *dottore*?« De Luca trommelte mit den Fingern auf die Tischplatte.

Bosch sagte nichts. Er hatte keine Ahnung, wie er den echten heiligen Valentin von Franz bekommen sollte. De Luca schlug mit der Faust auf den Schreibtisch, und Boschs Notizen zu seiner Vorlesung über Nikolaus von Kues gerieten endgültig durcheinander.

»Natürlich, natürlich«, wiederholte er schnell. »Sie bekommen Ihr Original. Das verspreche ich Ihnen. Ich ... ich möchte nur jeden Skandal vermeiden. Um ... um Professor Salcheneggers willen.«

De Luca schwieg.

Die Oberfläche des Heiligen war glatt und makellos. Der Fälscher hatte auf künstliche Altersspuren verzichtet, eine kluge Entscheidung, denn sie wären allzu offensichtlich gewesen. Aber auch bei dieser Figur, wie bei Wüsthofens Madonna, haftete Patina verräterisch unter dem Kinn. Dort, wo der von oben herabfallende Kirchenstaub sich niemals hatte ablagern können. Und bei aller Ausdruckskraft war diese Skulptur mit dem Original nicht zu vergleichen. Wer war bloß auf die Idee gekommen, einem Fachmann dieses Imitat zu schicken?

»Und, bitte, Professor, Sie müssen mir glauben – ich habe mit der Sache nichts zu tun.« Bosch blickte in das ungerührte Gesicht seines Gegenübers. De Lucas dunkle Hautfarbe glich der des Heiligen auf dem Schreibtisch, seine schwarzen Locken waren in Unordnung geraten. »Ich kann nur mein Bedauern aussprechen wegen dieses ... Versehens.«

De Luca verzog den Mund zu einem spöttischen Grinsen, doch er deutete mit der offenen Rechten auf den Valentin. »Und wann gedenken Sie, dieses *Versehen* zu bereinigen?«

»Morgen«, versicherte Bosch. »Morgen haben Sie Ihren heiligen Valentin zurück. Mein Wort drauf!«

»Va bene, dottore.« Professor De Luca erhob sich. »Dann bis morgen. Sie erreichen mich in der Pension Papageno.« Ohne ein weiteres Wort des Abschieds verließ er das Zimmer.

Bosch seufzte und nahm die Brille ab. Er hatte den falschen Heiligen so oft angesehen, dass die Konturen der Holzfigur im schwächer gewordenen Licht dieses düsteren Nachmittags schon vor seinen Augen verschwammen. Was sollte er jetzt tun? Franz einfach anrufen? Er verwarf den Gedanken gleich wieder, Franz hätte ihn nur ausgelacht. Aber dann griff er doch zum Telefon.

»Apparat Morstein, Festenberg«, sagte eine lethargische Stimme, an der Bosch Katharinas Fotografen erkannte.

»Hier Bosch. Bitte die Frau Morstein.«

»Die ist heute nicht mehr da.«

»Es ist aber dringend. Wo kann ich sie erreichen?«

»Dringend is immer«, sagte der Fotograf gelangweilt.

Bosch unterdrückte ein Seufzen und schwieg.

»Na, vielleicht auf dem Handy«, sagte Festenberg gnädig. »Ist schon zum Termin, die Chefin. Bei diesem Schwarzenberger. Der Maler, Sie wissen schon. Exklusivinterview.«

»Bei Schwarzenberger?« Das Kribbeln in Boschs Magengegend wurde zu einem handfesten Rumoren. Er schloss die Lider. Katharina hatte sich bei ihm darüber beschwert, dass Franz sie mit einem Interview hinhielt. Warum hatte es ausgerechnet heute Abend geklappt? Franz war einfach unberechenbar. Bosch sah das Hinterhofatelier wieder vor sich, das sie damals gemeinsam gemietet hatten. Franz war zu den unmöglichsten Tages- und Nachtzeiten dort aufgetaucht. Aber der Gedanke beruhigte ihn nicht. Dies war nicht die Laune eines Künstlers.

Der falsche Valentin stand dunkel und drohend vor ihm. Er selbst hatte Franz bei ihrem letzten Treffen von Katharinas Ermittlungen erzählt. Ohne es zu wollen, hatte er sie damit verraten und ihn gewarnt. Warum hatte er ihr bloß nichts von diesem Gespräch erzählt?

»Hallo? Sind Sie noch dran?«, fragte Festenberg am anderen Ende.

»Wann ist Katharina denn losgefahren?« Er hörte selbst, wie brüchig seine Stimme klang. »Und wie ist überhaupt ihre Handynummer?«

Festenberg gab sie ihm durch, und er kritzelte die Zahlen auf das Titelblatt der »Kunsthistorischen Blätter«. Kaum hatte er das Gespräch beendet, nahm er den Hörer gleich wieder ab. Er tippte Katharinas Nummer ein. Während er ungeduldig darauf wartete, dass sie sich meldete, verdichtete sich sein Gefühl, einen furchtbaren Fehler begangen zu haben, zur Gewissheit. Wenn Katharina von dem Abend bei Franz gewusst hätte, wäre sie nie allein auf den Gaisberg gefahren. Exklusivinterview, ausgerechnet. Fragte sich nur, wer hier wen interviewen sollte. Katharinas Handy sprang an, und die Bandansage teilte ihm mit, dass der gewünschte Teilnehmer derzeit nicht erreichbar sei.

»Verdammt«, stieß Bosch zwischen den Zähnen hervor.

In einem der oberen Stockwerke knallte ein Fenster zu.

»Frau Happel!« Er stürzte zur Tür.

SIEBZEHN

Katharinas grüner MG schob sich im Schritttempo am Kopf der Nonntaler Brücke vorbei. Die Salzach schien sich in den letzten Stunden auf ihren Ursprung als Gebirgsfluss besonnen zu haben. In hellen Strudeln umtanzte sie die Brückenpfeiler. Die schmutzig gelben Wolken, die sich über dem Untersberg aufgebaut hatten, verdichteten sich zu einem grauen Himmel, und Regentropfen fielen, zuerst vereinzelt, dann dichter und schwerer, und trommelten jetzt auf das Dach und die Windschutzscheibe des kleinen Autos. Langsam glitten die Kastanienbäume des Volksgartens an Katharinas Wagenfenster vorüber. Ihre Stämme glänzten schwarz vor Nässe, und die braun gezackten Blätter flatterten im Wind, der während des drückend heißen Nachmittags stetig zugenommen hatte. Endlich hatte sie die verstopfte Bürglsteinstraße hinter sich gelassen. Zehn Minuten später beschleunigte Katharina den Sportwagen auf der steil ansteigenden Straße, die sich in engen Kurven den Gaisberg hinaufwand.

Franz Schwarzenbergers Bauernhaus lag hinter einem Regenvorhang verborgen. Nur schemenhaft war die klobige Silhouette zu erkennen. Katharina parkte ihren Wagen so dicht an der Hausmauer wie möglich. Sie warf einen Blick auf ihre Armbanduhr, aber trotz der Innenbeleuchtung war es zu dunkel, um das kleine Zifferblatt zu erkennen. Und die Zeitanzeige auf dem Armaturenbrett war falsch eingestellt und zeigte auf halb zwölf. Wenn sie so nachlässig arbeiten würde wie ihre Autowerkstatt, hätte sie keinen Job mehr. Wütend öffnete Katharina die Autotür. In diesem Moment erhob sich der Sturm mit voller Wucht und heulte lang gezogen in den Wipfeln der Bäume. Sie senkte den Kopf und rannte auf das Haus zu.

Die Eingangstür war zum Glück nicht verschlossen. Sie betrat eine Art Halle, ein Kreuzgewölbe, in dem niemand war. Jemand hatte die kleinen Fenster gegen Sturm und Regen geschlossen. Die dicken Mauern hatten die Hitze des Tages gespeichert, und die Dunstschwaden, die aus der offenen Küchentür quollen, hatten keine Möglichkeit abzuziehen. Aus einer angelehnten Tür ertönte Klavierspiel.

Zögernd ging Katharina in Richtung der Musik und zupfte sich dabei die feuchten Haare zurecht. Ihre Absätze hallten auf dem roten Marmorboden. An der Wand hing ein Hirschgeweih, auf seinen Spitzen eine Sammlung verbeulter Hüte. Darunter lehnte ein ganzes Bündel Spazierstöcke. Neben dem rauchgeschwärzten Kamin war ein Tisch, auf dem ein Bierfass und offene Kartons mit Biergläsern standen. Aus der Küche kam Geklapper. Dann erschien der Hausherr in der Tür. Katharina erschrak.

Er trug ein weites schwarzes Seidenhemd, dessen Ärmel er nachlässig über den kräftigen Unterarmen hochgekrempelt hatte. »Ja, Frau Morstein, begrüße Sie! Nur hereinspaziert.« Seine dunklen Locken klebten an der schweißnassen Stirn.

Das Klavierspiel brach ab. Applaus setzte ein und verebbte, dann begann das nächste Stück mit ein paar donnernden Akkorden. Ein kurzer Aussetzer verriet, dass der Tonträger beschädigt war.

»Guten Abend, Maestro. Ich hoffe, ich bin nicht zu spät«, sagte sie.

Franz Schwarzenberger schüttelte energisch den Kopf und schob sich ein Stück Weißbrot in den Mund. Er bedeutete ihr, ihm in die Küche zu folgen.

Die geräumige Küche des Bauernhauses war hell erleuchtet und unerträglich heiß. Eine Suppe köchelte vor sich hin und wärmte die Küche noch zusätzlich mit ihrem heißen Dampf.

Schwarzenberger stellte sich neben den Herd, riss ein Stück von einem weißen Wecken ab, der neben dem Topf lag, und tauchte ihn in die Suppe.

»Wollen Sie auch mal?«, fragte er mit vollem Mund. »Hühnersuppe mit Kokosmilch und Zitronengras.«

»Herzlichen Dank – lieber nicht.« Katharina konnte nicht mehr sagen, wie oft ihr Magen in dieser Festspielsaison schon gnadenlos mit derlei kulinarischen Experimenten traktiert worden war.

»Ich hab auch noch Kreativeres.«

Auf allen Ablageflächen standen Platten mit diversen Vorspeisen, Mokkatassen, gefüllt mit einem grün-roten Gemisch, und chinesische Löffel mit bunt dekorierten Happen. Große Schüsseln waren mit Folie abgedeckt. In einer Art geflochtenem Wäschekorb stapelten sich helle und dunkle Brotlaibe.

»Was Kreativeres?«, fragte Katharina. Sie war zu einem Exklusivinterview gekommen und nicht zum Abendessen.

»Ja, wie wär's denn mit einem belegten Brot, einem Stück Käse … einem Seidl Bier?« Schwarzenberger lachte, angelte sich ein blau kariertes Küchentuch und wischte sich damit Mund und Hände ab. Das virtuose Klavierspiel steigerte sich über ein rasches Crescendo zum Forte. Er zeigte auf die dekorierten Platten.

»Der Bankettdienst hat schon das ganze Futter hier abgeladen, das Servicepersonal kommt erst noch zum Servieren.« Er zuckte die Achseln. »Aber wer nicht will, der hat schon.«

Katharina hatte noch den Dunst des Krankenzimmers in der Nase: Der süßliche Geruch des gekochten Huhns in der Kokosmilch ließ sie fast würgen.

Das Klavierspiel steigerte sich wieder zum Fortissimo, und die dampfend brodelnde Suppe schien es ihm gleichtun zu wollen. Katharina hatte das Gefühl, als bekäme sie gleich Kopfweh. Ihre Schläfen pochten.

»Hören Sie, Maestro, können wir unser Interview nicht woanders machen?«

Schwarzenberger zog den Suppentopf vom Feuer. Das brodelnde Geräusch verstummte, und auch der Applaus, der die letzten donnernden Schlussakkorde der Klaviermusik belohnt hatte, verklang. Es war nur noch das Prasseln des Regens gegen die kleinen Kastenfenster zu hören. Er öffnete eine polierte Stahltür und nahm zwei Flaschen Bier aus dem dahinter verborgenen Kühlschrank. Beim Öffnen der Verschlüsse an der Kante des Küchentischs, fügte er dem alten Holz zwei weitere

Narben hinzu. Die Metallkapseln sprangen ab und blieben unbeachtet auf dem Boden liegen. Katharina hatte das Gefühl, als legte sich ein eisernes Band um ihren Kopf.

Er reichte Katharina eine Flasche. »Wenigstens ein Bier?«

Katharina nahm die Flasche. Im Job trank sie niemals Alkohol, aber sie hatte gelernt, dass es ihren Gesprächspartnern ohnehin genügte, wenn sie ihnen das Gefühl vermittelte, nicht allein zu trinken. Sie fühlten sich dann nicht so beobachtet.

»Wie läuft's denn so mit Ihrer Arbeit?«, fragte Schwarzenberger. »Noch kein Ende der Festspiele in Sicht, was? Und dann? Macht jemand wie Sie eigentlich auch mal Urlaub?«

»Sicher.« Sie nippte an ihrem Bier. Es war kalt, und sie merkte, wie durstig sie war. Und hungrig.

»Auf einer einsamen Insel, was?«

Katharina lachte. »Fast. Wenn die Festspiele rum sind, verzieh ich mich auf die Malediven.«

»Na, das ist doch was.« Schwarzenberger lehnte sich an den Tisch mit den chinesischen Löffeln, die unter der Frischhaltefolie leise klapperten.

»Und Sie verreisen ja auch, wie man hört.« Katharina hob ihm zum Wohl die Flasche entgegen.

»Ein Geheimtipp.« Er grinste. »Nowosibirsk.«

»Da schau her.« Ihr Handy gab einen leisen Ton von sich. Das war heute schon das zweite Mal, dass sie bei einem Gespräch von ihrem Telefon unterbrochen wurde. Schnell zog sie das Ding aus der Tasche. Das Display leuchtete schwach, dann fiel es ganz aus. Anscheinend war nicht der Akku leer, sondern das Handy defekt.

»Immer im Dienst, was?« Schwarzenberger nahm einen Schluck und sah sie über die Flasche hinweg an.

»Das Handy jedenfalls nicht«, meinte Katharina und steckte den Apparat wieder ein. »Das Ding scheint kaputt zu sein. Sicher mein Fotograf.«

Schwarzenberger hob die Brauen. »Übrigens, weil wir grade über die Arbeit reden … was ist das eigentlich für eine seltsame Geschichte mit Wüsthofen?« Er drehte sich zu den chinesischen Löffeln um und zog die Frischhaltefolie beiseite. Dann wählte er ein Stück weißlichgrauen rohen Fisch und steckte es in den Mund.

»Wo dran?«

»Na ja, so genau hab ich das auch nicht verstanden.« Schwarzenberger schluckte den Fisch hinunter. »Irgendwas mit einer falschen Skulptur. Der gute Hieronimo war ganz aus dem Häuschen.«

»Wer?«, wollte Katharina wissen.

»Na, der Hans. Ihr Freund Bosch.« Vor ihm auf dem Boden lagen die Kronenkorken vom Bier, und Schwarzenberger kickte einen durch die Küche. »Was geht das eigentlich Hieronimo an?«, fuhr er fort. »Ich dachte, der ist ganz Diener der Wissenschaft?«

»Ehrlich gesagt, weiß ich das auch nicht so recht«, meinte Katharina. Bosch hatte sich zu Anfang ihrer Recherchen auch ziemlich widerstrebend gezeigt. »Eigentlich betrifft es ja seinen Chef.«

Schwarzenberger stutzte. »Was? Salchenegger?«

Katharina nickte. »Hans hat ihn sehr bewundert. Das muss ein ziemlicher Schock für ihn sein.«

Schwarzenberger rührte sich nicht. »Das glaube ich nicht.«

»Nicht?« Sie nahm einen Schluck von ihrem Bier. »Wie lange kennen Sie sich eigentlich schon?«

»Hieronimo? Mein Gott, eine Ewigkeit.« Schwarzenberger lachte. »Wir haben zusammen an der Kunstakademie studiert. Begabter Maler, der Bursch. Aber wissen Sie, keine Inspiration. Keine Magie in seinen Bildern.« Er schüttelte den Kopf. »Hieronimo halt, wenn Sie wissen, was ich meine.«

»Nicht wirklich«, entgegnete Katharina. Diese kleinliche Art kannte sie sonst nur von Schauspielern. Der Schwächere wurde weggebissen. Aber anscheinend gehörte Neid zum künstlerischen Überlebenskampf. Es machte den Umgang mit diesen Leuten unendlich mühsam.

»Na, dann schauen Sie sich seine Bilder doch mal an«, sagte Schwarzenberger und tat so, als hielte er einen Pinsel zwischen den Fingerspitzen. Er machte in der Luft Auf- und Abbewegungen, als streiche er eine Wand. »Denen fehlt doch jede Authentizität! Alles abgekupfert. Da ist nichts Eigenes, nichts Originales.«

»Nichts Originales?«, fragte Katharina.

»Genau«, sagte Schwarzenberger. »Wissen doch alle. Und ich mache jede Wette, sein geliebter Professor wusste das am Allerbesten.«

»Der immerhin mit falschen Gutachten Geld verdient hat«, sagte Katharina.

»Wie bitte?« Schwarzenberger brüllte fast, dämpfte seinen Ton aber gleich wieder. »Ich meine, wer behauptet denn so was?«

»Ich weiß es auch erst seit heute Nachmittag. Es gibt Beweise.«

»Geh«, er fuhr sich mit der Hand durchs Haar, »Blödsinn.«

Katharina zog die Zeichnung der gotischen Madonna aus ihrer Handtasche. »Genau gesagt, geht um diese Figur hier. Sie stammt aus einem Souvenirgeschäft in Oberammergau und ziert jetzt als ein Prunkstück Heinrich Wüsthofens Sammlung.«

Sie reichte ihm das Blatt. Auf der Platte mit den belegten Broten lagen auch Sandwiches mit magerem Beinschinken. Seit dem Frühstück hatte sie nichts mehr gegessen. Katharina nahm sich eins.

»Ich kann die Story direkt spüren«, sagte sie mit vollem Mund, während Schwarzenberger noch immer die Zeichnung betrachtete. Der Schinken war wie Marzipan. Sie musste sich den Namen des Bankettservice geben lassen.

»Diese Skizze ist von Hieronimo, oder?«, fragte er schließlich. Katharina wollte sich gerade erkundigen, woher er das wusste, da fuhr er schon fort: »Der Stil ist unverkennbar. Interessant.«

Sie nahm eine Papierserviette und wischte sich die Hände ab. »Interessant, sagen Sie? Ja, vielleicht haben Sie recht.«

»Mit Sicherheit habe ich recht.« Schwarzenberger warf die

Zeichnung nachlässig zwischen die Vorspeisenplatten auf den Küchentisch. Kurz schwebte das Blatt über dem bunten Allerlei, dann senkte es sich elegant auf ein Brett mit Sushi, dessen Frischhaltefolie zur Hälfte abgedeckt war. Ein Fettfleck fraß sich durch die reine Madonnenstirn und zeichnete sie mit einem hässlichen Mal.

»Es hat aufgehört zu regnen«, sagte Schwarzenberger mit einem Blick zum Fenster. »Und wir hätten noch Zeit.«

»Zeit wofür?«, fragte Katharina.

»Für einen kleinen Spaziergang.« Er drehte sich um. »Wollten Sie nicht auch an die frische Luft?«

»Ja, schon, aber … meine Schuhe sind eigentlich nicht …«

»Los, kommen Sie! Die Party steigt erst in zwei Stunden. Und Sie wollten doch ein Interview, oder?«

Eigentlich hatte er ja sie angerufen. Und um den Termin gebeten, weil er morgen verreisen wollte, wenn sie ihre Erinnerung nicht trog. Aber einem geschenkten Gaul schaute man nicht ins Maul, und außerdem hatte sie schon an ausgefalleneren Orten Interviews gemacht. Sie folgte Schwarzenberger in die Eingangshalle. Ihre hohen Absätze klapperten hohl auf den glatten Steinfliesen, und sie bemühte sich, leiser aufzutreten. Schwarzenberger öffnete einen großen Bauernschrank, der offensichtlich als Garderobe diente und dem ein muffiger Geruch entwich. Er entnahm ihm einen Lodenumhang und eine abgeschabte Wachsjacke.

»Hier, ziehen Sie die hier an.«

Er reichte ihr die Jacke, während er sich selbst den Umhang umwarf. Dann angelte er einen zerbeulten Hut von dem Geweih an der Wand und wollte ihn ihr auf den Kopf drücken, aber Katharina entzog sich der gut gemeinten Geste. Seine Jacke konnte sie tragen, aber sein Hut würde die nötige professionelle Distanz zwischen ihnen zerstören. Sie würde nur lächerlich wirken. Schwarzenberger zuckte mit den Schultern und setzte sich den Hut selbst auf.

»Noch ein Paar Gummistiefel?« Schwarzenberger deutete auf die Stiefel unter dem Hirschgeweih.

»Oh, nein«, sagte Katharina. »Besten Dank.« Das Angebot getragener Gummistiefel betrachtete sie schon als Eingriff in ihre Intimsphäre. Schlimm genug, dass es Leute gab, die sich ihrer Schuhe entledigten, sobald sie ihre Wohnung betraten.

Die Luft vor dem Bauernhaus war kühl und klar, rein gewaschen von dem Regen. Das Licht, das aus den kleinen Fenstern fiel, spiegelte sich in den schwarzen Lachen, die sich auf dem Vorplatz gebildet hatten und auf denen die letzten Regentropfen in konzentrischen Kreisen zerliefen. Katharina schloss die Augen und nahm einen tiefen Atemzug. Nach dem erstickenden Küchendunst wurde ihr Kopf allmählich wieder klar.

Schwarzenberger war bereits ein Stück weit über den Vorplatz in Richtung Wald gegangen. Er schlug den Weg nach links ein, wo der Widerschein der Stadt den regengrauen Himmel erhellte. Der Lodenumhang fiel in sanften Wellen von seinen Schultern und schwang im Takt seiner Schritte. Den Kopf hielt er gesenkt. Trotz seiner Größe hatte sein Gang etwas Gleitendes, fast Schwebendes.

Katharina beeilte sich, zu ihm aufzuschließen, doch der Boden war vom Regen aufgeweicht und glitschig. Ihre leichten Schuhe waren wirklich nicht für einen abendlichen Waldspaziergang gemacht.

Der Weg führte durch ein Waldstück und endete auf einem kleinen, mit Gras bewachsenen Hochplateau, hinter dem der Gaisberg steil zur Stadt hin abfiel. Schwarzenberger, der schweigend vorausgegangen war, blieb am Rande des Abhangs stehen. Katharina trat neben ihn und sah sich um. Etwa zehn Meter hinter ihnen ragte der Wald als schwarze Wand empor. Unter ihnen lag das glitzernde Salzburg unter bizarren Wolkengebilden.

»Schön hier.« Sie rieb die Hände aneinander.

»Mein altes Haus hat keine moderne Heizungsanlage«, erklärte Schwarzenberger. »Nur Kachelöfen. Da heißt es Holz hacken.«

Ein paar Schritte entfernt stand ein Block, in dem eine Axt steckte.

»Hier können wir ungestört reden.«

»Na, das auf jeden Fall.« Katharina war kalt. Sie zog die Wachsjacke, die eher klamm als wärmend war, fester um sich. Schwarzenbergers dunkle Augen glitzerten im Schein der Stadtlichter. Sie schienen mehr sehen und erfassen zu können als die anderer Menschen. Katharina kam es einen Moment lang so vor, als schaute Schwarzenberger in eine vierte Dimension.

»Gehen Sie wirklich nach Russland?« Höchste Zeit, mit dem Interview zu beginnen. Sonst erfror sie hier noch.

»Ja.« Schwarzenberger blickte hinunter auf Salzburg.

»Und wohin genau?«

»Zunächst mal nach Moskau. Sagte ich das nicht schon?«

Katharina fiel ein, dass sie ihre Tasche mit dem Diktiergerät in der Küche vergessen hatte. Das war ihr noch nie passiert. Wie hatte sie sich nur so von Schwarzenberger aus dem Konzept bringen lassen können? Professionell war sie heute wirklich nicht.

»Und?«, fragte sie. »Haben Sie schon eine Wohnung? Eine Galerie? Ist schon eine Ausstellung geplant? Und wo? Und was wird aus Ihrem weiteren Engagement in Salzburg?« Sie schenkte ihm ihr reizendstes Lächeln. »Wir werden Sie vermissen.«

Am Himmel vor ihnen rissen die Regenwolken auf, und die abendliche Sonne schickte erste Strahlen auf Salzburg. Katharinas Wangen wurden warm, aber die innere Kälte ließ sich nicht vertreiben. Von den glänzenden Dächern der Stadt stieg goldener Dunst auf. Schwarzenberger hatte ihre Fragen anscheinend gar nicht zugehört.

»Sie haben doch noch einen Galerievertrag hier in Salzburg, oder?«, fragte sie.

»Was?«

»Was hat eigentlich Ihr Galerist, der selige Matteo Tappeiner, von Ihren Moskauer Plänen gehalten?«

Schwarzenberger strich sich mit der Hand übers Kinn. »Matteos Tod war ein schrecklicher Unfall. Ein totaler Schock für mich. Ich will nicht über ihn reden.«

»Ein Unfall?«, meinte Katharina. »Glauben Sie das wirklich … Franz?«

Schwarzenberger zog die Augen zusammen. »Wieso sollte es kein Unfall gewesen sein? Matteo ist im Smoking von der Figaropremiere gekommen. Dazu diese lächerlichen neuen Lackschuhe mit den hohen Absätzen. Da ist er eben ausgerutscht.« Die letzten Sätze hatte er immer schneller gesprochen.

»Waren Sie denn auch in der Oper?«, fragte Katharina. Das war ein neuer Aspekt. Vielleicht war Schwarzenberger ja etwas Ungewöhnliches aufgefallen.

»Ich? Nein, warum?«

»Weil Sie die Schuhe erwähnt haben.« Komisch, dass er so gar nicht über Tappeiners letzten Abend reden wollte.

Schwarzenberger barg die Hände unter dem weiten Lodenumhang und zog den Kopf in den aufgestellten Kragen. »Matteo war ja kein Riese«, murmelte er in den dicken Loden. »Das weiß jeder. Der hatte immer solche Schuhe mit hohen Absätzen an.«

»Aha …«

Im Gegenlicht zeichnete sich Schwarzenbergers berühmtes Profil scharf wie ein Scherenschnitt ab.

»Was wissen Sie denn noch über den Abend?«, fragte Katharina leise.

»Nichts«, kam die knappe Antwort.

»Aber über Tappeiners Schuhe wissen Sie eine ganze Menge.«

Schwarzenberger reagierte nicht.

»Es gibt keine Pressefotos von der Leiche«, sagte sie.

Er wandte ihr langsam das Gesicht zu. Unter der breiten Hutkrempe war seine Miene schwer zu erkennen. Nur seine Augen reflektierten den Widerschein der Sonnenstrahlen. Irgendwo schrie ein Käuzchen.

»Was soll denn diese ganze Fragerei?« Seine Stimme klang ernst, fast bedrohlich.

Katharina fröstelte in ihrer klammen Wachsjacke. Die feuchte Kälte, die aus den umliegenden Bäumen kroch, kitzelte ihre

Nase. Es wäre ein Leichtes, jetzt mit einer netten Bemerkung einen Rückzieher zu machen, das Interview unter Dach und Fach zu bringen und in die Wärme des Bauernhauses zurückzukehren. Aber sie hatte sich schon zu weit vorgewagt. Sie konnte nicht mehr zurück. Jetzt musste sie ihrem Instinkt vertrauen.

»Sie waren dabei, hab ich recht?«, fragte sie auf gut Glück. »Sie waren dabei an jenem Abend in Hellbrunn.«

Auf Schwarzenbergers Wange begann ein Muskel zu zucken. Sein Mund war ein gerader Strich. »Sie kleine Tratschtante«, zischte er. »Was denken Sie eigentlich, wen Sie hier vor sich haben?«

Er machte einen Schritt auf sie zu. Instinktiv wich Katharina zurück, hielt jedoch seinem wütenden Blick stand.

»Sie wühlen in anderer Leute Leben herum wie eine Wildsau im Dreck!« Schwarzenbergers Hand schoss zwischen den dicken Stofffalten hervor. Der Lodenumhang schwang hoch und öffnete sich. Katharina wollte noch einen Schritt zurückweichen, aber ihre spitzen Absätze hatten sich in die Erde gebohrt. Das nächste Mal würde sie die Gummistiefel nehmen.

»Sie haben ja keine Ahnung. Matteo ist über seine eigenen Füße gestolpert, der Idiot!« Er fuchtelte mit dem Zeigefinger vor ihrer Nase herum. »Es war ein Unfall!«

»Sie waren dabei«, wiederholte Katharina. Sie hatte es gewusst. Ihr Instinkt hatte sie noch nie getrogen.

Schwarzenberger atmete schwer. »Ja. Gut. Ich war dort. Und wenn schon?« Er ballte die Hand vor ihrem Gesicht zur Faust.

Es gelang Katharina, die Augen nicht zusammenzukneifen. Auf keinen Fall wollte sie diesem Kerl ihre Angst zeigen.

»Sind Sie jetzt zufrieden? Es war ein Unfall. Matteo ist am Beckenrand mit seinen blöden Schuhen ausgerutscht und in den Teich gefallen. Und ich hab zu weit weggestanden und konnte ihn nicht mehr festhalten.«

»Und dann?«, fragte Katharina leise. Er hatte die Hand wieder unter seinen Lodenumhang gezogen.

»Was dann?«, fuhr Schwarzenberger sie an.

»Tappeiner ist ertrunken. Und Sie haben gerade gesagt, er habe noch gelebt, als er in den Teich gefallen ist.«

Schwarzenberger schwieg einen Moment. »Er war tot«, sagte er dann mit unbewegter Miene. »Ich hab gesehen, wie sein Kopf auf dem Beckenrand aufschlug. Und gehört. Er war sofort tot.«

Am Horizont ragte die dunkle Silhouette der Festung aus der wattigen Wolkendecke, die den Mönchsberg umgab. Das rote Licht auf einem ihrer Türme blinkte in regelmäßigen Abständen.

»Haben Sie ihn getötet?«, fragte Katharina so ruhig wie irgend möglich.

Schwarzenberger stierte auf das blinkende Licht.

»Sie haben ihn kaltblütig getötet«, fuhr Katharina fort. »Tappeiner ist ertrunken. Wollte er sich von Ihnen trennen? War das der Grund? Gehen Sie deshalb nach Russland?«

»Sie haben ja keine Ahnung«, keuchte Schwarzenberger. Er riss sich den Hut vom Kopf und schleuderte ihn von sich. Seine feuchten schwarzen Locken ringelten sich wie kleine Schlangen über seiner Stirn.

Erschrocken riss Katharina ihre Absätze los und stolperte ein paar Schritte zurück. Wie in Zeitlupe folgte ihr Schwarzenberger. »Wir hatten ein paar geschäftliche Differenzen, ja gut«, sagte er. »Vielleicht bin ich auch laut geworden. Und vielleicht hab ich auch einen Schritt auf ihn zugemacht ...«

Katharina wich noch weiter zurück. Hinter Schwarzenberger konnte sie den dunklen Wald sehen. Dünne Nebelstreifen hingen zwischen den Baumstämmen, krochen aus dem Unterholz und schienen sich über die Wiese auf sie zuzuschlängeln. Drehte sie jetzt durch, weil Schwarzenberger ihr zu nahekam? Nein, sie war die Natur einfach nicht gewöhnt. Irgendwo im Gehölz knackte es. Hastig machte sie noch eine paar Schritte rückwärts, um Abstand zwischen sich und Schwarzenberger zu bringen.

»Matteo hatte diese lächerlichen Schuhe an.« Er folgte ihr

Schritt um Schritt. »Und die Steine am Karpfenteich waren voller Moos und so glitschig – grad so wie hier. Und dann ist er ausgerutscht …«

Katharina spürte, wie sie mit dem Bein gegen etwas Raues, Feuchtes stieß. Sie waren bei dem Hackklotz angelangt. Schwarzenberger stand nur noch wenige Meter vor ihr. Er schaute auf die schräg im Holz steckende Axt.

»Na gut«, sagte sie. Vielleicht gelang es ihr, irgendwie an das Gespräch von vorhin anzuknüpfen. »Das sind natürlich … interessante … Informationen.«

Schwarzenberger hob den Kopf. Wenn er jetzt einfach eine Antwort gab, hatte sie den Bann gebrochen, und sie würden zusammen zum Haus zurückkehren. Schließlich hatte sie außer seinem halben Geständnis nichts gegen ihn in der Hand. Das musste ihm doch klar sein. Schwarzenbergers Lodenumhang fiel auseinander, und er griff nach dem Stiel der Axt.

»Und? Was denkst du gerade?«, fragte er, ohne Katharina anzusehen.

»Ich?« Katharina konzentrierte sich auf Schwarzenbergers Hand auf dem Axtstiel. Sie verlagerte ihr Gewicht. Sobald er den Arm hob, würde sie ihm einen Tritt zwischen die Beine verpassen. Aber der Lodenumhang erschwerte ihren Plan. »Im Moment gar nichts.«

»Du lügst«, sagte er und reckte den Kopf vor. »Du überlegst dir doch bloß, wie du so schnell wie möglich an deinen Schreibtisch kommst. Was für eine Wahnsinnsstory! Hab ich recht?«

Er zog an der Axt, die bereitwillig nachgab und mit einem quietschenden Geräusch aus dem nassen Holz glitt. Prüfend hielt er das eiserne Blatt in Augenhöhe und musterte es im Licht der glühenden Abendsonne. Das Metall leuchtete flamingorosa. Katharina machte zwei Schritte zurück und einen zur Seite. Der Hackklotz lag fast zwischen ihnen. Gewinn irgendwie Zeit, beschwor sie sich.

»Sie sind ja verrückt«, behauptete sie fest. »Welche Story denn? Soll ich schreiben, dass Tappeiner seine hohen Schuhe anhatte? Oder dass Sie ihn ins Wasser haben fallen sehen?« Sie machte noch einen Schritt zur Seite. Jetzt stand sie hinter dem Block. »Woher soll ich wissen, dass Sie mir die Wahrheit sagen? Und wenn – wie sollte ich das beweisen?«

Schwarzenberger stand ganz ruhig und schien ihr zuzuhören.

»Oder sehen Sie hier weit und breit irgendwen, den ich als Zeugen anführen könnte?«

Er rührte sich immer noch nicht. Katharina entspannte sich ein wenig. »So was ist keine Story, Franz. Also, lassen Sie uns endlich das Interview zu Ende bringen. Mir ist kalt, und außerdem habe ich Hunger.«

Die Axt in der Rechten kam Schwarzenberger wieder einen Schritt auf sie zu. Er machte einen kleinen Schlenker, als wollte er um den Hackblock herumkommen. War das nur eine leere Drohung? Oder hatte er es etwa wirklich auf ihr Leben abgesehen? Katharina durchlief es kalt. Sie musste zum Bauernhaus zurück. In die Küche. Der Zündschlüssel für ihr Auto lag in ihrer Tasche neben dem Diktiergerät. Sie fluchte innerlich. Der Bankettservice fiel ihr ein. Vielleicht waren die Kellner inzwischen gekommen.

Ohne lange zu überlegen, drehte Katharina sich um und rannte los. Doch die Absätze ihrer hohen Schuhe versanken wieder in dem vom Regen aufgeweichten Boden. Schon nach einer kurzen Strecke strauchelte sie und stürzte. Sie schleuderte ihre Schuhe von sich und rappelte sich wieder auf. Die Bäume vor ihr schienen zu einem Urwald zusammenzuwachsen. Konnte sie da einfach hineinlaufen? Nein. Wenn sie sich den Knöchel verstauchte, war sie hilflos. Sie hörte Schwarzenbergers Schritte. Er war direkt hinter ihr.

Katharina drehte sich um. Sie versuchte, das Gefühl von Unwirklichkeit loszuwerden, das sie seit Minuten empfand. Schwarzenberger blieb abrupt stehen. Sie ballte die Fäuste. Flucht war zwecklos. Er war stärker als sie. Und er kannte sich in diesem Wald aus. Eher würden die Füchse ihre Leiche fressen, als dass jemand sie fand. Zorn stieg in ihr auf.

»Na, komm schon, Franz«, rief sie. Sie wusste, dass sie stärker war, als er dachte. Sie bohrte die Fersen in die Erde und suchte sicheren Stand. »So viel Zeit hab ich nicht.«

Schwarzenberger zögerte. Wenn sie ihn zuerst angriff, konnte sie ihn vielleicht überrumpeln. Nach der Axt zu greifen war sinnlos. Die war ihr zu schwer. Aber sie war nicht wehrlos. Schwarzenberger bewegte sich. Langsam kam er auf sie zu. Sie wartete. In ihr war nur Ruhe. Und Kälte. Und Wut.

Direkt vor ihr blieb Schwarzenberger stehen. Seine dunklen Augen waren dicht vor ihr. Der Schaft der Axt schaute aus dem offenen Lodenumhang hervor, aus dem der Geruch nach gekochtem Huhn und Zitronengras stieg. Ihr wurde übel.

Sie spannte die Muskeln an und ging ein wenig in die Knie. Als Schwarzenberger die Axt hob, duckte sie sich und schoss unter seinem Arm hindurch auf ihn zu. Sie packte den Kragen seines Umhangs mit beiden Händen, riss ihn auseinander und vergrub ihre Zähne in seinem Hals. Er brüllte auf. Seine Körperwärme ließ sie würgen, aber sie biss weiter die Zähne zusammen. Die Axt fiel dumpf polternd zu Boden. Er packte ihren Kopf und riss an ihren Haaren. Ihre Kiefer schmerzten. Der Geruch nach gekochtem Huhn schnürte ihr die Luft ab. Ein Gedanke schoss ihr durch den Kopf: *Menschenfleisch, du beißt in Menschenfleisch*. Sofort wurde der Würgereiz übermächtig. Für den Bruchteil einer Sekunde lockerten sich ihre Kiefer gegen ihren Willen. Doch das genügte. Mit einem Aufschrei stieß Schwarzenberger sie von sich, nur um sie gleich darauf an der Schulter zu packen.

»Na warte«, keuchte er.

Wild um sich schlagend versuchte Katharina, sich aus seinem Klammergriff zu befreien. »Lass mich los!«, brüllte sie.

Sie taumelte herum, während er an ihrer Jacke zerrte. Aber sie spürte, wie ihre Kraft zu Ende ging.

Die Axt lag zwischen den Holzabfällen auf dem Boden. Vom Mönchsberg her blinkte das Warnlicht von der Festung und zerfloss rot auf dem glänzenden Metall des scharf geschliffenen Blattes.

ACHTZEHN

Bosch fand Franz' Bauernhaus hell erleuchtet vor. Kellner eilten mit vollen Getränketabletts herum, doch niemand der Gäste wusste, wo sich der Gastgeber befand. Er ging nach draußen, wo Katharinas Auto dicht am Haus geparkt war. Zunächst wusste er nicht, wohin er sich wenden sollte. Doch dann meinte er, im Lichtschein der Fenster Abdrücke von Schuhen in der nassen Erde des Vorplatzes zu sehen, die in die Richtung des Waldes wiesen. Nach kurzem Zögern folgte er ihnen.

Die schwarzen Baumstämme wuchsen wie die Pfeiler eines Kirchengewölbes in den Himmel. Feuchter Nebel stieg von den Laubschichten auf, die den schmalen Pfad bedeckten. Der Weg schlängelte sich zwischen den Bäumen hindurch, begleitet von Lichtspeeren, die ab und an durch die Baumkronen auf die dunkle Erde herabstießen. Eingehüllt von der modrigen Luft, stolperte Bosch durch den Wald. Das Spiel aus Licht und Schatten ließ die Unebenheiten des Weges vor seinen Augen verschwimmen. Die Geräusche um ihn herum schienen ihm ungewöhnlich laut. Der Schrei eines Käuzchens, das aufgeregte Summen eines Insektenschwarms und das heimliche Rascheln der kleinen Tiere im Unterholz machten ihn nervös.

Warum hatte Franz Katharina so überraschend zu sich bestellt? Noch bevor sein Abschiedsfest begann, zu dem sie ohnehin kommen würde, wie Franz ihm bei seinem Besuch gesagt hatte. Wahrscheinlich wollte er herausfinden, ob sie etwas von seinen Machenschaften wusste. Wie bei ihm selbst, an jenem denkwürdigen Abend im Bauernhaus. Aber was wusste Katharina wirklich? In jedem Fall mehr als er selbst.

Bosch beschleunigte seine Schritte. Endlich wurde es lichter. Der Pfad wurde breiter, die Baumriesen schienen zu beiden Seiten zurückzuweichen.

Plötzlich schoss ein Schatten vor ihm vorbei. Ein kleiner

grauer Körper gaukelte und taumelte durch die Luft, ehe er wieder mit den Schatten des Waldes verschmolz. Mit jagendem Herzen blieb Bosch stehen und schaute in die Richtung, in der die Fledermaus verschwunden war.

In diesem Moment hörte er Katharina schreien.

Er lief, so schnell er konnte. Ein toter Ast auf dem Boden zerbarst krachend unter seinem Gewicht, als er aus dem Wald hinaus auf eine Lichtung stürmte.

Dort hielt er atemlos an. Die durch einen weiten Umhang verformte Gestalt eines hoch gewachsenen Mannes stand mitten auf der Lichtung und drehte sich zu ihm um.

»Franz?« Wenige Meter hinter ihm konnte Bosch einen groben Hackklotz erkennen. Von Katharina keine Spur.

»Was zum Teufel tust du hier?«, rief Franz.

»Wo ist Katharina?« Bosch ging auf ihn zu.

Franz schnaubte und trat zur Seite. Jetzt sah Bosch Katharina, die sich, eingehüllt in eine viel zu weite Regenjacke, aus Franz' Griff befreite. Ihr Haar war zerzaust, und sie sah blass aus. Bis auf ein wenig Blut im Mundwinkel schien sie unverletzt.

»Alles in Ordnung?«, fragte Bosch. Am liebsten hätte er nach ihr gegriffen, um sich selbst davon zu überzeugen.

Katharina nickte. Franz gab keine Antwort. Unter seinem weiten Wetterfleck verschränkte er die Arme vor der Brust. Bosch blieb einige Schritte vor ihm stehen. Katharina trat an seine Seite. Über ihnen dröhnten die Triebwerke einer Abendmaschine.

»Frau Morstein wollte ein Interview mit mir machen«, sagte Franz ohne erkennbare Regung. »Wir sind gerade damit fertig geworden, nicht wahr, meine Liebe? Oder sind noch Fragen offen?«

Katharina schob die Hände mit einem Ruck in die Taschen. Etwas, das auf dem Boden lag und blinkte, schien ihre ganze Aufmerksamkeit in Anspruch zu nehmen. Eine Axt steckte zwischen den morschen Holzabschnitten. In ihrem Blatt spiegelten sich die rasch dahinziehenden Wolken und die roten und grünen Positionslichter des Flugzeugs. Was war hier passiert?

Katharina hob den Kopf. »Du kommst genau richtig«, sagte sie. »Herr Schwarzenberger hat mir gerade gestanden, dass er Matteo Tappeiner ermordet hat.«

Was? Bosch meinte, sich verhört zu haben. Aber Katharinas Augen waren weit aufgerissen und starr. Die wirren roten Locken und ihr weißes Gesicht erinnerten ihn an die Darstellung der Medusa. Sogar der kleine Blutfleck an ihrem Mund passte dazu.

Franz bückte sich und hob die Axt auf.

»Vorsicht!«, schrie Katharina. »Die Axt! Er hat mich bedroht. Wenn du nicht gekommen wärst, hätte er mich damit umgebracht.«

»Blödsinn.« Franz ging zum Hackblock, wo er mit einer schnellen Bewegung die Axt in die Höhe schwang und das Blatt mit einem kräftigen Hieb im Block versenkte. Dann schob er die Hände in die Hosentaschen.

»So«, sagte er zu Katharina. »Besser? Und jetzt beruhigen Sie sich endlich. Niemand will Ihnen hier was tun. Oder, Hieronimo? Sie hat mich interviewt, und ich hab ihr erzählt, dass das Haus keine Heizung hat. Dass ich jeden Tag Holz hacken muss. Deswegen die Axt ...« Er seufzte. »Eigentlich sollte ich wegen dieser idiotischen Anschuldigungen beleidigt sein.«

Katharina starrte Franz an. Sie atmete schnell. »Ach ja«, sagte sie und schlang die Arme in den viel zu weiten Jackenärmeln um sich, als wollte sie sich selbst festhalten. »Dann erzählen Sie Ihrem Freund doch von dem nächtlichen Treffen mit Tappeiner im Park.«

Bosch zwinkerte erst Katharina und dann Franz an. Irgendwie hatte er das Gefühl, als hätte das Gespräch der beiden noch einen Hintersinn, den er nicht verstand. Hatte Franz Katharina wirklich mit dieser Axt bedroht, wie sie behauptete? Und was sollte das Gerede über Tappeiner? Er traute Franz alles zu. Trotzdem, wenn Bosch in diesem Moment zwischen beiden wählen müsste, würde er sich nicht für Katharina entscheiden. Sie war ihm unheimlich.

»Was war denn so dringend an Ihren ... geschäftlichen Differenzen, dass sie noch gleich nach der Oper im Hellbrunner Park besprochen werden mussten?« Katharina trat einen Schritt auf Franz zu. »Soll ich's Hans verraten? Es ging um die Fälschung, stimmt's? Um die Madonna bei Wüsthofen.«

»Was hat denn das alles zu bedeuten?«, sagte Bosch, wurde jedoch von Katharina mit einer ungeduldigen Handbewegung zum Schweigen gebracht.

»Dein feiner Freund hier war im Park dabei, als Tappeiner zwischen die Karpfen gefallen ist. Und er hat ihn einfach ersaufen lassen.« Katharina deutete auf Franz. »Wollte er nicht mehr mitmachen? Drohte die ganze Sache aufzufliegen – wegen der Erpressung? Musste er deshalb sterben?«

Franz' Lodenumhang hatte sich einen Spalt geöffnet. Aus dem von Hirschhornknöpfen gesäumten Dunkel tauchte seine Hand auf. Er fasste nach dem Kragen und schloss ihn fest um seinen Hals. Katharinas Mundwinkel zuckten.

»Du warst mit Tappeiner im Park, als er ertrunken ist?«, fragte Bosch.

»Ja, ich war im Park, verdammt!«, fauchte Franz und umklammerte seinen Hals. »Er ist ausgerutscht und ertrunken, der Idiot, das war's.«

»Das war's«, wiederholte Bosch mechanisch. Das war also der Tod eines Menschen. Zwei kurze Worte.

»Und Salchenegger?«, fragte Katharina.

Vom Himmel ertönte ein lang gezogener Schrei, und Bosch zuckte zusammen. Ein Mäusebussard nutzte das letzte Licht des Tages für die abendliche Jagd. Sein Schatten glitt in weiten Kreisen über den Holzplatz. Hoch über dem Hackstock mit der Axt verharrte der Vogel mit rüttelnden Flügeln.

Bosch räusperte sich. »Salchenegger ist an einer Pilzvergiftung gestorben«, sagte er. Er hörte selbst, wie belegt seine Stimme klang, konnte aber nichts dagegen tun. »Die Pilze waren ein Geschenk der Nachbarn. Hat mir Michi erzählt. Das ist seine Tochter.«

Franz ließ den Kragen los, stieß die Luft aus und fing an zu lachen. Er wedelte mit den Armen, was seinen Lodenumhang in rhythmische Bewegung versetzte und ihn dem Bussard ähnlich machte.

Eine Krähe flatterte mit wildem Gezeter direkt auf den Raubvogel zu, der noch immer Rufe ausstoßend seine Runden zog. Für einen Augenblick sah es aus, als würde der Bussard sich auf den schwarz gefiederten Kontrahenten stürzen, doch dann strich er unter schrillen Schreien in Richtung des Untersbergs ab. Bosch bewunderte den Mut der Krähe, die ungelenk ein Stück hinter dem stärkeren Vogel herflatterte, ehe sie zwischen den Baumwipfeln verschwand.

»Aber du hast schon recht, Katharina«, fuhr er leise fort. »Er steckt bis zum Hals in dem dreckigen Geschäft. Er ist der Fälscher.« Bosch fühlte keine Genugtuung. Der stolze Raubvogel war besiegt. Aber er selbst war in diesem Spiel halt nur die Krähe.

»Ich?«, fragte Franz. »Aber, Hieronimo, ich doch nicht. Ich bin Künstler. Ich hab's nicht nötig, irgendwas nachzuahmen.« Natürlich, für Franz war er immer schon die Krähe gewesen. »Im Gegensatz zu gewissen Anwesenden hier.«

Der Mäusebussard war nur noch als schwarzer Punkt am Horizont auszumachen. Die Krähe war nicht mehr zu sehen.

»Mir kam schon die Madonna bei Wüsthofen so bekannt vor«, sagte er. »Und heute hat mir ein gewisser Professor De Luca deine Valentin-Kopie gebracht. Unverkennbar deine Arbeit, Franz.«

Franz war damit beschäftigt, mit der Fußspitze die Holzstücke am Boden herumzuschieben.

»Was den Ausdruck von Händen angeht, macht dir keiner was vor. Das hätte mir schon bei Wüsthofens Madonna auffallen müssen. Pacher!«

Franz schien ihm kaum zuzuhören. Er hob etwas auf. Bosch erkannte erst, was es war, als Franz das Ding zwischen den Fingern drehte. Es war eine Wurzel, die sich an beiden Enden teilte und an eine Puppe erinnerte. Katharina räusperte sich.

»Wenn du nur eine Kopie angefertigt hättest, wär ich dir

vielleicht gar nicht auf die Schliche gekommen. Aber du musstest deinen Imitaten ja auch noch deine persönliche Handschrift geben.«

Eine Alraune. Die Holzfigur, die Franz in der Hand hatte, war eine Alraune. Bosch wusste, dass Alraunen etwas bedeuteten. Aber verhießen sie nun Glück oder Unglück? »Deine Eitelkeit hat dich verraten«, sagte er.

Franz spielte immer noch mit der kleinen Wurzelfigur herum. »Was – verraten?«, brummte er und rieb mit dem Daumen über das nasse Holz.

»Du bist der Fälscher, Franz.«

»Der Fälscher!« Franz drehte sich zum Tal um. »Dass ich nicht lache.« Er schleuderte die Wurzel über die Böschung in die Stadt hinab. Für ein paar Sekunden hing die Figur über dem Horizont, ehe sie endgültig abstürzte.

»Ich bin kein Fälscher.« Franz senkte die Stimme auf dem letzten Wort. »Ich schaffe Kunstwerke. Echte! Wer meine Arbeiten kauft, wird nicht betrogen.«

»De Luca wurde betrogen«, sagte Bosch. »Sein Valentin ist eine Kopie und steht auf meinem Schreibtisch. Das Original steht bei dir.«

»Was? Noch eine Kopie?«, rief Katharina. Ihr Ton war der gleiche, wie auf der Autofahrt nach ihrem Besuch bei Wüsthofen. Erst jetzt fiel Bosch auf, dass Katharina keine Schuhe anhatte.

»Quatsch«, entgegnete Franz. »Der Valentin war eine Art Honorar. Was weiß ich, woher ihn Matteo hatte. Keine Ahnung, was der sonst noch für Geschäfte gemacht hat.« Er rieb die Finger aneinander, als würde er Geld zählen. »Und was deine persönliche Handschrift betrifft, mein lieber Hieronimo, das wirst du mir erst mal beweisen müssen.« Er drehte seine kräftigen Hände hin und her. »Vielleicht tragen diese so angeblichen Fälschungen ja auch deine Handschrift? In fremden Handschriften bist *du* doch der große Meister, oder nicht?« Er lachte kurz auf.

Bosch wandte sich um. Jenseits des Tales erhob sich der Untersberg. Seine steinernen Hänge leuchteten ziegelrot im Abendlicht. Aber in den Felsspalten lagen schon Schatten. Er schaute auf die von den letzten Sonnenstrahlen noch goldüberglänzten Dächer Salzburgs hinab. Darunter saßen jetzt die braven Städter beim Abendessen und genossen den Feierabend. Aber ihn hatte diese bürgerliche Idylle nie gereizt, genauso wenig wie Franz.

»Hobbyschnüffler«, sagte Franz.

Bosch vernahm es nur am Rande.

»Und was ist mit der Erpressung?«, fragte Katharina. »Ich habe den Erpresserbrief ... und den Erpresser!«

»Wen?« Bosch drehte sich zu ihr um. Hinter sich konnte er noch leise den Stadtlärm hören, der aus dem Tal heraufstieg. Katharinas Augen wirkten fast schwarz in dem weißen Gesicht. Ihr Hals ragte dünn und nackt aus dem weiten Kragen der zu großen Wachsjacke heraus, was ihr ein wenig das Aussehen eines Geiers verlieh. Und warum trug sie keine Schuhe?

»Den Studenten«, sagte Katharina. »Diesen Sebastian Michalek, der gestern in der Uni die Treppe runtergefallen ist. Ich hab ihn im Krankenhaus besucht.« Sie fuhr mit dem langen Ärmel gerade durch die Luft, als wollte sie etwas durchschneiden. »Er hat alles gestanden.«

»Wer?«, fragte Bosch. »Sebastian Michalek?«

Katharina nickte wortlos.

Franz zog eine Augenbraue hoch. »Wer soll das sein? Und worum geht's hier?«

»Die Madonna stammt aus dem Herrgottschnitzerladen seines Großvaters in Oberammergau.«

Wovon redete Katharina? Franz war der Fälscher, und Wüsthofen hatte seine Madonna von Tappeiner. Das war's.

»Verstehe«, sagte Franz. »Hieronimo, du Meisterdetektiv. Da hast du deine Fälscherwerkstatt. Ein Herrgottschnitzer in Oberammergau, dass ich nicht lache.« Er lachte. »Dein Prof ist einfach ins nächste Geschäft marschiert. Eine Fälschung bitte, und packen Sie sie mir gut ein. Matteo hatte also doch nichts damit zu tun, hm?« Franz wurde ernst. »Und ich auch nicht, kapiert?«

Katharina schüttelte den Kopf. »Ich denke, Tappeiner hat die Figur gekauft. Aber Salchenegger hat sie mit einem falschen Gutachten versehen.« Sie verzog den Mund. »Und unser Maestro hier war der Herrgottschnitzer, dein honoriger Professor der falsche Gutachter und Salzburgs bekanntester Galerist der Hehler.«

Franz stand unbewegt neben dem Hackklotz. Ein Muskelzucken auf seiner Wange war die einzige Gefühlsregung, die Bosch erkennen konnte. Doch dieses Zucken kannte er. Es ging immer einem von Franz' Gefühlsausbrüchen voraus.

»Alles wäre wunderbar gelaufen«, fuhr Katharina fort, »wenn nicht dieser dumme Junge beschlossen hätte, sich ein paar Vorteile zu verschaffen und seinen Professor zu erpressen. Wegen deiner Stelle übrigens, Hans.« Bosch hatte den Eindruck, als könnte sie das nicht verstehen. »Tappeiner hätte doch nie seine Galerie aufs Spiel gesetzt, der wollte also aussteigen. Für ihn war der Handel mit den Heiligen ohnehin nicht mehr als ein willkommenes Zubrot. Aber für Sie, Maestro? Sie hätten bis zum Sankt Nimmerleinstag weitergeschnitzt. Und warum nicht das Geschäft allein machen? Nur – dafür musste Ihr Freund und Entdecker verschwinden.« Sie fuhr sich mit dem Zeigefinger quer über den Hals. Franz zog den Kopf ein. »Und wenn Salchenegger nicht gestorben wäre, wer weiß?«

Bosch wandte sich von den beiden ab. Vor ihm erhob sich der dunkle, regennasse Wald. Ein leiser Luftzug wehte den Geruch nach feuchter Erde und modrigem Laub über den Holzplatz. Wieder tauchten die Bilder vor ihm auf, die er so lange verdrängt hatte. Die Stunden in staubigen Lesesälen. Die Berge von wissenschaftlichem Material, gesichtet, geordnet und analysiert, doch die am Ende natürlich unter Salcheneggers Namen publiziert wurden. Und doch hätte er alles für seinen Professor getan. Er räusperte sich.

»Ich habe Salchenegger wohl … nicht gut genug gekannt«, sagte er leise. »Und du bist eine falsche Schlange, Franz.«

Franz zog scharf die Luft ein. »Geh mir endlich aus den Augen, Hieronimo«, zischte er. »Seit Jahren verfolgst du mich mit deiner Eifersucht. Ja, schau nicht so! Meinst du, ich hätte nicht bemerkt, dass du mir jeden meiner Erfolge missgönnst? Aber dass du so weit gehst, hätte ich nie von dir erwartet. Ihr könnt mir nichts, aber schon gar nichts, beweisen!« Er warf den Kopf zurück, drehte sich um und überquerte mit großen Schritten den Holzplatz. Gefährlich nahe am Abgrund, fand Bosch, blieb er stehen und spreizte die Arme ab, sodass sich sein Lodenumhang entfaltete und ihn wie ein grüner Königsmantel umgab, die schwarzen Locken übergossen vom goldenen Licht der Abendsonne. Franz war schon immer ein Meister der Pose gewesen.

Bosch warf Katharina einen resignierten Blick zu, den diese mit einem Schulterzucken erwiderte. Dann ging er langsam zu Franz hinüber und stellte sich neben ihn. Der Untersberg leuchtete jetzt in einem tiefen Weinrot. Die Schatten hatten ihre taubenblaue Farbe verloren, waren zu einem zarten Grau verblasst, als wäre sie von einem Löschblatt aufgesogen worden. Er spürte, dass Franz ihn aus den Augenwinkeln musterte und senkte sein Gesicht auf das kleine Salzburg unter ihnen, das wie in einem Kessel eingeschlossen lag, bedrängt von den umliegenden Bergen.

Aus den Tiefen der Altstadt meinte Bosch, den hohlen Klang von Glocken aufsteigen zu hören. Die Salzach schimmerte weißlich im Abendlicht wie ein knöchernes Rückgrat. Schmale Straßen und Gassen zweigten zu beiden Seiten wie Rippenbögen ab und führten in die barock verschnörkelte Altstadt. Bosch konnte die plumpe grüne Kuppel des Domes ausmachen, den schwefelfarbenen Residenzplatz und das Brunnenoval mit den körperlosen Pferdeköpfen. Das alte Universitätsgebäude mit seinen kleinen Fenstern und seinen muffigen Hörsälen, in denen er schon bald wieder vor der gesichtslosen Masse unverständiger Studenten stehen würde.

Er spürte den leichten Windhauch einer Bewegung. Vielleicht war es auch das raue Reiben des schweren Umhangs, das ihn aus seinen Gedanken riss. Franz war ein Stück näher gekommen. Seite an Seite schauten sie auf Salzburg hinab.

»Dieses katholische Spießernest wird mir nicht fehlen. Diese Stadt erstickt sowieso jede Kreativität.«

Bosch presste die Lippen zusammen. »Tappeiner hatte mir auch einen Vertrag angeboten.«

»Weiß ich doch.« Franz nickte. »Aber er hat ihn nie unterschrieben.«

Bosch schwieg.

»Ich hätte dir die Unterschrift verschaffen können«, sagte Franz leise. »Aber das wollte ich nicht.«

Bosch zwinkerte seinen Freund durch die dicken Brillengläser an. Auch wenn er die Worte akustisch verstanden hatte, war er sich ihrer Bedeutung nicht ganz sicher.

»W… was?«, fragte er.

»Es kann immer nur einen einzigen aufgehenden Stern am Kunsthimmel geben«, sagte Franz.

»Wa… wie …?«

Franz lachte leise und verlagerte sein Gewicht ein wenig. Die Holzstücke unter seinen Füßen knirschten.

»Aber … aber *ich* habe dich Tappeiner vorgestellt. Ohne mich wärst du nichts, Franz.« Boschs Stimme verhallte schrill in der Abenddämmerung. Er hatte doch Tappeiner kennengelernt und ihm seine Bilder vorgestellt. Und ihm seinen Freund empfohlen. »Warum, Franz? Wir hätten doch beide …«

»Wir beide? Nie im Leben.« Franz schüttelte heftig den Kopf. »Deine bunten Höllenvisionen, der ganze mittelalterliche Schwulst. Du wolltest doch immer mehr sein als ein zweiter Hieronymus Bosch, Hans. Oder etwa nicht?« Seine Augen glitzerten unter halb geschlossenen Lidern, und mehr denn je erinnerte er Bosch an eine Schlange. »Aber es gibt immer nur einen Star. Und Matteo hat das sofort kapiert.« Franz schwieg kurz, als bereite er sich auf den letzten, den tödlichen Streich vor. Er beugte sich zu Bosch hinüber, und Bosch musste genau hinhören, denn Franz' Stimme war kaum mehr als ein Raunen. »Weißt du, du bist wirklich gut. Als Maler, meine ich. Und ich wollte keine Konkurrenz. Aber das nur unter uns.« Mit einem Lächeln richtete sich Franz wieder auf.

Bosch war wie gelähmt. Er wollte sich zu Katharina umdrehen, aber sein Körper gehorchte ihm nicht. Der runde Holzplatz schien sich in eine Drehscheibe zu verwandeln, die Welt um ihn rotierte immer schneller. Franz war sein Freund. Er hatte Franz geholfen. Franz hatte ihn verraten. Er presste die Handflächen an seine Schläfen, wie um sich von dem Schwindel zu befreien, der ihn in den Abgrund ziehen wollte.

Franz breitete vor der Kulisse der leuchtenden Stadt theatralisch die Arme aus, als wollte er sich für einen Applaus bedanken. Die weiten Stoffbahnen seines Umhanges umwehten ihn wie Fledermausflügel. Als hätte Franz Johann Schwarzenberger alle Macht, sich über die Welt zu erheben und davonzufliegen in das Licht eines künstlerischen Olymps. Und zurück auf der Erde blieb Hans Bosch, klein und unbedeutend wie ein zertretenes Insekt.

Bosch fühlte, wie seine Knie zitterten. Wo wäre er heute ohne diesen Verrat? All die Jahre, die er im Hörsaal gestanden und jede freie Minute vor der Staffelei verbracht hatte. Die quälenden Selbstzweifel nach Tappeiners Absage hatten ihn fast zerbrochen. Dabei hätte er heute ein anerkannter Maler sein können. So wie Franz. Vielleicht würde er ja noch die Kraft zu einem neuen Versuch finden. Aber lange Jahre seiner Lebenszeit waren unwiederbringlich verloren. Und er selbst hatte Franz, diese Schlange, Tappeiner zugeführt.

Bosch ballte die Fäuste und machte einen Schritt auf Franz zu. Der schreckte zurück und verlor das Gleichgewicht. Seine hünenhafte Gestalt schwankte vor dem Abgrund. Mit den Stiefeln suchte er vergeblich Halt auf den nassen Holzstücken. Er reckte seine kräftigen Hände Bosch entgegen.

Im Bruchteil einer Sekunde begriff Bosch. Schnell brachte er sich aus der Reichweite der Arme. Der Kragen des Lodenumhangs öffnete sich und entblößte Franz muskulösen Hals. Bosch konnte das Pulsieren der Schlagader sehen. Franz riss die Augen auf, ehe er sich, einem Raubvogel gleich, auf die Zehenspitzen erhob, seinen Körper streckte und das Gesicht dem Himmel zuwandte.

Doch er schwang sich nicht in die Lüfte. Sein Körper bog sich zurück, Franz stürzte über den Rand des Abhangs in die Tiefe. Sein gellender Schrei wurde von den Felswänden vielfach zurückgeworfen, ehe er abrupt verstummte.

Katharina schrie auf. Mit einem Mal stand sie neben ihm. Doch Bosch drehte sich nicht um. Auf einem Felsvorsprung konnte er gerade noch einen schwarzen Punkt ausmachen. Wenn die Sonne versank, würde er mit seinem Untergrund ganz verschmelzen und unsichtbar werden.

»Kannst du ihn sehen?« Katharina zitterte leicht. In der Hand hielt sie ein Paar hochhackiger Schuhe.

»Er hätte mich mitgerissen«, sagte er leise.

»Klar«, sagte sie nur.

Ein Käuzchen schrie, und aus der Stadt stieg leise das Rauschen des Abendverkehrs herauf.

»Meinst du, er ist tot?« Professionelles Interesse lag in Katharinas Stimme, jedoch kein Mitgefühl. »So einen Sturz überlebt niemand, oder?«

Bosch schüttelte langsam den Kopf und seufzte. »Ich fürchte, nein.«

An der Stelle, wo Franz eben noch gestanden hatte, lag loses Geröll, dort, wo die nasse Erde bei seinem Sturz nachgegeben hatte. Eine kühle Brise brachte den Geruch von frischem Gras und modrigem Laub vom Tal herauf. Der schwarze Punkt war kaum noch zu sehen. Bosch horchte in sich hinein, um möglicher Trauer nachzuspüren. Aber er fühlte nichts.

»Hast du dein Handy da?«

»Was?« Er drehte sich um.

Katharina schwenkte ihre Schuhe hin und her. »Dein Handy?«

»Ich hab überhaupt kein Handy. Warum?«

»Mist.« Sie schüttelte den Kopf. »Meins ist kaputt.«

»Du willst die Rettung rufen?«

»Quatsch! Ich brauche meinen Fotografen.« Sie drehte sich

halb zum Wald um. »Ich lauf schnell zurück ins Haus. Vielleicht kann ich von da telefonieren.«

Bosch schaute ihr zu, wie sie ihre bloßen Füße vorsichtig auf die Holzstücke setzte. Am Waldrand bückte sie sich, putzte sich die Fußsohlen mit der Hand ab und schlüpfte in ihre Schuhe. Kurz darauf war sie auf dem schmalen Pfad, der sich zwischen den Bäumen verlor, verschwunden. Er schaute zum Himmel hinauf, wo die gelben und orangefarbenen Wolken miteinander verschwammen, als hätte ein Maler sie mit seinem Lappen verwischt. Dann hörte er wieder die Glocken im Tal, als trauere Salzburg bereits um seinen berühmten Sohn. Bosch fühlte noch immer keine Trauer, sondern eher etwas wie Frieden. Nur Trakl konnte dieser besonderen Stimmung gerecht werden.

»Am Abend war der Himmel verhangen«, murmelte Bosch, »und durch den Hain voll Schweigen und Trauer, fuhr ein dunkelgoldener Schauer. Ferne Abendgeläute verklangen …«

NEUNZEHN

Bosch trat auf die Pfeifergasse hinaus, zu deren beiden Seiten sich der frisch gefallene Schnee häufte. Die Hände tief in den Taschen seines Lammfellmantels vergraben, stapfte er in Richtung Mozartplatz. Schon vom Café Glockenspiel aus konnte er die ersten Holzbuden des Christkindlmarktes auf dem Residenzplatz sehen. Wie jedes Jahr sang der Kinderchor vor dem Dom das Lied von der Stillen Nacht. Ein verführerischer Duft nach Glühwein und frischem Gebäck lag in der Luft. Doch an diesem Abend widerstand Bosch den in Schmalz gebackenen Bauernkrapfen mit Sauerkraut und bog nach rechts in die Goldgasse ein.

Zum Glück hatte es aufgehört zu schneien, und am dunklen Dezemberhimmel zeigten sich die ersten Sterne. Der Schnee dämpfte seine Schritte und hier, abseits des großen Platzes, schien die Stadt wie in tiefem Schlaf versunken. Die schmiedeeisernen Laternen beleuchteten menschenleere Gassen.

Doch dann wurde die Stille von dem Geläut von Kuhglocken und dem blechernen Scheppern von Schellen durchbrochen. Schnell schaute Bosch sich um, aber schon bog eine Bande dunkler Gestalten um die Ecke zum Alten Markt. Rasch drückte er sich in den nächsten Torbogen und verbarg seine Leibesfülle, so gut es ging, in dessen Schatten. Gleich darauf zog die Horde, schwarze und weiße zottelige Gesellen mit geschnitzten roten Teufelsfratzen und langen Hörnern, an ihm vorbei. Um die Mitte trugen sie breite Gürtel, an denen Glocken hingen, die bei jedem ihrer stampfenden Schritte einen Höllenlärm machten. In den Händen hielten sie Ruten und Kuhschwänze, mit denen sie die frostige Luft peitschten.

Der finstere Spuk zog so dicht an Bosch vorbei, dass er den keuchenden Atem der Männer unter den schweren Kostümen hören konnte. Es war der 5. Dezember, Krampustag. Noch drei Wochen bis Weihnachten, dann war der Spuk vorbei. Er trat aus dem Torbogen und sah den teuflischen Gestalten nach, die nun vor ihm Ruten schwingend auf den Christkindlmarkt zustürmten.

Bosch setzte seinen Weg fort. Bald hörte er wieder nur noch das leise Knirschen des Schnees unter seinen Schuhen. Weihnachten. Bosch spürte ein Ziehen in der Brust. Wahrscheinlich war wieder seine übliche Feiertagserkältung im Anzug.

Die Weihnachtskarte seiner Mutter lag bereits auf seinem Schreibtisch. Damit sie alle ehemaligen und zukünftigen Hotelgäste nur ja rechtzeitig in Händen hielten. Wie jedes Jahr war es eine geschmackvolle Aufnahme des tief verschneiten Enzianhofs, mit aufgedruckten frohen Weihnachtswünschen. Immerhin war die Karte mit einem handschriftlichen Gruß versehen. Aber wahrscheinlich bekamen Stammgäste den auch.

Bosch bog in die Getreidegasse ein. Vor der »Goldenen Gams« klopfte er sich den Schnee von den Schuhen, ehe er die schwere Tür aufdrückte und die Treppe hinaufstieg. Oben im ersten Stock musste sich Bosch erst einmal die beschlagenen Brillengläser putzen. Dann entdeckte er den Maître de Salle. Er sprach mit einem Paar in Pelzmänteln. Als er Bosch bemerkte, winkte er sofort einen Kellner herbei, nickte den beiden noch schnell zu und kam zu Bosch herüber.

»Herr Doktor, schön Sie mal wieder bei uns zu sehen.« Er lächelte warm und drückte Bosch die Hand, als wären sie alte Bekannte. »Frau Morstein hat gerade für Sie angerufen. Sie wird sich ein paar Minuten verspäten.« Er machte ein Zeichen. »Julia!«

Ein junges Mädchen im grauen Kostüm, das an der Wand gestanden hatte, kam und nahm Bosch den Mantel ab, ehe ein Kellner ihm bedeutete, ihm zu folgen.

Das Restaurant war voll besetzt. Alle Tische waren mit roten Kerzen und Tannengrün dekoriert. An einem Klavier an der Wand saß ein älterer Mann im Trachtenjanker und spielte leise klassische Musik. Der Kellner führte Bosch zu einem Tisch am Fenster, der für zwei Personen gedeckt war.

»Vielleicht schon einen Aperitif, Herr Doktor?«, fragte er, als Bosch Platz genommen hatte. »Ein Glas Champagner, vielleicht? Oder ein Bier?«

Aber Bosch beschloss, auf Katharina zu warten. Der Kellner trat vom Tisch an die mit rotem Samt bezogene Wand zurück. Bosch nahm die zu einem steifen Stern gefaltete Serviette und legte sie neben den silbernen Platzteller. Mitten auf dem Tisch brannte eine dicke rote Kerze, die aus einem mit Weihnachtskeksen geschmückten Tannengesteck ragte. Der Klavierspieler spielte Mozart, und am Nachbartisch erklang das zu laute Lachen einer sehr schlanken blonden Frau. Sie war erheblich jünger als der Mann, der ihr mit gelangweilter Miene gegenübersaß. Riesige goldene Ringe schaukelten an ihren Ohrläppchen, wenn sie den Kopf bewegte. Wahrscheinlich die Tochter.

Über der Kollegienkirche war inzwischen ein winterlicher Vollmond aufgegangen. Kleine Wolken schwebten wie silbergesäumte Fabelwesen über der Dachkuppel, als tanzten sie einen Hexenreigen. Vor Boschs innerem Auge nahmen sie Farbe und Gestalt an. Wolkenpferde mit koboldhaften Reitern bäumten sich auf, schwangen sich in die Lüfte und zerflossen zu zarten Gespinsten, die an dem Wintermond vorbeizogen. Bosch wusste genau, in welchen Farben er das Spiel am Himmel auf der Leinwand umsetzen würde. Aber seit fast einem halben Jahr hatte er keinen Pinsel mehr angerührt. Er presste die Lippen zusammen.

»Entschuldige meine Verspätung.« Katharina stand neben dem Tisch, und Bosch erhob sich rasch.

»Von St. Wolfgang bis Salzburg hinein Schneefahrbahn, ich kann dir sagen … na, ja.«

Sie hauchte ihm auf beide Wangen einen Kuss. Ein Duft, der Bosch an den Geruch auf einem Weihnachtsmarkt erinnerte, umgab sie, und ihre Haut, mit der sie sein Gesicht berührte, war so weich wie Seide. Mit einem Seufzer ließ sich Katharina auf den freien Stuhl fallen und schenkte ihm ihr strahlendes Lächeln.

»Zwei Gläser Champagner«, sagte sie zu dem Kellner, der ihr den Stuhl zurechtgerückt hatte und sich nun mit einer höflichen Verneigung entfernte. Katharina griff nach Boschs Hand. »Alter Freund. Schön, dich zu sehen.«

Bosch zuckte zusammen, machte aber keinen Versuch, seine Hand aus der Umklammerung zu lösen. Er hatte Katharina seit Monaten nicht gesehen und mehr vermisst, als er es sich hätte vorstellen können.

»Champagner?«, fragte er. Er hoffte, dass sie ihm die letzte Zeit nicht ansah. Die schlaflosen Nächte vor der Staffelei, in denen er den Pinsel zur Hand nahm und wieder weglegte. Die Tage, an denen er übermüdet vor seinen Studenten stand und doch seine Vorlesung halten musste. Der neue Institutsvorstand, dem er aus dem Weg ging. Jetzt, wo Katharina wieder da war, konnte er sich eingestehen, wie einsam er war.

»Ich kann's mir jetzt ja leisten«, sagte Katharina und zog ihre Hand zurück.

Boschs Hand wurde kalt. »Ja, natürlich.«

Katharina schien noch schmaler geworden zu sein. Ihr Haar war länger als im Sommer und fiel ihr in glänzenden Locken auf die Schultern. Tizianrot waren sie, was ihn als Haarfarbe aber irritierte. Der scharfe Kontrast zu ihrer tannengrünen Samtjacke schmerzte Bosch. Sie erinnerte ihn etwas an einen Weihnachtswichtel.

Katharina grüßte den Mann mit der Tochter am Nebentisch. Dann beugte sie sich etwas zu Bosch vor. »Der Herr Hofrat«, murmelte sie. »Seine Begleiterinnen werden auch immer jünger.«

Bosch schaute zu dem Paar hinüber, bis die junge Frau den Kopf zu ihm wandte, und er schnell wegsah.

Der Kellner brachte die Champagnerkelche und überreichte ihnen zwei aufgeklappte Speisekarten.

»Auf unser Wiedersehen.« Katharina hob ihr Glas.

Bosch erwiderte den Trinkspruch und vertiefte sich dann in seine Karte. »Keine Termine heute Abend?«, fragte er, als sie ihr Essen bestellt hatten.

»Kein Einziger.« Sie breitete die Hände aus. »Heute bin ich nur für dich da.«

Bosch tippte mit dem Zeigefinger gegen das Tischgesteck. Die Flamme der Kerze flackerte, sank in sich zusammen und drohte zu verlöschen. Hastig zog er seine Hand zurück.

»Ich mache gerade eine Story über den Salzburger Advent.« Sie deutete auf die Kerze, die wieder stetig brannte. »Wir berichten von alten Weihnachtsbräuchen in den Bergen, besuchen eine Rotwildfütterung im Salzkammergut. Morgen Abend sind wir beim Adventssingen im Festspielhaus. Und heute Nachmittag habe ich mit Hubert Bilder vom barocken Christkindlmarkt am Wolfgangsee gemacht.« Sie seufzte, doch Bosch ließ sich nicht täuschen. Er wusste, wie sehr sie ihren Job liebte. »Ich hab mich breitschlagen lassen, Hubert mit nach Hamburg zu nehmen.«

»Aha.« Bosch nahm eine kleine Brezel aus dem silbergeflochtenen Korb. Er hatte nicht verstanden, warum sie ihre gute Position bei der Zeitung aufgegeben hatte, um zu irgendeiner Zeitschrift zu gehen, von der er noch nie gehört hatte. »Wie ist's denn so im hohen Norden?«

Katharina rümpfte die Nase. »Kalt, windig und nass. Aber die Hamburger unterscheiden sich gar nicht so sehr von den Salzburgern.«

»Das tut mir leid.« Bosch leerte sein Champagnerglas in einem Zug. Langsam bekam er Hunger. Das war ihm lange nicht mehr passiert, und er führte dieses vertraute Gefühl auf ihre Gegenwart zurück.

Katharina lachte. »Aber der Job ist klasse.«

Bosch zuckte mit den Schultern und biss in seine Brezel.

»Jedenfalls kein Provinzblatt«, fuhr sie fort. »Wir berichten aus der großen Welt der Schönen und Reichen, aber eben nicht nur. Architektur, Reisen und Kultur gehören auch dazu.«

Bosch nickte mit vollem Mund. Mehr als Höflichkeit brachte er für dieses Thema beim besten Willen nicht auf. Er verstand sowieso nicht, warum sich irgendwer für die Privatangelegenheiten anderer Leute interessieren sollte. Und darum ging es ja bei Katharinas Arbeit, wenn er das richtig verstanden hatte.

»Unsere Leserschicht ist natürlich international. Interessiert sich nicht nur für die Eröffnung eines neuen Friseursalons oder irgendeiner Provinzgalerie.« Sie machte eine Kopfbewegung in Richtung des Fensters, hinter dem die prachtvolle Kirchenfassade hell angeleuchtet erstrahlte. »Oder für die Weihnachtsworte des Herrn Erzbischof. Du kannst uns am Hotelkiosk in Bali oder St. Moritz kaufen. Vorausgesetzt natürlich, es ist ein gutes Hotel.«

»Natürlich«, sagte Bosch.

Der Kellner kam mit den Getränken und der Suppe. Bosch tauchte den Löffel in die helle Erdäpfelcreme. Sie war heiß und mit Steinpilzen, genau, wie er es liebte. Ein wohliges Gefühl breitete sich in ihm aus. Wie lange hatte ihm die Muße gefehlt, um sein Essen zu genießen. Der einzige Gewinn von dem Fast Food, das er seit Wochen ohne nachzudenken in sich hineinstopfte, waren ein paar zusätzliche Kilos.

»Hübsche Krawatte.«

Er schaute von der Suppe hoch. Katharina war tatsächlich seine neue Krawatte aufgefallen.

»Hermès?«

»Was?« Er sah hinunter zu der gelben Seidenkrawatte. »Äh, ja, vielleicht. War ein Geschenk.« Sollte er sagen, dass ihm seine Mutter seit Jahren immer nur Krawatten zu Weihnachten schenkte?

Katharina lächelte und nippte wieder am Champagner. »So was hab ich mir schon gedacht.« Sie ringelte eine Locke um ihren Zeigefinger. Wie die junge Frau am Nebentisch trug sie auch Ohrringe, aber es waren kleine blutrote Granate, die im Kerzenlicht funkelten. »Ich habe mehrmals versucht, dich zu erreichen. Wieso rufst du eigentlich nie zurück?«

Bosch legte den Löffel auf den halb leeren Suppenteller. »Hm?«

»Ich habe dir auch den Artikel damals geschickt. ›Kunst und Künstler oder der Tod zu Salzburg.‹ Was hältst du von dem Titel?« Die Frage klang so rhetorisch, dass Bosch sich eine Antwort schenkte. »Nicht schlecht, was?«

Bosch löffelte weiter seine Suppe.

»Was ist denn mit dir los? Freust du dich denn gar nicht über unser Wiedersehen?«

Bosch griff nach dem Wein und schwenkte das bauchige Glas. Der tiefrote Zweigelt erglühte im Kerzenschein. Der Umschlag aus Hamburg hatte ihn erreicht, als er gerade wieder einmal versucht hatte, zu malen. Seit Monaten wollte ihm kein Bild gelingen, und in seiner Verzweiflung war er nahe daran gewesen, sein Versagen einem Fluch von Franz zuzuschreiben. Und dann auf einmal der Artikel, geradezu wie ein Gruß von ihm. Er kannte niemanden, mit dem er über seine Ängste reden konnte. Aber Katharina würde ihn verstehen.

»Ich hab den Artikel gelesen. Wirklich gut. Aber warum hast du die Sache damals nicht auffliegen lassen?«

Katharina schürzte die Lippen. »Wie meinst du das?«

»Na, wenn ich mich recht erinnere, wolltest du doch die ganz große Story. Deinen Einstand als Enthüllungsjournalistin.« Seriöse Journalistin wollte er nicht sagen, um sie nicht zu kränken, aber er meinte es.

»Ach das«, seufzte Katharina und lehnte sich zurück. »Das hatte ich doch schon vorher ad acta gelegt. Weißt du, das bin ich einfach nicht. Enthüllungen schön und gut, eine Politikeraffäre hier, ein Heiratsgerücht da. Aber doch nicht gleich Mord und Totschlag. Und überhaupt – vielleicht war ja gar nichts dran.«

»Nichts dran?« Das konnte doch nicht ihr Ernst sein. »Und die Fälschungen, die Erpressung? Und der …« Er schluckte. »Der Sturz?«

»Der was?« Katharina wirkte überrascht. »Ach so, ja … Schwarzenberger.« Sie zuckte die Schultern. »Das war ein Unfall.«

»Ich hätte ihn retten können«, sagte Bosch leise. Wie oft hatte er darüber nachgedacht. Er war gekränkt gewesen, er hatte Franz' Notlage erkannt, und er war ihm ausgewichen. War er nun ein Mörder?

»Was? Du?« Katharina lachte so laut auf, dass die Blondine vom Nachbartisch zu ihnen herübersah. »Ich bitte dich, Hans, Schwarzenberger hat gut zwei Zentner gewogen.«

»Die wiege ich auch.« Bosch starrte auf seinen leeren Suppenteller. »Wenn nicht noch mehr.«

»Aber du bist kein Herkules«, sagte Katharina.

Die Blondine deutete mit der Spitze ihres Messers auf Katharina und redete unter heftigem Ohrringgeschaukel auf ihren Begleiter ein. Der Mann warf einen kurzen Blick auf Katharina und wandte ihr dann hastig wieder den Rücken zu. Hatten sie ihr Gespräch etwa mitgehört?

»Ich hätte es versuchen müssen«, sagte Bosch. Die Meinung der Leute am Nachbartisch war ihm so egal wie die aller anderen Menschen. Bis auf Katharina.

»Ich bin sicher«, sagte Katharina leiser und beugte sich etwas vor, »er hätte dich mitgerissen.«

Bosch schwieg einen Moment. »Vielleicht wollte ich mich ja rächen, was weißt du denn?«

War sie jetzt schockiert? Oder von ihm enttäuscht? Bosch konnte in ihrer Miene keine Ablehnung entdecken.

Die Kerzenflamme flackerte in einem unsichtbaren Windhauch vom Fenster her. »Franz hat mich verfolgt, mein Freund, mein Studienkollege. Tag und Nacht, wie ein Alptraum. Mit seinen wilden Bildern, mit seinem Erfolg. Ich hab ihn bewundert und beneidet ... Und am Ende hab ich ihn wirklich gehasst.«

Man hatte Franz' Leiche erst bei Tagesanbruch gefunden. Die Bergung im steilen Gelände war schwierig gewesen, doch die Obduktion hatte einen solch hohen Alkoholgehalt im Blut ergeben, dass niemand den Unfalltod bezweifelt hatte. Über dem Museum der Moderne hatte tagelang die schwarze Fahne geweht, und die Honoratioren der Stadt hatten sich bei der Beisetzung in Trauerbezeugungen übertrumpft. Bosch mied seither den Weg über den Friedhof von St. Peter.

»Und deshalb hast du ihn nicht gerettet?«, fragte Katharina. »Willst du das damit sagen?« Jetzt wirkte sie doch etwas geschockt. »So ein Quatsch«, sagte sie, aber sie beobachtete ihn über den Rand ihres Glases.

»Glaubst du?« Bosch rang sich zu einem Lächeln durch.

Er starrte in die Tischkerze, deren langer Docht jetzt blakte. Zwei kleine Rauchsäulen stiegen wie Hörner von der züngelnden Flamme auf. »A hare« von Barry Flanagan. Der Hase in der Galerie Tappeiner, den er für den Teufel gehalten hatte. Er hätte die Skulptur als Warnung verstehen und nach Hause gehen sollen. Stattdessen musste er ja unbedingt zusehen, wie Franz sich vor seinem Publikum produzierte. An jenem Abend hatte die Tragödie ihren Anfang genommen. Franz hatte ihm zugewunken und ihn geneckt und genauso wenig wie er selbst erkannt, worauf sie beide zusteuerten.

Der Kellner servierte schwungvoll den Hauptgang. »Einmal das Steak à la minute«, verkündete er und stellte einen überdimensionalen Teller mit großer Geste vor Katharina ab. »Und einmal das Gansl mit Rotkraut und Briocheknöderl. Sehr guten Appetit. Ich bin Florian, wenn die Herrschaften mich brauchen.«

Auf Boschs Teller lag eine fingerlange Scheibe Gänsebrust neben einem Löffel Rotkraut. Und das Knöderl war wirklich ein Knöderl. Er hätte sich einfach auf seine Malerei konzentrieren und es bei einer anderen Galerie versuchen sollen. Vielleicht in Deutschland oder England. Und sich nicht um Franz kümmern.

»Ist etwas nicht in Ordnung?«, fragte Katharina.

»Doch, doch«, sagte Bosch schnell. »Es ist nur ... sehr übersichtlich.«

Katharina lachte und schnitt ein winziges Stück des von einem Petersilienstängel gezierten Rindermedaillons ab. Bosch teilte den Briocheknödel und stocherte ein wenig unschlüssig im Rotkraut herum.

»Ich suche übrigens eine Wohnung in Salzburg.« Katharina stach in den knackigen Salat. »Oder ein Haus.«

»Ja?« Bosch hatte sich inzwischen für den Briocheknödel entschieden.

»Ich war gestern in Aigen und hab mir das Salchenegger-

Haus mal angesehen.« Katharina beschrieb mit ihrer Gabel einen Kreis in der Luft. »Im Garten liegt meterhoch Schnee, und die Wege sind auch nicht geräumt. Es macht einen total verlassenen Eindruck.«

Bosch teilte nun die Gänsebrust sorgsam in drei gleich große Stücke und schob einen der Happen in den Mund. »Du interessierst dich für Salcheneggers Haus?«

»Warum nicht?«, meinte Katharina. »Und wo ich doch jetzt so gut verdiene.« Wenn ihre Klatschgeschichten so viel Geld einbrachten, dass sie ein Haus in Aigen kaufen konnte, war ihre Entscheidung für Hamburg wohl richtig gewesen. »So ein nettes Haus mit Garten. Erst mal als *pied-à-terre*. Und später ziehe ich mich vielleicht dort zurück und schreibe Bücher.« Sie tippte mit dem Zeigefinger auf das Tischtuch, als bearbeite sie eine Schreibmaschine. »Was hältst du davon?«

»Gute Idee.« Bosch stippte die andere Hälfte seines Knödels in die Bratensauce. »Soviel ich weiß, ist Michi nach Wien gezogen und studiert dort. Aber wenn du willst, kann ich ja mal unsere Sekretärin fragen. Die hat bestimmt eine Adresse.«

Katharina schenkte sich Mineralwasser ein. »Du hast keinen Kontakt mehr zu dem Mädel?«

Bosch wollte gerade antworten, da bemerkte er, wie die Blondine vom Nebentisch ihn mit einem strahlenden Lächeln bedachte und sich dabei eine Haarsträhne hinter das Ohr schob. Ihr Begleiter war vollauf mit seinem Essen beschäftigt. Katharina grinste, und Bosch schob das letzte Stück Gänsebrust in den Mund. Die Leute am Nebentisch hatten sich anscheinend nichts zu sagen, wenn sie dauernd zu ihnen herüberstarren mussten. Eigentlich traurig.

»Das Thema Salchenegger ist für mich erledigt.« Er legte das Besteck parallel auf den Teller.

Katharinas grüne Augen funkelten im Kerzenlicht. Der Mann am Nebentisch hob die Hand, und ein Kellner eilte vorbei.

»Salchenegger hat dich sehr enttäuscht, was?«

Katharina wollte einfach nicht lockerlassen. Bosch vermied ihren Blick und schaute zum Fenster hinaus. Draußen hatte sich das Licht verändert. Es war diffuser geworden, und die Fassade der Kollegienkirche schimmerte jetzt grünlich. Er konnte den Mond noch immer wie hinter einem Schleier am Himmel stehen sehen, aber die kleinen Wolken über der Dachkuppel waren verschwunden. Leichter Schneefall hatte eingesetzt.

»Auch«, sagte er schließlich.

»Auch?«

Er wandte sich vom Fenster ab. »Arnulf Salchenegger war ein Freund«, sagte er leise. »Dachte ich zumindest. Das ... hat mich so getroffen. Sein ständiges Lob über meine künstlerische Arbeit. Meine Authentizität! Und immer so, dass ich nicht sicher war, ob er es ernst meinte oder nur höflich sein wollte.« Er schnippte mit den Fingerspitzen ein paar Salzkörner, die von seiner Brezel gefallen waren, über den Tisch. »Dabei hat er genau gewusst, wie gut meine Bilder waren. Er hätte mir helfen können. Aber ich war ja sein Sklave. Habe meine Malerkarriere vernachlässigt und seine Arbeit gemacht, während er von Kunststiftungen träumte und sich mit Gutachten eine goldene Nase verdiente.« Er tupfte einen Brezelkrümel, auf dem noch ein Salzkorn klebte, mit der Fingerkuppe auf und steckte ihn in den Mund. Es schmeckte weniger salzig als bitter.

Der Kellner kam mit einem großen Silbertablett an ihrem Tisch vorüber. Darauf türmten sich drei goldbraune Berge, von Puderzucker überstäubt wie von frisch gefallenem Schnee. Unwiderstehlicher Vanilleduft breitete sich aus. Bosch sah den Salzburger Nockerln nach, die an ihm vorüberschwebten. Er gehörte zu den wenigen Salzburgern, die diese Nockerl liebten oder überhaupt aßen.

»Sag bloß nicht, dass du dieses Zeug magst«, meinte Katharina. »Erzähl mir lieber, wie es mit deinen Bildern vorangeht.«

Darüber wollte Bosch nun wirklich nicht reden. Er versuchte, das Thema mit einem Scherz zu beenden. »Höllenvisionen sind derzeit nicht im Trend.«

»Verstehe.« Sie verzog keine Miene. Sein Witz war offenbar nicht angekommen. »Dann malst du eben mal was anderes. Irgendwas Nettes ... Buntes ...«

»Was Buntes?« Ihm war nicht mehr nach Scherzen zumute. Er produzierte schließlich keine Dekoration, sondern schuf Kunst. Zumindest hatte er es einmal getan.

»Ja, meinetwegen ein Stillleben, einen Blumenstrauß, Ansichten von Salzburg ...« Sie ließ einfach nicht locker. »Du musst deiner Kunst eben eine neue Richtung geben.«

»Ich male nicht mehr«, sagte Bosch leise.

»Was?« Katharina legte eine Hand hinters Ohr, als habe sie ihn schlecht verstanden. »Sag das noch mal.«

»Ich hab mit dem Malen aufgehört, endgültig.« Er fischte einen Zimtstern aus dem mit Keksen geschmückten Adventsgesteck und biss hinein.

»Wünschen die Herrschaften noch Kaffee?« Florian war an ihren Tisch getreten. »Vielleicht ein Blick in die Dessertkarte?«

»Für mich nur Kaffee, bitte«, sagte Katharina.

Bosch schüttelte den Kopf. Kaffee war ihm heute Abend zu bitter. Außerdem würde er dann erst recht nicht schlafen können.

»Was ist eigentlich mit Sebastian Michalek?«, fragte Katharina nach einer Weile. Neben ihnen machte sich das Paar zum Aufbruch bereit.

»Michalek?«, fragte Bosch. »Der hat die Chuzpe gehabt, seine Diplomarbeit bei uns einzureichen.« Er schüttelte den Kopf. »Über Michael Pacher. Kannst du dir das vorstellen? Der traut sich was. Ich hab die Betreuung natürlich abgelehnt. Müller-Troschke wird's wohl machen.«

»Müller-Troschke?«

»Unser neuer Institutsvorstand. Salcheneggers Nachfolger.« Bosch schob sein Weinglas hin und her. »Kommt aus Berlin. Ein sehr fähiger Mann.«

»Was? Ein Mann mit Doppelnamen?«

Das hatte Bosch auch gewundert. In Österreich deutete ein Doppelname zumindest auf eine adelige Herkunft hin. Aber ob das bei Müller-Troschke nun der Fall war? »Schätze, das ist jetzt modern.«

»Du hättest den Posten bekommen sollen«, sagte Katharina, stützte die Ellenbogen auf den Tisch und verschränkte die Hände unter dem Kinn. »Ja, der Meinung bin ich wirklich.«

»Ach was.« Sollte er ihr gestehen, dass er sich nicht einmal beworben hatte? Ihre Anteilnahme rührte ihn. Aber er hasste den akademischen Betrieb nun mal. Er wollte frei, nicht nach Vorlesungsplan, arbeiten und seinen Zugang zur Kunst wiederfinden. Dann würde er auch wieder malen können. Vielleicht sollte er ein Sabbatical-Jahr nehmen. Gleich morgen würde er sich nach der Möglichkeit erkundigen.

Katharina hatte sein langes Schweigen wohl missverstanden. »Weißt du, was du brauchst?«, fragte sie. »Urlaub.«

»Urlaub ...«

Der Pianist spielte jetzt leise Weihnachtslieder in einer modernen Fassung. Bosch mochte eigentlich keinen Jazz. Aber bei Weihnachtsliedern fand er ihn nicht so unpassend. Es klang nicht mehr so süßlich und falsch. Bosch nahm einen Schokoladenkeks und schob ihn in den Mund. Vielleicht sollte er sich höflich verabschieden und heimgehen. Er wollte einfach nicht mehr an all das denken.

»Dass du mit der kleinen Salchenegger keinen Kontakt mehr hast ...?« Katharina hatte ein gewisses Talent für Fettnäpfchen, das musste man ihr lassen. Er hatte ja verstanden, dass Michi nicht auf Dauer in ihrem Elternhaus bleiben wollte. Aber es so schnell zu verkaufen und nach Wien zu ziehen, ohne auch nur Auf Wiedersehen zu sagen? Es kränkte ihn sehr, dass er am Ende doch kein Freund für sie gewesen war. Michi hatte mehr von ihrem Vater, als sie sich wünschen konnte.

»Mit wem? Michi?«

»Ja. Michi.«

»Warum sollte ich?«

»Na ja«, sagte Katharina. »Ich hatte immer das Gefühl, als wäre da ... so ein gewisses Interesse vorhanden.«

»Was?«, sagte Bosch. »Bei wem?« War seine, nun ja ... seine Zuneigung so offensichtlich gewesen? Etwa auch für Michi? Dann hatte er sich auf jeden Fall lächerlich gemacht. Er spürte, wie ihm das Blut in die Wangen stieg, griff schnell nach seinem Rotweinglas und trank einen großen Schluck. Trotzdem, verabschieden hätte sie sich können.

»Jetzt tu mal nicht so.« Katharina deutete mit dem Kinn zu dem Paar hinüber, das gerade zur Tür ging. »So wie du bei Frauen ankommst.«

»Was soll denn das schon wieder heißen?«, fragte Bosch.

Katharina seufzte. »Ich hab heute mit deiner Mutter telefoniert«, sagte sie. »Sie lässt dich grüßen.«

Kannten diese Journalisten denn überhaupt keine Intimsphäre? Bosch nahm sich noch einen Zimtstern. Wenn sich das Gespräch ab jetzt nur noch um sein Privatleben drehte, würde er es beenden. Wahrscheinlich war das bei Katharina eine Berufskrankheit.

»Ich hab ein Zimmer im Enzianhof für die Feiertage festgemacht«, sagte sie und faltete die Hände vor sich auf dem Tisch. »Und eigentlich wollte ich dich fragen, ob du nicht mitfährst. Ich könnte dich am vierundzwanzigsten gegen Mittag mitnehmen.« Sie deutete mit dem Kinn auf den Keks in seiner Hand. »Sag mal, musst du die ganze Dekoration auffressen?«

Bosch legte den Zimtstern auf den Tisch zurück.

»Nichts macht den Kopf so frei, wie ein Winterurlaub in klarer Bergluft«, sagte Katharina. »Und danach gehst du die Sache mit deiner Malerei noch mal ganz von Neuem an.«

»Du verbringst den Heiligen Abend nicht bei deiner Familie?«

»Nie. Warum? Du ja offensichtlich auch nicht.«

Bosch steckte sich nun doch den Zimtstern in den Mund und rieb sich demonstrativ die Krümel von der Handfläche. Dann griff er zu seinem Weinglas. Das Verhältnis zu seiner Mutter und dem Rest der Sippe ging sie nun wirklich nichts an. Und in seinen Weihnachtsplänen war die liebe Familie nicht vorgesehen.

»Fahr doch selbst zu deinen Eltern«, sagte er und hörte sofort, wie grob das klang. »Tut mir leid.«

Ein kleines Lächeln spielte um ihren Mund. »Das geht nicht.«

»Ach, nicht?«

»Nein.« Ihre Lider sanken ein wenig herab, und sie schwieg. Dann hob sie plötzlich den Kopf und sagte: »Die sind tot.«

»Das ... das wusste ich gar nicht.« Bosch hätte sich ohrfeigen können. Im Gegensatz zu ihr hatte er wenigstens Eltern. Zumindest theoretisch. »Ich bin ein Tollpatsch.«

Doch sie lachte nur. »Schon gut, ist lange vorbei. Und mein Ex-Mann feiert mit Gattin und neuem Baby. Bin froh, wenn ich den nicht sehe.«

Sie zeichnete mit ihrem Fingernagel das eingewebte Sternenmuster auf dem Damasttischtuch nach. »Außerdem sind die meisten Leute misstrauisch und wollen lieber nicht beobachtet werden. Von einer Society-Hyäne, meine ich.« Sie tippte seine Hand an. »Aber du hast ja zum Glück keine solchen Berührungsängste.«

Bosch fiel die gedruckte Weihnachtskarte auf seinem Schreibtisch ein. Seine Familie, die ihm zu allen Anlässen schrieb. Das hieß, seine Mutter, denn sein Vater hatte sich seit Jahren nicht mehr bei ihm gemeldet. »Vielleicht sollte ich meinen alten Herrschaften ja wirklich mal wieder einen Besuch abstatten«, meinte er. »Die würden Augen machen. Das auf alle Fälle.«

Katharina beugte sich vor und legte wieder ihre Hand auf seine Hand, die noch immer in der Nähe der Kekse lag. Diesmal zuckte Bosch nicht zurück.

Nach ein paar Sekunden ließ Katharina seine Hand wieder los. »Also, abgemacht, du fährst mit!«

Die Fensterrahmen der »Goldenen Gams« knarrten laut. Draußen trieb der Wind in heftigen Böen wahre Schneemassen vorbei und ließ das Glas in den alten Holzrahmen zittern. Die Kollegienkirche war hinter einer weißen Wand verschwunden.

»Ich bin zu dick für dein Auto«, sagte Bosch.

»Ich hab jetzt einen Range Rover.« Katharina hob ein wenig die Arme links und rechts ihres Körpers. »Mit so breiten Sitzen.«

»Für die Bergstraßen in Hamburg, was?« Bosch grinste. Nur fürs Flachland hatte sie sich den Geländewagen wohl nicht gekauft.

»Ganz genau.«

Jetzt mussten beide lachen.

»Also, gut, meinetwegen«, seufzte Bosch. »Abgemacht.«

Katharina winkte dem Kellner, der sofort mit zwei Dessertkarten an ihren Tisch eilte.

»Danke, Florian, wir brauchen die Karte nicht. Bringen Sie uns einfach diese ... diese Salzburger Nockerl, für zwei.« Bosch traute seinen Ohren nicht. »Mit einer Extraportion Himbeeren.«

Katharina hatte wie immer recht. Salzburger Nockerl waren die Krönung dieses Abends. Auf die Idee mit den Himbeeren wäre er zwar nicht gekommen, aber ab heute war er wieder offen für Neues.

Sie goss den Rest des Zweigelts in ihr bisher unberührtes Rotweinglas. Dann fasste sie den schlanken Stiel und schwenkte den glänzenden Kelch. Das flackernde Licht der Kerzen brach sich in dem Wein wie in einem Prisma.

»Na? Zufrieden?«

Katharina war wirklich die netteste Frau, die er sich vorstellen konnte. Und die schönste. Und die Autofahrt auf den Arlberg würde er auch irgendwie überstehen.

»Kopf hoch, Hans«, sagte sie und lächelte ihn an. »Lass mich nur machen.«

Ines Eberl
JAGABLUT
Broschur, 208 Seiten
ISBN 978-3-89705-965-8

Emma Canisius, eine junge Wiener Ärztin, übernimmt die Landarztpraxis von Alpbach und zieht in den alten Gasthof »Zum Jagawirt«. Was sie nicht weiß: Dessen Bewohner verbindet ein dunkles Geheimnis. Eines Tages wird Vinzenz Steiner, der Wirt, tot aufgefunden – mit einem Messer im Bauch und dem ausgestopften Kopf einer weißen Gams auf dem Gesicht. Als Emma selbst nur knapp einem Mordanschlag entgeht, wird ihr klar, dass sie den Täter finden muss, ehe sie sein nächstes Opfer wird.

Erscheint im Mai